U0068225

血火之舞

抗戰文學期刊與中國社會思潮

1931——1938

韓晗——著

獻給我的祖母王益才女士

（1925.4.18-2021.1.17）

目次

第一章　概述　/ 1

第一節　抗戰前期中國社會思潮述略　/ 1

第二節　期刊發展格局與抗戰前期中國社會思潮　/ 28

第二章　「第三黨」文學期刊的文化品行
——《絜茜》月刊研究　/ 47

第一節　「三個」張資平　/ 52

第二節　作為話語實踐的「吶喊詩」　/ 65

第三節　「平民文藝」理想的破滅　/ 78

第四節　作為早期抗戰文學期刊的《絜茜》月刊
之經驗與教訓　/ 105

第三章　「左翼」文學期刊的文化選擇
——《夜鶯》月刊研究　/ 119

第一節　「被無視」的《夜鶯》　/ 121
第二節　《夜鶯》所刊載文章之文學與理論價值　/ 130
第三節　《夜鶯》月刊與「兩個口號」之爭　/ 156
第四節　《夜鶯》月刊之歷史價值　/ 179

第四章　官辦文學期刊的文化策略
——《越風》月刊研究　/ 187

第一節　「以浙為主」與「昌明國粹」　/ 188
第二節　借古諷今：返祖民族主義、國難與救亡　/ 201
第三節　《越風》月刊之文學史、社會史與學術史地位　/ 219

第五章　人道主義文學期刊的文化立場
——《吶喊（烽火）》週刊研究　/ 231

第一節　一份真實的《吶喊（烽火）》週刊　/ 232
第二節　「《吶喊（烽火）》作者群」　/ 239
第三節　《吶喊（烽火）》週刊所刊發文章之特色　/ 250
第四節　《吶喊（烽火）》週刊之歷史地位問題　/ 263

第六章　結語：超階級、民族救亡與人道主義
——論戰爭語境下的話語權力及其書寫範式　/ 275

第一節　對「階級性」的超越　/ 278
第二節　實質性的變化：從「民族救亡」到「人道主義」　/ 289
第三節　媒介議程／公共議程：戰爭語境中話語權力
之書寫範式　/ 297

尾聲：1938年以後　/ 313

代後記：繁霜盡是心頭血，革命自有後來人　/ 319

第一章　概述

第一節　抗戰前期中國社會思潮述略

欲研究早期抗戰文學期刊，必先從文學期刊的角度審理抗戰前期社會思潮。這裡所說的抗戰前期，即本著所研究的1931年「九一八」事變至1938年「武漢會戰」這七年間。眾所周知，20世紀二三十年代可以說是整個現代中國社會思潮波瀾壯闊的歷史階段，眾多階級、社會力量在不同歷史語境中的互動，導致了這一時期社會思潮呈現出多元化的態勢，但是我們又必須認識到，它們是「五四運動」的產物，這些社會思潮既代表了中國社會不同力量、反映了不同力量的政治需求，又圍繞著一個核心——如何為積貧積弱、內憂外患的現代中國尋求出路。

與先前的鴉片戰爭、中日甲午戰爭等中國近現代史上的歷次戰爭、事變一樣，爆發於1931年9月18日的「九一八」事變，構成了現代中國社會思潮的一個重要轉捩點。思潮與政治向來又是緊密相連的，不瞭解時局語境，則無以解讀社會思潮之變遷。

本節意圖從因果兩個方面來闡釋抗戰前期的社會思潮。首先是抗戰之前的中國社會思潮之格局，及其對當時文學期刊之影響，此為抗戰前期中國社會思潮形成之因；其次則是「九一八」事變之後這些思潮的發展以及與當時文學期刊之關係，此則為前因之果。

首先是抗戰之前的中國社會思潮之格局及其對文藝之影響。在「九一八」事變爆發之前的20世紀二十年代，中國社會思潮大體上因政治意識形態的不同被分為兩類，一類屬於當時國民政府官方領導的「新三民主義」思潮[1]，另一類則是中國共產黨成立之後所推行的「新民主主義」思潮，這兩大對立性的思潮，直接決定了抗戰前期中國社會思潮的格局及其對文學期刊、文學體制的深遠影響。

「新三民主義」形成的主要原因是由於孫中山革命思想的轉變，因受「陳炯明兵變」的刺激而覺醒的孫中山看到了俄國「十月

[1] 作為國民政府官方思潮的「三民主義」歷經了兩個階段。開始為「舊三民主義」，即孫中山在1905年提出的資產階級民主革命的綱領，包含民族、民權、民生「三個主義」，當時孫中山把民族主義解釋為「驅除韃虜，恢復中華」；民權主義是「建立民國」；民生主義是「平均地權」。「舊三民主義」主張用革命的暴力推翻清朝統治與封建土地制度，建立資產階級共和國。而作為第二個階段的「新三民主義」是在1924年國民黨召開「一屆全大」之後被提出，「新三民主義」理論中將民族主義解釋成為對外反對帝國主義，對內要求各民族一律平等；民權主義是建立平民共有的政權而非少數人所有的政權；民生主義是耕者有其田、節制資本。毛澤東認為，新三民主義和舊三民主義的根本區別在於新三民主義有聯俄、聯共、扶助農工三大政策。三大政策沒有或不全就是偽三民主義或半三民主義。此處主要討論時間段為上世紀三十年代，因此當時官方思潮是「新三民主義」。參見高狄主編《馬克思恩格斯列寧斯大林毛澤東著作大辭典・中》（長春出版社，1991年，第1561頁）、王進、齊鵬飛、曹光哲主編《毛澤東大辭典》（廣西人民出版社，1992年，第660頁）與餘克禮、朱顯龍主編《中國國民黨全書・上》（陝西人民出版社，2001年，第353頁）。

革命」的聲威並經歷了「五四運動」的波瀾，深深地知道舊式的「三民主義」無法挽救當時中國之危局，單靠對法、美等國資產階級革命的仿效，對於當時中國的社會體制並不能產生任何的實質性變革意義。在俄國「十月革命」與「五四運動」均已相繼爆發之後的1922年，孫中山便認識到「法、美共和國皆舊式的，今日惟俄國為新式的。吾人今日當造成一最新式的共和國。」[2]在從舊三民主義向「新三民主義」過渡時，以孫中山為代表的國民黨中央認識到了「民族主義」作為「三民主義」之一核心的重要性。在「十月革命」之後，「五四運動」爆發的1919年，孫中山寫下了〈三民主義〉一文，這篇文章實際上為日後國民政府的官方思想主潮奠定了理論基礎：

> 漢族當犧牲其血統、歷史與夫自尊自大之名稱，而與滿、蒙、回、藏之人民相見於誠，合為一爐冶之，以成一中華民族之新主義，如美利堅之合黑白數十種之人民，而冶成一世界之冠之美利堅民族主義……中國人只有家族和宗族的團體，沒有民族的精神，所以雖有四萬萬人結合成一個中國，實在是一盤散沙，弄到今日，是世界上最貧弱的國家，處國際中最低下之地位。[3]

[2] 孫中山：〈在桂林廣東同鄉會歡迎會的演說〉，見於《孫中山全集・第六卷》，中華書局，1985年，第56頁。

[3] 孫中山：〈三民主義〉，見於《孫中山全集・第九卷》，中華書局，1986年，第188頁。

孫中山認為，「三民主義」的核心，便是建構在捐棄「漢族中心主義」之上的民族團結，從而形成一個新的「中華民族」，實際上這一理論基礎與後來《中華人民共和國憲法》中所頒布的民族政策是一致的。新三民主義的核心是民族主義，這和孫中山所發現中國存在「亡國滅種」之虞有著密切聯繫。倘若民族不能獨立，那麼民生、民主的實現全是空中樓閣。因此，在二十世紀二十年代以降，國民政府官方思潮的價值內核一直是「民族主義」這「一民」。

在孫中山提出「新三民主義」理論之後，一批國民黨內的政治家、理論家開始不斷地對「新三民主義」進行補充修正，使得20世紀三十年代作為官方思潮的「三民主義」思潮產生了分化，進而促使後來的「新三民主義」已經與孫中山所提出的「新三民主義」已有了較大的分歧，但是這些分化甚至分歧一直沒有拋棄「民族主義」這個精神內核。

在20世紀二十年代末、三十年代初，高舉「民族主義」為「三民主義」核心之大旗的是鄧演達，作為國民黨左派以及日後「第三黨」[4]的領袖，提倡「平民政權」的鄧演達認為，「恢復中斷的中

[4] 第三黨的正式名稱是「中國國民黨臨時行動委員會」，是大革命失敗後出現的一個異於國共又介乎國共之間的政派。它對中國出路的探索主要體現在鄧演達發表的〈中國國民黨臨時行動委員會政治主張〉、〈中國到哪裡去〉等一系列文章中。1935年11月，該黨改名為中華民族解放行動委員會。1941年3月，該會參與組織中國民主政團同盟。抗戰勝利後，積極參加爭取和平民主、反對內戰獨裁的鬥爭。1947年2月，改名為中國農工民主黨，成為中國大陸的民主黨派之一。本章為敘述方便，除非特指，統一以「第三黨」代之。

國革命，只有使三民主義更加具體化，使它更加切實的適應大多數平民群眾的要求。具體說來，民族主義是反對帝國主義到底，要得到中國民族的自由和獨立，並使中國各弱小民族能自由獨立」，[5]但鄧演達認為民族主義是形成平民政權的重要過程，他提出了四種力量之於催生中國民族主義的意義。一是作為敵人的帝國主義，他們逼迫中國必須出現民族主義；第二是蘇聯，認為蘇聯對於世界弱小民族的協助，乃是自我本位主義的體現，因此，對於蘇聯，我們既要學習，也要警惕；其三是第二國際領導下的各國社會黨，這些社會黨雖然執掌政權，但是對於弱小民族卻無同情心，迫害弱小民族與帝國主義者沆瀣一氣；第四則是以中國、印度為領軍的世界弱小民族獨立力量，這些弱小民族還包括波斯、埃及、土耳其與阿富汗等等，這些民族才是中國實現民族獨立的盟友。[6]鄧演達講求平等、民主的「新三民主義」與國民政府所推行的訓政國策顯然不一致。因此，最後他不得不另起爐灶，自成一家，發展成為了日後有一定影響的「社會民主主義」。

但這並不妨礙「新三民主義」為官方所用、所修飾與所推行，在其後的戴季陶、胡漢民與蔣介石那裡，「新三民主義」獲得了進一步闡釋。戴季陶認為，民生主義乃是三民主義之核心，但民族主義卻是實現民生主義的前提。所謂民生便是「民族之生存」，這是

---

[5] 鄧演達：〈中國國民黨臨時行動委員會政治主張〉，見於《鄧演達文集》，人民出版社，1981年，第348頁。

[6] 同上，第362頁。

一個首要、根本的問題。而且他和其後的蔣介石共同認為「民族主義」的前提乃是儒家精神的復興，這是民族自信力提升的標誌，同時這也是與孫中山的觀點一脈相承的。戴季陶就此曾具體說明，「民族的自信力不能恢復，則此弱而且大之古文化民族，其衰老病不可救，一切新活動，俱無從生。」[7]在戴季陶之後，另一位理論家胡漢民則認為民族為三民主義之本位，「個人的生存不成問題，成問題的是民族的生存。」[8]並且認為革命的意義是「所謂各個民族不受屈辱，即世界各民族的平等，亦即實行人民有四權而政府有五權的民權主義之全世界各民族的平等，亦即實行滿足人民衣食住行四大需要的民生主義之全世界各民族的平等。」[9]

戴季陶、胡漢民是「訓政時期」最具影響力與權威性的兩位官方理論家，蔣介石接過他們的火把，繼續將「三民主義」中的「民族主義」大旗扛起，進一步提出「國魂」理念，「凡是一個民族，能夠立在世界上，到幾千年不被人家滅亡，這個民族一定有其立國精神的所在，就是所謂『國魂』……『國魂』是什麼，就是民族的精神。凡一個國家總要有民族的精神，然後他的民族性才能養成。」[10]

---

[7] 戴季陶：〈孫文主義之哲學的基礎〉，見於彭明主編：《中國現代史資料選編，第四卷》，上海社科院出版社，1989年，第245頁。

[8] 胡漢民：〈三民主義的連環性〉，見於《胡漢民先生文集，第二冊》，臺北：國民黨黨史會，1978年，第225頁。

[9] 同上，第268頁。

[10] 蔣介石：〈革命哲學的重要〉，見於蔡尚思主編：《中國現代思想史資料簡編，第三卷》，浙江人民出版社，1983年，第586頁。

隨著蔣介石成為中國的最高領袖，以「民族主義」為宗的三民主義成為了當時中國的官方意識形態。我們也清楚地看出，鄧演達的「新三民主義」儘管也高揚「民族主義」的大旗，但他的目的卻是「平權主義」，因此在蔣介石成為中國實際最高領導人之後，「新三民主義」基本上分化為了以鄧演達等為代表的「左派新三民主義」（日後發展為「社會民主主義」）與戴季陶、胡漢民為代表的「右派新三民主義」。

因為文藝思潮的產生具有深刻的社會根源，是經濟變革、政治鬥爭與社會思潮的派生物，也是一些充滿智慧的文藝家、理論家主觀努力的結果。所以一般來說，社會思潮常常會成為文藝思潮的先聲，在「三民主義」這一思潮下，國民政府在20世紀二十年代推行了一系列旨在宣傳政見的文藝思潮，也就是說，作為「意識形態之上的意識形態」的文藝思潮，同時也是社會思潮的衍生物。在「三民主義」的官方思潮中，「三民主義文藝」與「民族主義文藝」最為重要。

所謂「三民主義文藝」，在本質上是國民政府制定的、用來管制文藝的工具性思潮。1929年6月國民黨中央宣傳部召開全國宣傳會議，通過〈三民主義文藝決議案〉，確定三民主義為「本黨之文藝政策」。葉楚傖曾解釋說：「三民主義就是三民主義文藝。三民主義文藝，就是三民主義。」[11]「三民主義文藝」強調主義統轄文

---

[11] 葉楚傖：〈三民主義文藝觀〉，《民國日報（上海）》，1930年12月2日。

藝，文藝為了主義，尤其反對1928年後興起的無產階級革命文藝。為了貫徹執行三民主義文藝政策，國民黨中央在南京成立了中國文藝社（主要成員有王平陵、鐘天心等），攻擊左翼文藝運動，宣揚人性論和天才論，否定文藝的時代性和階級性。[12]

因為「新三民主義」的核心依然是「民族主義」，因此「民族主義文藝」亦成為了當時國民政府當局及其宣傳人士為了對抗左翼文藝運動的蓬勃發展而提倡的另一個重要的文藝思潮。這一思潮以1930年6月1日發表的〈民族主義文藝運動宣言〉為起點。其主要代表人物有潘公展、葉秋原、黃萍蓀、朱應鵬、範爭波、傅彥長、黃震遐等人。民族主義文藝的基本理論主張都包括在〈民族主義文藝運動宣言〉中。其他如〈從三民主義的立場觀察民族主義的文藝運動〉（潘公展）、〈民族主義文藝運動的使命〉（朱大心）、〈民族主義文藝之理論的基礎〉（葉秋原）、〈以民族意識為中心的文藝運動〉（傅彥長）等，都是對〈宣言〉的闡述和具體解釋。其理論主張首先把矛頭對準正在蓬勃興起的普羅文藝，意圖以民族主義的文藝主張替代無產階級文藝。〈宣言〉說，「中國的文藝界近來深深地陷入於畸形的病態的發展進程中」，面臨著「危機」，「呈著零碎的殘局」，「陷於必然的傾圮」，成了一片「廢墟」，其原因蓋出於「多型的文藝意識」，而沒有以民族主義為「中心意識」。他們認為民族主義乃文藝的「最高意義」和「偉大的使

---

12 馬良春、李福田主編：《中國文學大辭典，第二卷》，天津人民出版社，1991年，第161-162頁。

命」。[13]

「民族主義文藝」與「三民主義文藝」成為了20世紀二十年代末、三十年代初因「新三民主義」而興起的文藝主潮，如果說「新三民主義」是「在朝思潮」的話，那麼「新民主主義」則是「在野思潮」。就在「新三民主義」不斷獲得完善、開拓的20世紀二十年代，因為中國共產黨的建立，另一種有別於「新三民主義」的思潮即「新民主主義」思潮開始呈現在中國社會意識形態的視野當中。[14]

「五四運動」爆發之後，一批知識分子開始討論中國未來的出路問題。李大釗、陳獨秀等學者看到了帝國主義與本國軍閥狼狽為

---

[13] 同上。

[14] 自1919年「五四運動」之後1937年「盧溝橋事變」之前，中國社會處於前所未有、風雲變幻的十六年。「五四運動」爆發之時，正值皖系軍閥控制北京政府，次年的直皖戰爭與「癸亥政變」將中國政局進一步推向了混亂的深淵。1921年中國共產黨成立後，為平定政局，1924年國民黨一大的〈改組宣言〉既宣布了「新三民主義」的誕生，亦昭告了國共合作的開始，更為1926年的北伐奠定了基礎。實際上，「新三民主義」與「新民主主義」在1937年之前，有著相似之處。有學者認為，孫中山提出的「新三民主義」是第一次國共合作的理論前提，見於王進、齊鵬飛、曹光哲主編的《毛澤東大辭典》（南寧：廣西人民出版社，1992年，第660-661頁）。儘管如此，但是「新三民主義」還是與「新民主主義」有較大差異，這也是為何在北伐成功之後，中國共產黨與中國國民黨又分道揚鑣的根本原因。在北伐成功的1927年，爆發了國共分裂的「四一二」政變，政變後的北伐軍總司令蔣介石進行了「第二次北伐」，東北易幟以後，蔣介石在名義上完成了對全國的統一。但由於權力的競爭、分肥的不均，導致了蔣桂戰爭、中原大戰等國民黨內部戰爭頻繁爆發，政治陣營也分裂為改組派、西山會議派與政學系等等不同派系。在這樣的歷史環境下，「新三民主義」被分化甚至產生分歧，便不足為怪了。

奸的實質，陳獨秀曾指出：「在資本主義帝國主義的大海中，沒有一滴水是帶著正義人道的色彩。」[15]彭湃則批判「我們蒙昧時代，以為『政府』統治我們，可以維持我們的安寧幸福。我們現在曉得『政府』利用法律，來榨取我們的財產，擴充軍備。不問我們的負擔如何，完糧、稅契、餉項、軍需、公債，種種無不大鑊特鑊，以供給政府、貴族、軍閥——享福之資、嫖賭飲吹之用」，[16]最後彭湃高呼：「我們供給政府，反來侵害我們，我們要保全我們，就應當破壞政府！」[17]

1921年，中國共產黨成立，〈中國共產黨綱領〉在第一次代表大會上通過，成為了當時全黨的共識。〈綱領〉主張「革命軍隊必須與無產階級一起推翻資本家階級的政權」、「承認無產階級專政，直到階級鬥爭結束」、「生產資料歸社會公有」與「承認蘇維埃管理制度，把工農勞動者和士兵組織起來」。[18]

〈綱領〉實際上反映「五四運動」之後中國社會的階級矛盾，其深刻原因在於中國民族工業在「五四運動」前後的「一戰」時期獲得了發展，使得工人階級人數激增。縱觀當時社會語境，民族工業發展主因有二。一是因「一戰」緣故，帝國主義國家無暇東顧且

[15] 陳獨秀：〈太平洋會議與太平洋弱小民族〉，見於《陳獨秀著作選，第二卷》，上海人民出版社，1993年，第318-321頁。
[16] 彭湃：〈告同胞〉，見於《彭湃文集》，人民出版社，1984年，第3-4頁。
[17] 同上。
[18] 〈中國共產黨第一個綱領〉，見於《中共中央檔選編‧一》，中共中央黨校出版社，1989年，第3頁。

忙於製造軍火，給中國的民族工業帶來了巨大契機與發展空間；其二由於1913年西方列強增加了他們在中國和印度等採用銀本位幣制的國家的採購，以及墨西哥國內的革命工潮，刺激了墨西哥銀礦在1913年的關閉，國際銀價隨之飆升。作為銀本位的中國的貨幣變得更加堅挺，數年之內，它在西方市場上的購買力提高了三倍。[19]在這得天獨厚的社會語境下，民族工業進入了白吉爾（Marie Claire Bergere，1933-）所說的「黃金時期」，工人總數也從戰前的100多萬猛增至260多萬，這為中國共產黨的成立以及新民主主義傳播、完善奠定了階級基礎。

但是我們也必須看到，民族工業的發展與產業工人的增加，導致了中國一批商埠迅速進入到城市化的進程當中。產業工人增加，新的管理者、教育者也隨之產生並增加，而這種專業的管理者與教育者則是有別於傳統紳士的新的「知識分子群體」，對於產業的所有者來說，他們是工人，但是對於工人來講，他們卻是權力的所有者，這樣一批生活在「夾層」中的人群，他們擁有知識、技術以及一定的社會地位與財富，這一階級與工人階級一樣，在傳統中國的農耕社會是不曾出現過的，白吉爾曾如是描述並總結這群新興階級：

[19] 白吉爾：〈中國資本主義的黃金時代：1917-1923年〉，楊品泉、孫開遠、黃沫譯，見於費正清等主編：《劍橋中華民國史‧上卷》（第12章），中國社會科學出版社，1998年，第16頁。

> 城市的迅猛擴展既不是因為內地碰到了饑荒，也不是由於社會動盪特別惡化。這實質上反映了新的發展中心對農業社會的吸引。貧苦農民、農業社會中的閒雜人員都到市內的作坊和新建的工廠裡找工作。他們到碼頭當搬運工，當苦力或者拉洋車。許多鄉村的名流也被吸引到省城或者本地區的大城市裡居住……市區向外擴展；建設起郊區，困難地通過古老城牆的牌樓式城門而與市中心區交通……在這些迅速發展的城市裡，人口從未停止增長，各個社會集團變得更加複雜，互相間的分化也更加明顯。出現了工業無產階級，從城市精英（紳商）中誕生了現代知識階層和現代資產階級。[20]

「現代知識階層」與「現代資產階級」是和「工業無產階級」在一定程度上有所對立的社會階層，這樣的階層有著自己的精神追求，此問題當留後文再敘。在此，筆者主要論述「新民主主義」思潮的產生及其背景，中國共產黨在建立之初便師法蘇俄，建立並孕育於知識分子，發展壯大於工人階級，這便是時至今日中國主流學界都認為「新民主主義」乃是資產階級革命的原因所在。

工人階級的迅速發展與中國共產黨的建立幾乎是同時的。在二十年代，中國的工人階級日益貧困，城市失業工人開始驟增，中

[20] 費正清：〈中國資本主義的黃金時代：1917-1923年〉，楊品泉、孫開遠、黃沫譯，見於《劍橋中華民國史・上卷第12章》，中國社會科學出版社，1998年，第20頁。

國共產黨隨之逐漸日益壯大，[21]這是「新民主主義」可以孕育之土壤。在1920年5月，列寧〈民族和殖民地問題提綱初稿〉一文中指出了「民族與殖民地問題」，即包括「民族與殖民地革命運動的性質與前途問題」、「革命對象與任務問題」以及「關於革命動力與民主聯合戰線的策略問題」這三大問題。在列寧講話的指導下，中共召開了「二大」並結合本國國情與客觀的形勢發展初步提出了「新民主主義」綱領，綱領指出中國革命的對象是「世界資本帝國主義」，號召「中國人民與世界人民聯合起來，打倒共同的敵人——國際資本帝國主義」。[22]「二大」所通過的綱領，意味著中國共產黨的責任從之前單純的「階級鬥爭革命」轉向了「民族獨立革命」，是中國共產黨在探索「新民主主義革命理論中的一個重要里程」。[23]

---

[21] 筆者認為，造成這一結果的原因有二：一是帝國主義在戰後捲土重來，對華貿易輸出增加，1919年僅比1913年增加13，6%，但是1924年卻比1913年增加78，6%，而且隨之銀行資本在中國迅速擴張，從平均一年兩家增至平均一年五家；二是國際資本市場對中國的傾銷麵粉與棉紗這兩大中國民族工業支柱產品，1922年前曾維持七年出超，但是到了1922年又變成入超，1919年每包棉紗均利潤達到70.56元，但到了1922年則均利潤成為了-20.63元，期間世界銀價跌落，造成中國外貿業損失慘重。在這樣的情況下，外資企業勃興，大量民族工業卻日益萎縮，不得不「減員增效」使得大量失業工人產生，社會貧富分化嚴重，勞資矛盾日益尖銳（嚴中平：《中國棉紡織史稿》，科學出版社，1955年，第165-166頁；楊大金：《現代中國實業志・上》，商務印書館，1940年，第630頁）。

[22] 〈中國共產黨第二次全國大會宣言〉，見於《中共中央檔選編・一》，中共中央黨校出版社，1989年，第115頁。

[23] 吳雁南、馮祖貽：《中國近代社會思潮（1840-1949），第三卷》，湖南教育出版社，1998年，第27頁。

就紅色理論家們而言，自中國共產黨成立以來，就始終在不斷深入研究新民主主義理論並將其與中國具體國情相結合。作為早期理論家的李大釗，就曾論述新民主主義應包括兩個方面，一是「發動農民」，一是「團結資產階級」，他高度評價孫中山的貢獻在於「亞洲的民主主義運動的代表者，他的一生的事業在指揮中國民眾向那掠奪中國，在中國援助民主主義和自由的仇敵進攻。」[24]不難看出，李大釗主張中國共產黨革命的目的在於民族獨立。

在李大釗之後，另一位紅色理論家瞿秋白指出了「民主主義」為中國共產黨的建黨之宗，並指出了中國革命的本質乃是資產階級革命，「中國革命的主要目標是打倒帝國主義和封建軍閥，取得民主主義的自由與民族經濟的解放」、「中國客觀的政治經濟狀況及其國際地位，實在要求資產階級性質的民主革命。」[25]但瞿秋白堅持認為「階級革命」不應給「民族革命」讓道，並且認為「資產階級」與「知識階級」並不能代替「農工民眾」進行革命。

譬如瞿秋白與戴季陶在國共合作時的爭論，其實正反映了「新民主主義」與「新三民主義」在本質上的分歧。瞿秋白指出，戴季陶對三民主義的修正即「建立純粹三民主義」的思想，便是與階級鬥爭、共產黨唱反調，「只要誘發『資本家仁愛的性能』和知識階

[24] 李大釗：〈中山主義的國民革命與世界革命〉，《李大釗文集・下冊》，人民出版社，1984年，第883頁。

[25] 瞿秋白：〈自民權主義至社會主義〉，《瞿秋白選集》，人民出版社，1985年，第85頁。

級『智勇兼備以行仁政』的熱誠，來代替農工民眾革命。」[26]

是階級鬥爭，還是民族獨立，這兩個命題誰為先？成為當時中國共產黨的核心命題之爭。在李大釗、瞿秋白之後，中國共產黨開始將自身革命的參與者定位為「工農」而不是其他階層。此時，另一位紅色理論家鄧中夏集中闡釋了「新民主主義」與「新三民主義」的分歧，他較為系統地論述了中國工人階級的狀況、發展過程與工人在革命中的地位問題，認為工人階級是中國革命的主體，階級鬥爭在當時中國仍有著不可忽視的重要作用。

無論是李大釗、瞿秋白還是鄧中夏，都只是對新民主主義提出了初步的觀點，並未成系統。在經歷了二大、三大之後，中國共產黨開始對「新民主主義」相關理論有了更成熟的思考，這一階段的代表人物是毛澤東。他在20世紀二十年代陸續完成的〈中國社會各階級的分析〉〈國民革命與農民運動〉與〈湖南農民運動〉等文稿分別先後論及了中國革命的性質、中國革命的對象、中國革命的領導階級以及對中國資產階級、農民階級的分析。在此基礎上，1927年「八七會議」之後的毛澤東又提出了「槍桿子裡出政權」、「工農武裝割據」與「農村包圍城市」三大思想，大大豐富了「新民主主義」的若干理論。

與「新三民主義」催生「民族主義／三民主義文藝思潮」一樣，在「新民主主義」這一政治思潮下，「左翼文藝思潮」應運而

[26] 瞿秋白：《中國國民革命與戴季陶主義》，同上，180頁。

生。該思潮濫觴於鄧中夏、李大釗等早期共產黨人的主張，出現於20世紀二十年代初期、勃興並流行於北伐時期。「左翼文藝思潮」認為作家應該深入工農民眾的生活、參與實際階級鬥爭、並培養出革命感情，進而寫出反映暴風雨時代和偉大民族精神的文學作品來，最終為人民革命運動服務。「八七會議」後，該思潮得到了魯迅、茅盾、蔣光慈及葉聖陶等諸多作家的呼應和實踐，直至1930年「左聯」的成立，標誌著中國共產黨對文藝工作的領導的重視，並開始逐漸建立健全以中國左翼文學為核心的「新民主主義文學觀」。

通過上文所論不難看出，「新三民主義」與「新民主主義」在20世紀二十年代是有著交集的，即在「民族獨立」這個問題上，兩者皆以其為宗。但同時也有著不可調和的矛盾，尤其隨著時局變動與政黨紛爭，使得「新三民主義」趨向於「國家主義」，而「新民主主義」趨向於「階級鬥爭」，兩者日漸分歧，則不足為奇了。

前文還曾論及，在民族工業發展之時，一批城市化的「現代知識階層」與「現代資產階級」隨之誕生。這些新興階層的出現，有著深刻的社會背景，同樣也為另一種思潮的形成奠定了基礎。他們既是被剝削的「工薪階層」，同時他們也是「有錢有閒有修養」的「新貴階層」，尤其是在20世紀初至二十年代，因為戰爭、工業革命與教育改革造成留學生的激增，[27]他們也是城市化建設的主力

[27] 民國初建，百廢待興，政府開始依靠民間、國外等各種力量，大力培養出國人才，為我國所用。當時有兩種留學管道，一種是「全民留學」，一種是

軍。絕大部分留學歸來的中國留學生受到基督教文化與歐美民主思潮的影響，嘗試用「自由主義」、「無政府主義」與「人道主義」等思潮改良中國政局。

從20世紀二十年代末中國的現代知識譜系來看，在當時思想界先後產生過一定影響的有以羅隆基、王造時為代表的「人權法派思潮」（又稱「新月派」）、梁漱溟、晏陽初為代表的「鄉村建設主義」以及丁文江、張申府為代表的「科學主義」等社會思潮，但

「精英留學」；所謂全民留學，乃是1912年，蔡元培、吳玉章與李石曾等人興起「留學儉學會」，並在北京成立了「留法預備學校」；1916年，法國需要大量華工，蔡元培等人又在北京成立了「華法教育會」；而「精英留學」則主要是官方的「庚款留學」，「庚款」出資方主要包括美英俄法四國，1911年初，利用庚款而專門為培養赴美留學生的清華留美預備學校正式成立。在此後十多年間，據統計，由清華派出的留美學生就達1000多人。1928年8月17日，清華學校改名為清華大學，羅家倫出任校長。那一年開始公開招考留美公費生。1933年，又開始公開招考第一批庚款留英學生。1924年，美國國會通過決議，將其餘的庚子賠款用於中國，成立「中國文教促進基金會」（或稱「中國基金會」）。在美國影響下，英國也宣布將庚款作為中國的教育經費，1926年初，英國國會通過退還中國庚子賠款議案（退款用於向英國選派留學生等教育項目），即派賠款委員斯科塞爾（W．E．Scothll）來華制定該款使用細則。當時胡適是「中英庚款顧問委員會」中方顧問；十月革命成功後，蘇俄政府宣布放棄帝俄在中國的一切特權，包括退還庚子賠款中尚未付給的部分。1924年5月，兩國簽訂《中俄協定》，其中規定退款用途，除償付中國政府業經以俄款為抵押品的各項債務外，餘數全用於中國教育事業，由中蘇兩國派員合組一基金委員會（俄國退還庚子賠款委員會）負責處理；1924年，法國也決定將部分退還的「庚款」用作教育，1920年初，李石曾與蔡元培、吳敬恒，利用庚子賠款，於北京創辦中法大學，蔡元培任校長。同年冬，蔡元培再度赴法，與法國里昂市長赫禮歐、里昂大學醫學院院長雷賓等合作設立里昂中法大學協會，決定在里昂成立中法大學。在20世紀20年代，中國留學生人數激增，形成了中國的新的知識階層，大大超過了之前任何一個時代。

是，其中在當時知識分子界影響最大的依然卻是人道主義思潮，筆者認為，原因有三。

首先，產生於18世紀理性啟蒙運動的人道主義是與「五四精神」相符合、一致的。「五四運動」是「人的發現」，「五四文學」是「人的文學」，凱西爾（Enst Cassirer）說，「作為一個整體的人類文化，可以被稱作人不斷解放自身的過程。」[28]當時人道主義的代表白璧德（Irving Babbitt）、羅素（Bertrand Russell）等人，也是「五四」之後影響中國思想界的重要人物，人道主義作為一種主張、信仰，幾乎是每一個「五四青年」都心嚮往之的。

其次，人道主義有機地將中西文化融為一體，成為了西學與國學互通的精神表現。在「五四」爆發之後，「文言白話」之爭論、「科玄之爭」與「《學衡》《甲寅》論爭」等一系列文化現象均反映了「中西文化之辯」這一問題，但人道主義卻可以以更高的高度來將這一問題融合，這也是胡適、周作人、梁實秋與巴金等一批有著西學背景的知識分子信奉人道主義的緣故。中國傳統文化中的「兼愛」、「非攻」精神與西方基督教精神的「愛人如己」、「信望愛」思想，在人道主義這裡完成了倫理精神的對接，因此廣受當時知識分子所認可。譬如學者、作家梁實秋就是一個堅定的人道主義者，從年輕時對其師白璧德之人道主義的呼籲到老年時對孔孟「仁愛」的推崇，思想雖有變遷，但其人道主義思想本質卻沒有變

[28] [德]凱西爾：《人論》，甘陽譯，上海譯文出版社，1985年，第5頁。

化。[29]

最後，無政府主義、自由主義甚至「鄉村建設派」皆由人道主義所衍生，且人道主義與民族主義最容易結合，形成一種具有廣泛影響力與凝聚力的社會思潮。新興知識分子他們憑藉自己的知識，能夠普遍認識到剝削、侵略與殖民的不公正性，並力圖依靠改良的手段來解決這些問題。須知人道主義傳入中國最久，影響最大，且最具普適價值。尤其是在戰爭爆發的抗戰前期，與民族主義相結合的人道主義有著更為強大的向心力。

確實，民族主義與人道主義有著一定的分歧，畢竟民族主義不可避免地具有一種相對狹隘的世界觀，而人道主義則是一種普適的自由理想。[30]但是在事關民族存亡的戰爭到來時，代表著啟蒙的「人道主義」與代表著革命的「民族主義」卻在根本立場上產生了「合謀」。

「人道民族主義」是20世紀二三十年代在中國知識界影響頗大的一股思潮，這一觀點由哥倫比亞大學教授海斯（Carlton Hayes）在著作中所提出，被其學生蔣廷黻翻譯整理為《族國主義論叢》一書並由「新月書店」出版發行。在譯者序中蔣廷黻指出，只有「人道的民族主義」「方是中國同世界興盛和平正路」。[31]該書1930年11月出版，而在中國知識界造成一定影響時，正是「九一八」事變

[29] 宋益喬：《梁實秋傳》，百花文藝出版社，2005年，第472頁。
[30] 張承志：《無援的思想》，華藝出版社，1995年，第353頁。
[31] 蔣廷黻：〈《國族主義論叢》中文譯本特序〉，見於《國族主義論叢》，新月書店，1930年，第4頁。

爆發的抗戰前期。值得注意的是，為這本書題寫書名的人恰是著名人道主義領袖胡適，因此，「人道民族主義」在抗戰前期對知識分子的影響不言而喻。

可以這樣說，抗戰前期一批重要、活躍的知識分子都曾以人道主義為宗旨，譬如羅隆基的「人權法派」就主要是提倡喚起人類同情心的人道主義，[32]而且其「人權概念」是以人道主義和功利主義的結合為其基礎的；[33]與此同時，主張「鄉村建設」的晏陽初則是基督教與人道主義的堅定擁護者；但這些知識分子中，巴金的人道主義卻是最完善、最與時俱進的，巴金深刻地認識到了傳統儒家人道主義與資產階級人道主義的侷限性，並在戰爭中高舉「反法西斯人道主義」大旗，讓人道主義為特定的時代所用。[34]

[32] 王宗華：《中國現代史辭典》，河南人民出版社，1991年，第833頁。

[33] 胡偉希、高瑞泉、張利民：《十字街頭與塔：中國近代自由主義思潮研究》，上海人民出版社，1991年，第358頁。

[34] 人道主義是巴金終生從事創作實踐與其它文學活動的一個主要指導思想，這既源於他留法時所受克魯泡特金無政府主義、盧梭人道主義的思想影響，也與他童年的教育經歷息息相關。他曾希望「在我的心裡藏著一個願望，這是沒有人知道的：我願每個人都有房住，每個口都有飽飯，每個心都得到溫暖。我想揩幹每個人的眼淚，不再使任何人落掉別人的一根頭髮「（《巴金全集・第12卷》，人民文學出版社，1989年，第452頁）。這與他童年受到的教育是分不開的，巴金曾如是回憶他的母親：「她很完滿的體現了一個『愛』字。她使我知道人間的溫暖，她使我知道愛與被愛的幸福……她教我愛一切的人，不管他們貧與富……」（《巴金選集・第10卷》，四川人民出版社，2003年，第98頁）在「五四運動」之後，他義無反顧地選擇了站在人道主義的立場關心底層的利益與疾苦，號召建立一個人人平等自由、不再壓迫的理想社會。1927年，巴金在赴法國的郵船「昂熱號」上莊嚴地寫下了自己的生活信仰：「我現在的信條是，忠實地生活，正當地奮鬥，愛那些需要愛的，恨那些摧殘愛的，我的上帝只有一個，就是人類，為了他們準備獻

在這裡，筆者要提前解答一個或許存在的預設疑問。「新三民主義」與「新民主主義」乃是國共兩黨分別推行的意識形態，作為當時中國社會思潮之主潮則無疑。但「人道主義」與「社會民主主義」何以可以與前兩者相提並論？

從思潮的歸屬來看，無論是「新民主主義」、「社會民主主義」還是「新三民主義」均是由政黨提出來的「政治思潮」，但人道主義卻是源於「西學東漸」、舶來的「社會思潮」。與「政治思潮」相比，「社會思潮」往往更具備普泛性。事實上，人道主義早在19世紀末就通過傳教士、洋務派與維新改良派人士的譯介傳入中國，並與中國傳統儒家思想中的人本思想相結合，產生了積極的影響，並較為廣泛地應用於司法改革、立憲實踐與科舉制度的廢除當中。[35]

而「新民主主義」、「社會民主主義」與「新三民主義」則是在20世紀二十年代初才形成體系的。因此，人道主義在一定意義上為這三者起到了鋪墊性的作用。以「民族主義」為核心的「新三民主義」其實就是在世界民族之林得到尊重的人道主義，它是強調

出我的一切……」（巴金：《巴金選集，第10卷》，四川人民出版社，2003年，480頁）這種「人類至上」的思想是其畢生奮鬥的座右銘，也是其人道主義思想的基本核心。巴金的人道主義是多重的，既與無政府主義、馬克思主義與基督教精神有著密切的關聯，更與巴金自己幼年時受到儒家傳統的思想密不可分。他的人道主義源於童年時對於弱者、貧苦人群的同情憐憫，成長於自己在青年時顛沛流離、深受國難的特殊境遇，成熟於20世紀時局多變的政治運動。因此，巴金的人道主義是多元、獨特且自成體系的。

35 杜麗燕：〈西學東漸中的人道主義〉，見於《「2006・學術前沿論壇」北京市哲學會分論壇論文集》，2006年，第44頁。

「民族性」的人道主義；以「平權社會」為奮鬥宗旨的「社會民主主義」是面向社會最多數人群的人道主義，它是強調「公平性」的人道主義；而「新民主主義」則是使中國的工農階級獲得人的地位的人道主義，它是強調「階級性」的人道主義。由此可見，人道主義是「新民主主義」、「社會民主主義」與「新三民主義」的邏輯基礎與精神資源。只是由於中國各種社會矛盾的尖銳與國難的步步迫近，才有了強調並推行「新三民主義」、「社會民主主義」和「新民主主義」的必要。

而且，從當下的影響來看，自「人道主義」與「社會民主主義」分別自20世紀上半葉產生並形成氣候以來，至今仍在中國國內意識形態領域有著深遠的影響。作為一個宏大的普適性命題，人道主義曾在20世紀八十年代掀起中國的新啟蒙運動，並形成了知識分子陣營裡的話語對立與力量抗衡；而「社會民主主義」到了20世紀50年代則更名為「民主社會主義」[36]，並在冷戰之後的北歐等地開

[36] 社會民主主義（social democracy）一詞產生於19世紀四十年代歐洲大陸的工人運動中。它把「社會」一詞附加在當時流行的「民主主義」概念上，用來表達激進民主派在爭取民主的鬥爭中，把政治改革與有利於勞動群眾的社會改革結合起來的要求，其早期代表人物為伯恩斯坦，代表組織為「社會主義工人國際」。「社會民主主義」反對蘇聯社會主義模式，批評蘇聯沒有民主，扼殺自由，力圖走一條在資本主義與蘇聯社會主義之間的第三條道路。主要代表人物有伯恩施坦、考茨基與拉斯基等人。「二戰」之後，社會民主主義有了進一步發展。1951年，原「社會主義工人國際」成員建立了「社會黨國際」。社會黨國際的綱領性文件〈民主社會主義的目標和任務〉（1951）第一次正式將「社會民主主義」更名為「民主社會主義」並將其作為政治綱領（期間拉斯基曾提出將「民主的社會主義」作為兩者的過渡階段）。歷史地看，民主社會主義是社會民主主義在戰後的繼續和發展，它被

花結果，作為「社會主義」分支之一的「民主社會主義」，儘管在20世紀以「修正主義」之名受到前所未有之批判，但在近年來卻成為了中國社會意識形態界普遍關注的一個熱門問題，而受到學界的普遍爭議與官方的高度關注。[37]因此，本著中對於「人道主義」與

社會黨國際各黨所遵循。「民主社會主義」主張意識形態多元化，拒絕把任何一種思想體系作為唯一真理，反對把馬克思主義作為指導思想；它放棄馬克思主義的階級鬥爭和無產階級專政理論，主張通過議會道路，平穩地進行社會變革；它放棄無產階級政黨的領導，把無產階級政黨改變為人民黨，主張實行多黨制。其目標是走第三條道路，具體內容是實現自由、平等、正義和互助。它幾乎承認所有自由主義和民主主義的基本價值，把自由和民主作為社會主義的本質特徵，主張擴大自由民主權利。同時，它堅持政治民主必須與經濟民主和社會民主結合起來。要求建立一種在社會監督之下的經濟制度，通過將關係國計民生的部分企業收歸國有、國家限制和調節私人資本、實行福利國家政策、工人參加企業管理等措施，使經濟為全社會服務。保障人民的社會權利，消除性別、社會集團、城鄉、地區和種族之間的歧視。其本質是一種非馬克思主義、改良主義的政治思潮。（叢日雲：「社會民主主義」詞條，《中國大百科全書》，網路版）

[37] 近年來，關於「民主社會主義」的「研究熱」，是由於中國國內自由主義、激進主義知識分子面對改革陣痛期的貧富差距、政府腐敗等現象不滿，進而提出對政治體制改革的理論構想。其代表論著為中國人民大學前副校長、已故著名學者謝韜在《炎黃春秋》（2007年2月）所刊發的政論文章〈民主社會主義模式與中國前途〉，該文發表後，引起中國大陸意識形態界的高度重視與反響，形成了關於「民主社會主義模式」的廣泛爭論。五年來，關於這一問題的代表性研究論文竟達百餘篇。如王東的〈民主社會主義是馬克思主義正統嗎？〉（《中國教育報》，2007年6月12日）、高放的〈百年來科學社會主義與民主社會主義關係的演變——兼談「只有社會主義民主才能救中國」〉（《理論月刊》，2007，6）、新疆大學丁甯的博士論文〈民主社會主義與中國特色社會主義比較研究〉（2010年）與徐崇溫的〈如何認識民主社會主義〉（《毛澤東鄧小平理論研究》，2010，4）等等，因民主社會主義追求多黨競選制度，與中國大陸實際政治環境全然不合，民主社會主義作為一種政治主張故而長期受到中國大陸主流意識形態的批評。但與此同時，中國大陸學術界並未忽視對民主社會主義的研究，2013年至2021年，關於「民主社會主義」研究的中國大陸研究生學位論文超過30篇，這是相當可觀

「社會民主主義」在華早期傳播、衍變的影響研究，至今看來仍有著一定的借鑑與反思意義。

正如前文所述，「社會民主主義」在20世紀二三十年代的中國影響確實不可謂之不小。作為一種思潮傳入中國之後不但影響中共黨內人士，更在國民黨內高層產生反響。於是，這一思潮竟嬗變為了「左派眼裡的右派，右派眼裡的左派」的「中間思潮」而使得兩頭不討好。而且當時以史達林（Stalin, Joseph，中國大陸譯為斯大林）為代表的蘇聯共產黨認為「社會民主黨」乃是背叛馬克思信條的師門猶大，這一偏見在當時中國亦有存在。如陳獨秀、鄭超麟、劉仁靜等人一度被打為開除出黨的「托派」；而國民黨內信奉該主義者如鄧演達等人，也成為國民黨陣營中受到打壓的「第三黨」。

前文所述，乃是抗戰之前的中國社會思潮之格局及其對文藝之影響，在後文，筆者將著重論述這些思潮在「九一八」事變至1938年之間的發展以及與當時文藝體制之關係。

在「九一八」事變之後，「抗日救亡」成為了一個中國全民族、社會各階層念茲在茲的社會主題，並且滲透到了文藝思潮當中，形成了新的社會思潮，但是這些社會思潮仍與他們先前的政見有著密不可分的淵藪關係。「抗戰」作為一個全民族的戰爭，使得原本有著一定分歧的社會力量走向了統一，不同的政治力量在保留

的數量，反映了相關議題至今在學術研究領域方興未艾。

自己政治主張的同時，開始不約而同且有選擇地進行溝通。

首先是「中國國民黨臨時行動委員會」的思想轉變及其救亡抵抗，「九一八」事變後兩個月，鄧演達被殺害，該黨遂更名為「中華民族解放行動委員會」，並發表了〈對時局的宣傳大綱〉，痛斥日軍侵略罪行以及國民政府不抵抗之妥協，既疾呼「民族獨立」，又高呼建立「平民政權」，意圖建立「社會民主主」的新政權。1932年3月2日發表了〈對上海事件緊急宣言〉，譴責蔣介石破壞抗戰，「南京反動的統治階級不僅是壓迫民眾的工具，而且是帝國主義的工具」。[38]除此之外，他們還積極援助十九路軍在福建的抗日活動，甚至他們在上海辦的抗日文藝刊物（亦是其機關刊物）《絜茜》還遭到了日軍的轟炸而停刊。

其次，是中國共產黨所直接領導的救亡抵抗。1936年初，為了適應抗日救亡運動的新形勢與建立文藝界抗日民族統一戰線，「左聯」自行解散。上海文藝界為響應這一號召，也提出了「國防文學」的口號，這一口號曾在一系列左翼刊物上引起爭議——繼此之後，「左聯」理論家們在文學藝術各分類均相繼提出了「國防戲劇」、「國防詩歌」等主張，號召各階層、各黨派的愛國作家，都來創作抗日救國的作品，把文學上的運動集中到抗日反漢奸的總潮流裡去。「國防文學運動」成為了當時文藝界一個頗具影響的小高潮。

---

[38] 〈對上海事件緊急宣言〉，見於《中國農工民主黨歷史參考資料，第二輯》，中國農工民主黨黨史資料研究委員會，1982年，256頁。

再次，知識分子在意識形態領域內的救亡抵抗也值得重視。作為主張人道主義的進步知識分子，他們對於時局是相當敏感的。早在「九一八」事變之後的1932年，宋慶齡、蔡元培、許德珩、侯外廬等人就成立了「中國民權同盟」；同年，「一二八」事變後的上海文化界如茅盾、魯迅、郁達夫、丁玲等人就發布了〈上海文化界告世界書〉，痛斥日軍的侵略與政府的不抵抗，巴金提出「文化救亡」的口號，出任上海文藝界救亡協會機關報《救亡日報》的主編之一；1935年，馬相伯、沈鈞儒、章乃器等知名知識分子聯合成立了「上海文化界救國會」，他們廣泛地將人道主義與民族主義結合起來，利用辦刊、演講等形式發動抗日活動，在當時中國的社會產生了較大的影響；1937年，茅盾、巴金並上海集結上海四大文學社，興辦《吶喊（烽火）》週刊。

從時間上看，最後才是國民政府的抵抗，在抵抗的同時，開始號召全國文藝界同仇敵愾、抗日救亡。國民政府在「九一八」事變與「七七」事變之間，一直處於消極的狀態，但在1935年11月之後，國民政府隨著局勢的日益緊迫，以及黨內有識之士的迫切要求，蔣介石在「國民黨五次全國代表大會」上曾宣稱「和平未到完全絕望之時，決不放棄和平；犧牲未到最後關頭，決不輕言犧牲」、「抱定最後犧牲之決心，而為和平最大之努力，期達奠定國家復興民族之目的」[39]並在全國通緝漢奸、偽「冀東防共自治政

[39] 蔣介石：〈在中國國民黨第五次全國代表大會上的講演〉，見於彭明主編：《中國現代史資料選編，第四卷》，上海社科院出版社，1989年，422頁。

府主席」殷汝耕。在官方的推動下，民族主義文藝與三民主義文藝思潮開始轉向抗日與抵抗，以「民族主義」為宗的新三民主義信仰者開始在全國各地未淪陷的地區積極進行「守土抗日」，經濟、政治、文化與軍事等各條戰線開始逐漸進入抵抗狀態。從南京到全國各個城市，一批有著良知、操守與愛國主義情懷的知識分子與開明士紳，開始用手中的筆桿子進行抗日救亡的宣傳。有的針砭時弊，有的以史為鑒，但目的都是為了中華民族的獨立與抗日救亡的勝利，其中又以集中一批國學大師如黃侃、章太炎以及著名作家如郁達夫、茅盾為主力撰稿人的文藝刊物《越風》為代表。

綜上所述，自20世紀二十年代以來，中國社會思潮主要由兩大主潮與兩大支潮（或曰潛流）所組成。主潮為「新三民主義」與「新民主主義」，而支潮則是「社會民主主義」與「人道主義」，但是這些思潮都基本圍繞著「民族獨立」、「人道主義」的核心，在民族救亡戰爭爆發時，這一核心的作用愈發顯得更加重要與明顯。20世紀二三十年代時局紛亂、思潮爭鳴畢竟反映了不同社會力量在話語權力上的爭奪——但無論是「革命」還是「啟蒙」，在「救亡」面前，作為中國人的各種思潮捍衛者們其內心所傾向的仍是事關民族存亡的社會主旋律。

因此，筆者之所以贅述抗戰前期中國社會兩大思想主潮及其附庸、影響，乃是在於審理抗戰初前期中國社會思潮陣營何以因戰爭而「四分天下又歸一」的原因。在1931年之前，官方推行的新三民主義、中國共產黨所信奉的新民主主義、知識分子界的人道主義以及「第三黨」的「社會民主主義」成為了中國社會影響最大、或明或潛的四股思潮，在「九一八」事變爆發之後，這四種社會思潮的支持者憑藉自己的話語權力，依靠文學期刊這一現代傳播手段，既為自己的政見觀點所鼓吹，亦為全民族的救亡圖存而吶喊，成為了中國現代思想史上值得關注的一片重要風景。

第二節　期刊發展格局與抗戰前期中國社會思潮

自晚清以降，隨著傳教士在華傳教的普及（從士紳到民眾）、密集（從點狀到面狀）與廣泛（從通商口岸、西南邊陲到全國各地），一批被命名為「統計傳」的出版物應運而生，這些即是中國期刊的雛形。如《察世俗每月統計傳》《東西洋考每月統計傳》等月刊，為中國新文學開創了新的傳播形式——即期刊傳播。從晚清至「五四」，期刊業不斷在中國社會、時局的大變革中扮演著傳播知識、更新意識、傳遞觀念的重要角色。

從格局上看，中國在20世紀初的前三十年，是各類政治力量通過各類思潮進行權力抗衡、博弈的年代。因此，隨著辛亥革命、中共建黨、軍閥割據等政治事件的爆發，各類思潮風起雲湧，掌握知識的文化人與掌握軍隊與政治權力的軍人進行著利益上的合作，形成了所謂的「軍紳政權」（陳志讓語），持不同主張的文人與軍人共同形成了「政客」這個特殊的官僚群體，兼之近代城市的繁榮、都市文化的勃興，應運而生的期刊雜誌亦因此而變得發達起來。當然，「抗日期刊」又是「九一八」事變之後一批先知先覺的社會力量（以上述四種思潮之力量為主）所引導之輿論產物。

前文所述四種思潮之力量，其實為四種社會力量，其中三種為政治權力，一種為知識分子的意識形態。因此，這四種力量必須借助期刊這一新媒體推廣自己的主張與見解，期刊自然而然成為了當時作為新媒體的首選工具。[40]

本著所研究四種文學期刊，是當時文學期刊的傑出代表。作為不同社會力量所把持的早期抗戰文學期刊，其格局實際上也由當時正面的社會力量所決定。筆者認為，早期抗戰文學期刊之格局大致亦可反映當時社會話語權力的分配，亦能揭櫫當時文學期刊的道路選擇及政治取向。因此，筆者在本章節擬從四種分類入手，從辦刊者、辦刊思想、辦刊形式與辦刊狀況這四點，來分別概述早期抗戰文學期刊之大致格局特徵，藉以詮釋其在抗戰前期進行轉型的文化特質。

本節所論述的第一個問題是抗戰前期代表「社會民主主義」思潮的、由「第三黨」主辦並操控的文學期刊之格局。

[40] 在期刊蔚然成風的20世紀二三十年代，廣播電臺也開始嶄露頭角，但電臺主要分為官方電臺、商業電臺與宗教電臺三種（中共的延安新華廣播電臺及至1940年才成立），由於電臺半導體屬於奢侈品，故影響力較小，因此政治勢力或知識分子並未且將其作為一種工具，而是當做一種都市生活的消遣。而且據統計當時官方電臺不足商業電臺的一半。所以電臺並未如期刊一般受到廣泛的使用與重視。

儘管「第三黨」影響不大，但其推崇、信奉並予以實踐的「社會民主主義」，卻在中國國內影響深遠。「第三黨」唯一在文學期刊上的實踐活動就是《絜茜》月刊的創刊，這是「第三種政治力量」在文化宣傳中唯一一次實踐，儘管因「一二八」事變只出刊兩期便宣告停刊。

從辦刊者與辦刊思想來看，《絜茜》的辦刊者「第三黨」，其濫觴則是1929年由譚平山、章伯鈞兩人創辦的「中華革命黨」，[41] 作為中共創始黨員的譚、章二人，曾因為在中共建黨初期主張「社會民主主義」，回應蘇聯「托派」或「修正主義者」如伯恩斯坦（Eduard Bernstein）、[42]考茨基（Karl Kautsky）[43]與托洛茨基（Leon Trotsky）[44]而被中共中央政治局開除黨籍（章伯鈞系「南昌

---

[41] 章伯鈞之女章詒和在〈一片青山了此身：羅隆基素描〉一文中，曾如是回憶：「中國民主政團同盟，即中國民主同盟之前身，原是三黨三派，是為組成最廣泛的抗日統一戰線，在中共的積極支援下，1941年於重慶成立。三黨是指父親領導的第三黨（即今日之中國農工民主黨）、左舜生領導的青年黨、張君勱領導的國家社會黨」、「鄧演達與家父過從甚密。鄧演達從德國歸來，他們便一道在上海籌建中國國民黨臨時行動委員會（今日中國農工民主黨之前身），人稱第三黨。如鄧演達、黃琪翔；一部分是從中共脫離出來的知識分子，如章伯鈞、張申府。」由是可知，「第三黨」確實早期由章伯鈞所創辦、領導的，並吸納了一批脫黨的中共早期黨員，因此，其信仰社會主義但卻主張改良亦不難理解了（章詒和：《最後的貴族》，臺北時報文化出版公司，2003年，第353、443頁。）

[42] 伯恩斯坦（1850.1.6-1932.12.18），德國社會民主主義理論家及政治家。德國社會民主黨成員。為社會民主主義的創建者之一。

[43] 考茨基（1854.10.16-1938.10.17），德國工人運動理論家，先為奧地利社會民主黨成員，1877年加入德國社會主義工人黨（後為德國社會民主黨）。

[44] 托洛茨基（1879.11.7-1940.8.21）俄國與國際歷史上最重要的無產階級革命家之一、社會民主主義運動的創始人，他以對古典馬克思主義「不斷革命論」

起義」後被迫「自行脫黨」）。在「中華革命黨」成立後，一批國民黨左派如鄧演達、黃琪翔等人亦參與加入，及至1930年5月，鄧演達從國外祕密回到上海之後即開始了緊張的組建新黨的工作，著手討論制定綱領、發展黨員、籌建機構等事宜。經反覆爭議，多數建黨者同意將「中華革命黨」更改為〈莫斯科宣言〉中提出的「中國國民黨臨時行動委員會」（下文簡稱「行動委員會」）。同年八月九日，鄧演達在上海主持召開了第一次全國幹部會議，通過了「行動委員會」的綱領〈中國國民黨臨時行動委員會政治主張〉，提出反對帝國主義，肅清封建勢力，推翻南京反動統治，建立以農工為重心的平民政權，通過國家資本主義進入社會主義的政治綱領。中央機關設在上海愛麥虞限路（今紹興路）159號。

在這種環境下，文學期刊《絜茜》月刊應運而生。其發起人是「第三黨」的領袖鄧演達，但實際創刊主編卻是當時頗具影響的暢銷書作家、時任「行動委員會中央宣傳委員」的張資平。其實在張資平辦《絜茜》之前，「行動委員會」出版過一種機關內刊，亦叫《絜茜》，出版了四期，只是主要刊登一些通知文告，未有什麼影響。張資平將作為文學期刊的《絜茜》創刊之後，集中刊登了一批強調「社會民主主義」改良思潮的作品，如張資平的〈十字架上〉、李則綱的〈牧場〉等，並敏銳地發現了日本侵華的野心，提出了「第二次世界大戰」即將爆發的觀點，反映了儘管由於該黨在

的獨創性發展聞名於世。史達林曾猛烈地批判過托洛茨基主義，並認為托洛茨基犯的是「社會民主主義錯誤」。

國共兩黨之間均不獲得認可，但仍在一定程度上保持了自己的社會批判意識與時代責任感的辦刊精神。可惜的是，由於該刊辦刊者的階級侷限性，過於強調自身的綱領，而使得該刊沒有很好地承擔起「抗戰文學」前期主力刊物的歷史責任。

再從辦刊形式、辦刊狀況來看，《絜茜》月刊的辦刊形式是簡單、草率的，因此其辦刊狀況也影響不夠。僅在1932年全年創刊了兩期，且第二期出版前張資平由於害怕戰事，竟選擇了退黨。第二期由副主編丁嘉樹完成。丁嘉樹在編輯第二期時不但弄丟了第三期的稿件，甚至他對於戰爭之恐懼比張資平有過之而無不及。在第二期出刊後，丁嘉樹步張資平之後塵，選擇了「棄刊逃跑」。「第三黨」在文學活動中的實踐竟以此虎頭蛇尾了事。但其經驗教訓與歷史價值卻是不該被忽視的。

本節所論述的第二個問題是對抗戰前期代表「新民主主義」思潮的、有著中共意識形態背景的「左翼文藝」抗敵期刊格局之簡述。

從辦刊者與辦刊思想來看，「左翼文藝」期刊的辦刊者呈現出「統一—分裂—統一」的趨勢。茅盾所稱1934年的「雜誌年」實際上反映了「左翼文藝」盛極而衰的轉折。純粹的「左翼文藝」在中國主流文壇真正意義上的影響其實不過茅盾所說的「左聯十年」而已。[45]正如前文所述，在20世紀三十年代前五年，乃是「左

[45] 茅盾曾說「實際上左聯十年……取得了巨大的勝利，並且成為了中國革命文藝的中堅」（見於夏衍：《懶尋舊夢錄（增補本）》，生活・讀書・新知三

翼文藝」唱主流的年代，以「左翼劇聯」（1930年成立）、「左翼美術家聯盟」（1930年成立）、「左翼電影運動」（活躍於1932年-1937年）、「新木刻運動」（活躍於1930年-1933年）等事關不同文藝題材創作的左翼文藝運動在20世紀三十年代風起雲湧、蔚為大觀，但隨著國難的加劇，1934年底之後，原本強調階級性、忽視民族性的「左翼文藝」卻在左翼文學界呈現出了兩種分流——其標誌便是1934年底至1935年初的「國防文學」和「民族革命戰爭的大眾文學」（下文簡稱「大眾文學」）兩個口號之間的論爭，這個分流使得20世紀三十年代的左翼文藝受到了較大的打擊。

學界一般認為，這兩個口號在捍衛民族尊嚴、救亡圖存、建立抗日民族統一戰線這些問題上是基本上沒有分歧的，其分歧在於如何建立統一戰線。周揚、茅盾是「國防文學」的支持者，但胡風、馮雪峰卻支持「大眾文學」，這一論爭在表像上反映了「左翼文藝」在國難當頭之際因為如何轉型而產生了分裂，但在本質上卻是對「左聯」領導權的你爭我奪。整個論爭期間，雙方都沒有對魯迅予以應有的尊重。因「左聯」的內部分歧，「左翼文藝」期刊也呈現出了不同派系的辦刊者，形成了不同觀點的門派，並迅速分化成兩個陣營，如《現實文學》《文學叢報》等支持「民族革命戰爭的大眾文學」口號；而「國防文學」口號的擁躉則由《文學界》《光明》《質文》等刊物組成。

聯書店，2006年，206頁）。

儘管由方之中主編的《夜鶯》月刊奉命推出了「民族革命戰爭的大眾文學特輯」，但方之中本人卻未參與到兩個口號當中。並且，在短短四個月內《夜鶯》月刊集中推出了一批有代表性的評論、譯文、小說、詩歌與散文，尤其有幾篇反映東北、華北淪陷之後，民眾渴求收復失地的文學作品，這在1936年尤其是「左聯」後期文學期刊中，並不多見。

值得注意的是，因「民族革命戰爭的大眾文學」的支持者胡風、馮雪峰、吳席儒等在1949年之後受到了不公正的迫害，而周揚、田漢等「國防文學」的支持者卻成為文藝政策的執行者之故，長期以來學界對「國防文學」批判有加——通過對《夜鶯》月刊的研究我們發現，「兩個口號」之爭時，「民族革命戰爭的大眾文學」派卻是在「左聯」裡得勢之時，「國防文學」派是無法與其抗衡的，而且也是「民族革命戰爭的大眾文學」派主動向「國防文學」派挑戰，引起的內部分歧。這是魯迅所不願意看到的，因此，病中的魯迅曾兩次撰文懇求「兩個口號」之爭停止，希望爭論雙方可以做點「批評與創作」的「實際工作」，但真正遵照魯迅要求去做的，只有方之中的《夜鶯》月刊。因此，研究左翼文學期刊尤其是文學期刊在左聯後期、抗戰前期的文學活動，《夜鶯》月刊是一個非常有鮮明特色與解讀意義的觀照對象。

再從辦刊形式與辦刊狀況來看，絕大多數左翼文學期刊始終因為國民政府的高壓政策處於「地下出版」狀態。儘管其頗受大多數城市居民的歡迎，但它依然不敢「面向大眾」，更談不上

「連續出版」[46]如創刊於左聯成立之前的《大眾文藝》《萌芽》與《拓荒者》等，基本上都是地下辦刊且屢遭查禁，創刊於左聯鼎盛期的《北斗》《文學導報》（原名《前哨》）、《海燕》與《沙侖》等亦受到當時國民政府新聞管理部門的查禁、封殺。這些刊物因為宣傳階級鬥爭、為勞苦大眾底層代言，一批頗有影響的青年新人作家如蔣光慈、葉紫、艾蕪、蕭紅、蕭軍等均由其推出，以及對高爾基（Maksim Gorky）、[47]法捷耶夫（Alexander Alexandrovich Fadeyev）、[48]肖洛霍夫（M.A.Sholokhov）、[49]小林多喜二（Kobayashi Takiji）[50]等外國左翼作家作品的譯介等等，因此受到了底層知識分子等勞苦大眾的響應與支持。

值得一提的是，左翼文學期刊與左聯並不完全同步，有些文學期刊在「左聯」解散或出現危機之後才創刊。但這些刊物很重要，因為1935年之後，「左聯」逐漸走向分崩離析，它們實際上反映了

---

[46] 左文、畢豔：〈論左聯期刊的非常態表徵〉，《文學評論》，2006年第3期。

[47] 高爾基（1868.3.28-1936.6.18），前蘇聯無產階級作家，代表作〈海燕〉《童年》等。

[48] 法捷耶夫（1901.12.24-1956.5.13），前蘇聯無產階級作家，代表作《毀滅》《逆流》等。

[49] 肖洛霍夫（1905.5.24-1984.2.21），前蘇聯無產階級作家，代表作《靜靜的頓河》，首倡社會主義現實主義寫作，因其「在描寫俄國人民生活各歷史階段的頓河史詩中所表現出來的藝術力量和正直品格」獲得1956年諾貝爾文學獎。

[50] 小林多喜二（1903.12.1-1933.2.20），別名鄉利基、堀英之助、伊東繼，日本著名作家，日本無產階級文學的奠基人，日本無產階級文學運動的領導人之一。代表作《蟹工船》《防雪林》等。

強調「階級性」的左翼文學在「民族性」的語境下進行思想轉變、重新選擇的過程。

本節所論述的第三個問題抗戰前期代表「新三民主義」思潮的國民黨背景的抗戰文學期刊之格局特徵。

從「辦刊者」來看，各類新近湧現出的文藝社團、文化組織承擔著辦刊的重任。作為國民政府的辦刊者，這些社團基本上都有著國民政府官方資助或是有官方背景（有些被稱為「中間派」但仍屬與官方有著一定的關聯）。這些社團在建立伊始，實際上都是或多或少針對左翼文藝「唱反調」的團體。如「中國文藝社」（1930年成立）、「前鋒社」（1930年成立）、「黃鐘社」（1932年成立）與「越風社」（1935年成立），這些社團一般都有專門的組織者如王平陵、黃萍蓀、李贊華、朱應鵬、範爭波、黃震遐與傅彥長等人——這些人不算知名作家、藝術家或學者，但屬於有著官方背景的文學活動家，因為他們直接與潘公展、張道藩與葉楚傖等國民政府主管新聞、文化的高級官員有著密切的聯繫，這些官員會以贊助人、名譽社長等身分，參與社團的相關活動。這些社團操控了當時最為知名的官辦文學期刊，如《前鋒週報》《文藝月刊》《現代文學評論》與《越風》等等。

從辦刊思想來看，這些國民黨文學期刊體現了當時「文藝政策」與「文藝活動」的雙向合謀。正如前文所述，「新三民主義」的核心事實上便是「民族主義」。作為一直被大陸學界否認、批評並被魯迅稱之為「寵犬派」文學的「民族主義文藝運動」與「三民主義文藝運動」，[51]恰恰依託這些社團、刊物而推廣。

「民族主義文藝」肇始於20世紀三十年代初，作為一種理論體系的「民族主義文藝」，譬如其弘揚「國粹」文藝、強調「中華民族」整體觀與文藝「起源於民族意識」等觀點，在1935年之後對中國文藝尤其是抗戰前期文藝的生產確實產生了一定的影響。特別是在「盧溝橋事變」之前、國難當頭的1936年，對於「民族主義文藝」的強調是有益於反侵略、救亡圖存的。畢竟，當時國人越來越感受到民族危機的巨大壓力，民族主義逐漸成為文壇乃至整個社會的公共話語。因而，不僅民族主義文藝陣營有擴大之勢，而且其刊物也吸納了自由主義作家、民主主義作家、甚至左翼作家的作品；

[51] 筆者在此需將「三民主義文藝」與「民族主義文藝」做一個概念上的界定。學者張大明在《國民黨文藝政策：三民主義文藝與民族主義文藝》（臺北：秀威資訊科技，2009年）一書中，將這兩個概念並論，認為其同為國民政府當局在20世紀30年代推行的文藝政策。但是這兩個概念仍有一定區別，「三民主義文藝」口號由1929年9月國民黨中央宣傳部召開的全國宣傳會議所提出，並由中央宣傳部出資，在南京辦「中國文藝社」，刊行《文藝月刊》進行推廣；而作為中國二三十年代較為重要的文學思潮之一的「民族主義文藝」，則是以1930年6月發表在《前鋒週報》上的〈民族主義文藝運動宣言〉為行動綱領，其主要宗旨就是「文藝底最高使命，是發揮它所屬的民族精神和意識。換一句話說，文藝的最高意義，就是民族主義。」僅從這句話上講，民族主義文藝有著一定積極意義。但是之所以民族主義文藝更被後世（主要是左翼文學思潮）所詬病，原因在於此運動肇始時的「黨派性」——其主要領導者清一色為國民黨黨員，部分還是中央要員，而且這一由官方推進的思潮提出了對「三民主義文藝」的取代，形成了一種類似於政黨綱領性的文學思想，從而證明了國民黨對於文學體制的管理與統治，這種「黨管文學」的形式很容易遭到自由派文人以及其他當時的合法在野黨派（如中國共產黨）的反對。總而言之，「民族主義文藝」是「三民主義文藝」的更高階段，是國民政府當局進一步「黨化文藝」的象徵，因此，「民族主義文藝」更容易被中國大陸官方所批評。

在自由主義、民主主義與左翼的出版物中，民族話語也逐漸增多，如臧克家、蕭紅、端木蕻良與張恨水等作家，均在創作上呈現出了「民族話語」的文化轉型。這一現象其實早已被部分大陸學人所認可。[52]因此，部分為「民族主義文藝」張目的文學期刊也開始一改之前的態度，努力捐棄黨派政見、一致對外。譬如刊登了大量「借古喻今」文稿的《越風》月刊不但刊登了大量古代民族英雄的事蹟，更將魯迅的手跡、遺稿刊登在期刊裡，其中部分文章還受到魯迅的首肯。

從辦刊形式與辦刊狀況來看，20世紀三十年代弘揚「民族主義文藝」的期刊實際上是一個「由低潮走向繁榮」的大趨勢，而這一趨勢卻又是和「左翼文藝」在20世紀三十年代「由繁榮走向衰敗」相共生的（這將在後文予以詳述）。其實該狀況是由整個民族救亡大環境所決定。

「民族主義文藝運動」與「左翼文藝運動」共生於20世紀三十年代。甫一開始，「民族主義文藝運動」與「左翼文藝運動」一起爭奪社會影響力。但事實上，在三十年代前五年，因為「左翼文藝」貼近生活、為勞工代言。兼之當時民族矛盾未上升到中國社會的主要矛盾，故左翼文藝有著比只談口號、代表「黨化文藝」的「民族主義文藝」更大的傳媒市場與文化影響力。如魯迅的雜文、柔石與蔣光慈的小說、袁殊的報告文學左翼文學作品以及1932

[52] 秦弓：〈魯迅對20世紀30年代民族主義文學的評價問題〉，《南都學壇》，2008年第3期。

年「文藝大眾化討論」、1934年「大眾語與拉丁語的論爭」等文化事件在社會上都引領一時之風騷。1934年國民政府查禁「左翼刊物」時，不少書局、書店竟不得不宣布破產。但相比之下，「民族主義文藝」的刊物卻在20世紀三十年代的前七年步履維艱。用茅盾的話來說，這些是「誰都不要看的小刊物」，如《前鋒月刊》停刊前的一期，僅僅銷出了三冊，這與當時左聯期刊的暢銷有著雲泥之判。[53]

確實，民族主義文藝的部分實踐者帶有維護黨化文藝的明確意圖，但多數作家、編輯家則更傾向於救亡圖存的旨歸。尤其在1935年「華北事變」之後，一批來自社會不同意識形態的作家紛紛投身於民族主義文藝運動，使民族主義文學日益壯大。但「左翼文藝」卻因為魯迅的去世、左聯內部矛盾的加劇而逐漸式微。「民族主義文藝」在社會影響上一舉超越了「左翼文藝」。秦弓先生曾認為，這一趨勢實際上早在1931年「九一八」事變爆發前後就已顯端倪，如黃震遐的《隴海線上》《黃人之血》（1930年）、李輝英的《最後一課》（1932年）、《萬寶山》（1933年）、張天翼的《齒輪》（1932年）、林箐的《義勇軍》（1933年）與老舍的《貓城記》（1933年）等等，這些作品影響在當時甚至今後都不算小，只是它們發表時國難尚未嚴重至亡國滅種之虞，因此未曾形成一種全民族的思潮。但其後如蕭軍《八月的鄉村》（1935年），蕭紅《生

[53] 左文、畢豔：〈論左聯期刊的非常態表徵〉，《文學評論》，2006年第3期。

死場》（1935年），周貽白《蘇武牧羊》（1938年）等作品，則開「後期民族主義文藝運動」之先河。[54]筆者認為，此說是有一定道理的。創刊於1935年的《越風》月刊集中反映了民族主義文藝在抗戰前期如何走向民族救亡的轉變過程。這一轉變促使原本為黨派之爭的「民族主義文藝」與「左翼文學」、「人道主義文學」、強調「民主社會主義」的「平民文藝」等其他文藝思潮相碰撞、彼此砥礪演進，共同奏出了「盧溝橋事變」後抗戰救亡文學之先聲。

最後，為抗戰前期，代表人道主義思潮的、集中了當時中國大多數進步知識分子的文學期刊之格局。

從辦刊者與辦刊思想來看，這類刊物其實最難定義。因為這類刊物在很大程度上都涵蓋了前面三種，但本著所稱之代表人道主義思潮，實際上暗含的另一層所指即是超越黨派之爭、站在泛人類高度之上的一種知識分子思潮。毋庸置疑，前文所提三種期刊，均為「黨派辦刊」的體現。但此處所論及的第四種期刊，則與「黨派」無緊密聯繫。

這些刊物包括上海職業救亡協會主辦的《救亡》週刊、生活教育社編輯的《戰時教育》旬刊、上海編輯人協會主辦的《文化戰線》旬刊、上海漫畫界救亡協會主辦的《救亡漫畫》五日刊以及由文學月刊社、中流半月刊社、文季月刊社與譯文月刊社合編的《吶喊（烽火）》週刊等等，當中既有文學期刊，也有漫畫、攝影畫

[54] 秦弓：〈魯迅對20世紀30年代民族主義文學的評價問題〉，《南都學壇》，2008年第3期。

報，可謂多種多樣。

縱觀民國時期的各種辦刊，從辦刊者的身分上看，從大體上可分為五類。第一類為社團辦刊，即志趣相投、專業相近的學者、作家等知識分子所辦的同人刊物，既可盈利，也有很強的文學、學術意義，如獅吼社的《獅吼》、新月社的《新月》、現代書局的《現代》等；第二類為黨派（含執政黨與在野黨）資助辦刊，即有一定黨派背景，但仍由知識分子主管、主辦的刊物，他們或多或少集中地反映了黨派的意識形態，如中國共產黨指導「左聯」主辦的《夜鶯》、有國民黨浙江省黨部背景的《越風》、有國民黨中央宣傳部背景的《現代文學評論》與有著汪偽政權文化宣傳部背景的《古今》等；第三類為純粹為黨派（或官方）所興辦的刊物，僅僅只是一種文告通知的宣傳品，如中國共產黨的《共產黨月刊》、國民黨中央軍校的《力行》、國民黨中央執行委員會的《中央半月刊》、「第三黨」的前期《絜茜》與中國共青團的《中國青年》等；第四類為高校、企業、地方、群團組織與各類機構的刊物，既有大眾傳播的宣傳性，也有內容所致的侷限性，如商務印書館的《東方雜誌》、禹貢學社的《禹貢》、武漢大學的《武漢大學文哲季刊》、上海歌舞會的《大路》、中華自然科學社的《科學世界》、中華基督教青年會的《救恩》、柯達公司的《柯達雜誌》與飛利浦公司的《飛利浦無線電》等；第五類則是純粹的商業機構為盈利而辦的「摩登畫報」，主要以圖片、娛樂新聞、吃喝玩樂的資訊與廣告等時尚消遣內容為主，如《上海風》《玲瓏》等等。但這些期刊總體可分為兩類，一類是與黨派有關，一類則是與黨派無關。與黨派無關的刊物但多半又以後三種——即專業類、文藝類與時尚消遣類為主。本著所涉及的代表人道主義的、集中了當時大多數進步知識分子的文學期刊即屬於「與黨派無關」的期刊，而不是如前述三種期刊那樣，有著特定的政治力量作為辦刊背景。

正如上文所述，「無黨派背景」即反映了這些知識分子跨越黨派、國家甚至民族的「泛人道主義」精神。這與大部分知識分子因留學歐美而受到的自由主義、無政府主義以及基督新教泛愛論的影響是分不開的。正因為此，在侵略戰爭爆發、民族危在旦夕時，他們會積極地尋求救民救國的出路，而這卻是基於民族主義、人道主義而非黨派政治利益，這也正是他們緣何可以創辦一系列有影響、有價值並有鼓舞性的刊物之原因。

這類刊物主要集中在上海、廣州等地，尤其是受到1932年「一二八」事變與1937年「八一三」淞滬戰事兩次戰火侵略的上海，本身又是知識分子雲集之地與中國出版業的中心，「九一八」事變之後，抗日救亡宣傳成為了這些知識分子進步期刊的編輯方向，據統計，從抗戰前夕到抗戰勝利，上海地區就創辦了二百三十多種抗日進步期刊。[55]

雖然依託一些社團、組織而辦刊，但主持這些刊物的辦刊者基本上都是不隸屬於任何政黨、主張人道主義、熱愛和平的進步人

[55] 徐楚影：〈上海影響較大的抗日進步期刊〉，《新聞研究資料》，1981年第4期。

士。如金仲華、華君武、巴金與鄒韜奮等人，在當時均為名噪一時的無黨派知識分子，[56]因此，這些刊物本身並不具備政治黨派的背景，而這些知識分子在當時也構成了一支與其他話語力量不同的、與政治權力保持一定距離的獨立力量。

從辦刊形式、辦刊內容來看，許多進步刊物都因為「八一三」事變而停刊，但《吶喊（烽火）》週刊則顯示出來其堅強、獨特的一面——它創刊於其他刊物停刊之際，中流砥柱般地越辦越大，因而也就更具備了一定的研究價值。

關於此刊的研究現狀除了筆者在前文所稱「提到的多，研究的少」之外，還存在著「既不批評，讚譽也少」這一問題，而這則是拜《七月》主編、作家胡風的言論所賜，他曾這樣說：

> 1937年上海發生「八一三」事件，抗戰開始了硝煙彌漫，戰火紛飛。當時上海原有的一些刊物的主辦人都認為現在打仗了，大家沒有心思看書，用不著文藝刊物了，所以都紛紛停刊。只剩下一個縮小的刊物《吶喊》（後改名《烽火》），卻陷入了一種觀念性的境地，內容比較空洞。我認為這很不夠，不符合時代的要求；這時候應該有文藝作品來反映生

[56] 雖然華君武1940年加入中國共產黨，但1937年他主辦《救亡漫畫》時卻是無黨派知識分子，巴金則終生未曾加入中國共產黨，另一位報人金仲華在1949年之後雖以民主黨派人士身分擔任上海市副市長，但其終生未曾加入中國共產黨，著名報人鄒韜奮則是在1944年病逝之後被追認為中共黨員。

活、反映抗戰、反映人民的希望和感情。[57]

這段話後來被收入了《胡風文集》，此對話曾刊登於《書林》雜誌1983年第二期並獲得了封面推薦，標題為〈關於《七月》和《希望》的答問〉，此答問完成於1982年。[58]而這一年恰恰是茅盾去世後的第二年，一批在上海參加過「文化抗敵」的老作家、老學者與老出版人都在歷次政治鬥爭中相繼病故，而作為飽受政治迫害「倖存者」與「孤島文學」見證者之一的胡風，其發言自然就有了一定的權威性與真實性。自此之後，大多的文學史學者在提及《吶喊（烽火）》週刊時，多半就從胡風的這段話出發闡釋。

但胡風此說乃是由於與協助巴金的該刊另一位辦刊者茅盾在20世紀三十年代以來所積累的個人恩怨所致，因此該刊雖然重要，

[57] 胡風：〈關於《七月》和《希望》的答問〉，見於《胡風全集，第七卷》，湖北人民出版社，1999年，第216-217頁。

[58] 曉風的《胡風年表簡編》認為，這是胡風在1982年接受美國威斯康辛大學（University of Wisconsin）東亞系碩士研究生柯絲琪訪談時的發言。但筆者發現，在對話中採訪者稱胡風為「胡風同志」與柯絲琪美國人身分不符，而且在《胡風文集》中亦未提到柯思琪的名字，但柯絲琪除了訪問胡風之外，亦訪問過吳奚如，她自稱自己在南京大學學習中文並正在準備博士論文。就此問題，筆者曾向威斯康辛大學東亞系主任（2016年）黃心村教授求證，黃教授表示沒有聽說過「柯絲琪」這個名字，而1982年獲得該校比較文學系博士學位的王德威教授亦向筆者表示「有來往的同學間似乎也沒有聽說過這位學生的名字」。此外，1982年在威斯康辛大學東亞系碩士班入學的Christopher Lupke（陸敬思）教授也表示「根本不知這位柯絲琪是誰」。但據蕭軍先生的孫子蕭大忠先生回憶，柯絲琪曾經也採訪過蕭軍，並且送給蕭大忠一些美國郵票，可見柯絲琪確有其人。但柯絲琪是誰？卻成為了中國現代文學研究史上的一個待解之謎。

但卻因胡風之論斷，一直處於被忽視、被邊緣的地位。實際上，創立於「八一三」事變之時的《吶喊（烽火）》乃是當時上海抗日戰場上的「一枝獨秀」，在許多進步刊物相繼被迫停刊之際，《吶喊（烽火）》從弱到強，輾轉上海、廣州兩地出刊，並開始刊登廣告、支付稿酬，在當時形成了較大的文化影響，團結了一大批有聲望、有影響的各階層進步知識分子，這是值得後來者關注並研究的。因此，對於《吶喊（烽火）》辦刊狀況與辦刊內容的研究，對於抗戰前期進步知識分子的思想狀況、政治主張與表達方式的研究有著代表性的價值。

不容忽視的是，上述四種文學期刊影響實際上不盡相同。在「九一八」事變之後，雖有國難但中國內戰爭頻繁，社會內部矛盾重重，因此，強調階級矛盾的左翼文學期刊在當時頗具影響，但隨著國難的深入，1935年「華北事變」之後，如《越風》這種主張民族主義、強調救亡抗日的文學期刊則一躍而上，受到了讀者的歡迎。與此同時，左翼期刊如《夜鶯》也開始逐漸改變自己的立場，既從民族大局計，亦從辦刊影響考慮，開始宣傳抗日救亡的思想。

在抗戰開始後，由於各政黨精力有限，他們將重心不再放在文藝宣傳上，而是落實到具體的戰役、戰爭與政治鬥爭的合作中，因此辦刊的重責便落到了當時進步知識分子的頭上。作為現代中國文化中心的上海，因「八一三」淞滬戰事而促使大量知識分子刊物不得不選擇停刊，但主張人道主義的《吶喊（烽火）》週刊卻在「孤島」中創刊、突圍並日漸壯大，擁有了大批的讀者群與當時風頭無二的影響力，成為了文化戰線「抗日救亡」的代言人。

創刊較早、影響最小的《絜茜》月刊顯示了一個關鍵的問題：除國共之外的「第三種政治力量」其實也曾想過參與並投身到中國政治主流當中。但因為他們自身的懦弱與革命的不澈底性，雖擁有當時一流的編者、辦刊條件與較為充裕的辦刊經費，但卻因為「一二八」事變竟倉促停刊。《絜茜》期刊證明了，「第三黨」雖然有心改變中國時局，並具備自身的敏銳洞察力，但因其自身的侷限性，反映了「社會民主主義」並不適應中國國情的失敗必然。

正如「導論」中所述，抗戰前期社會思潮波譎雲詭，文學期刊五花八門，當中唱主角的文學期刊當然構成了當時中國社會思潮的重要縮影。本著首次以實證的形式論舉了「四種思潮」在早期抗日文學領域內的實踐，而且所涉及的《絜茜》《夜鶯》《越風》與《吶喊（烽火）》在四種不同的政治、社會思潮中確實有著較為代表性的意義，但目前海內外學術界對其的研究還是較為不夠的，因此這一選題不但有著以古鑒今、重讀歷史、反思知識分子精神狀況的學術分量，而且在一定程度上還有著填補空白的研究價值。在隨後的章節中，筆者將分別從這四份期刊入手，從辦刊背景、辦刊緣起、辦刊形式、辦刊內容、辦刊影響、作者群與辦刊風格等不同層次、不同角度來論述它們各自的具體特徵。

第二章 「第三黨」文學期刊的文化品行

——《絜茜》月刊研究

由於連年戰爭與中國國內局勢的不穩定，國民政府幾乎顧不上對於新聞出版行業的整頓，[1]這一問題在抗戰前期尤甚。特別隨著局部抗戰的興起、國共兩黨的鬥爭，以及中國社會貧富差距與階級矛盾加劇，這一切使得國民政府難以顧及對於新聞出版的管制。在如此的歷史語境下，抗戰前期的中國曾經出現過數百種轉瞬即逝的文學刊物，有的刊物辦了四五期卻因戰爭、人事變故或政治原因不得不宣布停刊，有的雜誌甚至只辦了一期就草草收場，成了名副其實的「一次性」期刊——這在世界文學史、新聞史上都是奇聞。

在這些刊物中，只辦了兩期的《絜茜》月刊是頗為傳奇的。

其一，「傳奇」之緣由便是這份刊物的在研究界「曝光率」低但在廣大青年學子中「知名度」高，這一問題筆者已在本著的「引

[1] 本著在此只是概述，縱觀中國現代新聞史，國民政府對於新聞媒體一直處於「既打壓，又利用」的策略，一方面，國民政府多次開放新聞自由，力圖利用民間新聞輿論來對抗共產黨與日本侵略者，為其戰爭服務，另一方面，左翼甚至中共新聞媒體也隨之勃興，與國民政府的主流意識形態發生衝突，使得國民政府又不得不實行新聞書報檢查政策，「時緊時鬆」遂成為了國民政府在中國大陸執政時期的新聞政策。

論」中有過介紹，在此不再贅述。值得一提的是，在廣大青年學子中的「知名度」與研究界的「曝光率」是兩個不同的概念，後者著重於研究界對該刊的關注程度，而前者則關注於該刊在青年學子中被知曉的程度，說它在青年學子中「知名度」高乃是因為這一刊名曾見於錢理群、溫儒敏諸先生的筆下，在他們的代表作《中國現代文學三十年》中有這樣一段話：

> 1929年9月，國民黨中央宣傳部召開全國宣傳會議，提出「三民主義文藝」的口號，並由宣傳部出錢，在南京辦起中國文藝社，刊行《文藝月刊》；在上海則有《民國日報》的文藝週刊與《覺悟》副刊，以及《絜茜》月刊，公開宣言打倒「革命文學」和「無產階級文學」「建設三民主義的新文學」。[2]

筆者相信，當《中國現代文學三十年》成為全中國各大高校中文系的「重點教材」或「必讀書目」之後，使得許多現代文學研究者甚至包括中文系的學生們接觸到《絜茜》這個奇怪刊名。因為「絜茜」兩字的組合非常怪異，一個生僻字加一個破音字，很多人容易讀錯，對於許多人來說，這種造詞法很容易過目不忘，但《中國現代文學三十年》裡並未詳述這份雜誌的一二三四。因此，對於絕大

[2] 錢理群、溫儒敏、吳福輝：《中國現代文學三十年》，北京大學出版社，1998年，第202頁。

多數現代文學研究者來說，它屬於「容易眼熟但叫不出名字」的文學期刊。

值得注意的是，這一論斷不但出現在《中國現代文學三十年》的1987年版、1998年版，同時在2004年版即作為「普通高等教育『九五』教育部重點教材」這一版中，仍未做一字修改（見於2004年版第192頁）。由此可知，《絜茜》這一刊物的定性，雖歷經數十年但仍未被「翻案」。

其二，「傳奇」之處還在於，從史料上看，除文學史研究界之外，近代史研究界、黨史研究界對這份刊物的評價仍是存在著爭議的。

因為，如果只根據文學史的相關研究內容來判斷這份刊物，我們可以判斷這份刊物的傾向及其文學意義：有國民黨中央宣傳部背景的右翼期刊，整體水準不高。但是，在另外一份史料中，筆者卻看到了這樣一段話：

> 一九三一年十一月二十九日，鄧演達同志被蔣介石殺害後，中國國民黨臨時行動委員會（引者按：後來更名為中國農工民主黨）遭到了重大的挫折，各省市的地方組織也陷於渙散，北平市的組織也不例外。一九三二年初秋的一個下午，楊允鴻同志陪同一位四十歲上下的女同志突然來到我的住處。楊系上海行動委員會的成員，在上海和另一個成員丁丁又名丁夜鶯的創辦了一個文藝月刊《絜茜》，經季方同志介

> 紹和北平行動委員會成員萬斯年（我的兄長）相識，以後在北平成立了「絜茜」分社，並創辦了一個文藝刊物《飛瀑》，出版幾期就停刊了。楊允鴻首先談到季方同志仍在北平孤軍作戰，堅持鬥爭。隨後即向我介紹那位女同志叫任銳，系孫炳文烈士的遺孀。她準備在北平辦一個中學，因初來北平，人地生疏，希望有人協助她。季老想到我，希望我能幫助她辦學……[3]

英國現代歷史學先驅伯林・布魯克（Boling Broke）[4]認為，在沒有其他歷史文獻佐證的前提下，當後人的紙質史書與當時親歷者的口述史發生衝突時，口述史有著可信任的優先權。[5]因此，上述這段史料無疑有著較重要的參考意義。該文的撰文者萬鴻年，當時是大眾書店的編輯，後來擔任過農工黨北京市宣武區工委第一、二、三屆主任委員，文中所提到的季方後來曾擔任全國政協副主席，是「農工民主黨」的創始人，孫炳文與任銳的女兒則是話劇表演藝術家金山的妻子、周恩來的養女孫維世，而楊允鴻卻是國民政府的政

---

[3] 萬鴻年：〈我幫任銳辦北辰中學〉，見於《紀念季方》，中國農工民主黨、中央黨史資料研究委員會，1990年，第147頁。

[4] 伯林・布魯克（Boling Broke，1678-1751）英國現代歷史學研究先驅、政治家、作家。他的政治生涯跨越斯圖亞特王朝（托利黨當權）至漢諾威王朝首位國王喬治一世（輝格黨當權）的轉變時期。曾因功勳卓著被敕封子爵，賜國姓，享受王室成員待遇，因此史稱亨利・聖約翰（Henry St. John）。

[5] Henry St. John：*Lard Viscount Bolingbroke, Letters on the study and use of history*, London Cadell Press, 1779, p.99.

治犯，有過被當局拘押的經歷，屬於當時比較進步的知識分子——需要說明的是，萬鴻年所提到的另一位主編「丁丁」並非名為「丁夜鶯」（筆者按：疑為「夏鶯」之口誤），而是另一位作家丁嘉樹的筆名。[6]

從這段話來看，《絜茜》月刊屬於「進步」的刊物，甚至還有農工黨成員楊允鴻作為「操控」者協辦，其幕後「總導演」乃是被稱為「新四軍老戰士」的季方。既然如此，這份刊物緣何還會受到《中國現代文學三十年》的否定？

當然，筆者還可以提供一些零星的史料，讓這個問題變得看似更難理解。該刊的創始人之一張資平是被毛澤東斥責為「漢奸文人」的典型，甚至有些中國大陸學者還用了戰爭化的語言稱「《絜茜》等雜誌自此以後配合著對中央蘇區的軍事『圍剿』，國民黨有組織有計劃地發動了對革命文藝的文化『圍剿』。」[7]事實上，這份刊物卻刊載了不少關於工農群眾疾苦生活的稿子，且在約稿函中還聲稱「尤其是以工農勞苦生活為題材的作品，當儘先刊載。」[8]——但作為左翼理論家的唐弢又對其提出了批判：「這就

---

[6] 丁嘉樹（1907-1990），作家、出版家。曾用名丁雨林，筆名丁淼、丁丁、林梵、馬克巴、淩雲、野馬、金馬、夏鶯。在上海受初等教育。後畢業於上海大學。1926年由泰東書局出版《革命文學論》，對文壇頗有影響。曾任中學校長、大學教授、報館主筆及總編輯。1948年攜妻（女作家何葆蘭）兒南下香港，後在新加坡任南洋中學校長。主要作品有詩集《紅葉》與長篇小說《浪漫的戀愛故事》等。

[7] 趙福生、杜運通：《從新潮到奔流》，河南大學出版社，1992年，第292頁。

[8] 〈編者的話〉，《絜茜》，第1期，1931年。

是所謂的『絜茜派』，編輯了《絜茜》月刊，反對普羅文藝。」[9]

第一節　「三個」張資平

要想解讀《絜茜》月刊，必須要先解讀其創刊人、核心編輯者及其主力撰稿作家張資平。

近年來，隨著現代文學研究界「重讀二張」（另一位是張愛玲）漸成熱潮，張資平在現代文學界的知名度也逐漸高了起來，緣由乃因他是毛澤東筆下兩位「漢奸文人」之一（另一位則是魯迅的胞兄周作人）。筆者在這裡對於他的生平不再贅述，但目前學術界所關注的卻是「第三個張資平」——即1937年參加「興亞建國會」並擔任中日文化協會出版組主任的張資平。而他變節投敵則是由其曾經的好友郁達夫在1940年4月19日《星洲日報・晨星》上揭發的，在文章中郁達夫訓斥其委身日偽之舉乃「喪盡天良的行為」，繼而毛澤東在〈在延安文藝座談會上的講話〉上又對其點名批判，[10]使得張資平文化漢奸之名遠播海內外，成為眾矢之的。以

[9] 唐弢：《西方影響與民族風格》，人民文學出版社，1989年，第530頁。

[10] 毛澤東批評「文藝是為帝國主義者的，周作人、張資平這批人就是這樣，這叫做漢奸文藝。」（毛澤東：《毛澤東選集，第一卷》，人民出版社，1964年），在延安文藝座談會召開後，中共報刊上又再次點名批評張資平與國民政府推崇的「民族文學」：「這些自以為是為自己或為全人類而創作的作家，其實都在他們的作品中客觀地表現了他們正是為了某一些人某一個階級而創作的。周作人、張資平的漢奸文藝，玫瑰蝴蝶的『民族文學』，無論

至於抗戰結束後，不但遭到中國共產黨的批判、民眾的唾棄，更受到國民政府的追究，連有些交情的胡適、陳立夫都拒絕為他說情。最後因「漢奸罪」險些身陷囹圄，幾乎淪為流落上海灘的流浪漢。但是1949年之後沒多久，他仍然因「漢奸罪」被投入監獄，最後死於獄中。

筆者認為，投敵前的張資平創作生涯大致可以分為兩個階段，從1922年作為創造社創始人之一的他出版中國現代文學史上第一部長篇小說《沖積期化石》至1930年他完成小說《天孫之女》為第一階段，這個階段的張資平是一位在上海灘是首屈一指的言情小說作家，其代表作《梅嶺之春》《糜爛》與《青春》等作品風靡當時的少男少女，堪稱中國「青春文學」之鼻祖，由於是留日學生，其文風又多受穀崎潤一郎、廚川白村等日本唯美主義作家影響，頹廢而又哀豔，其作品一時一版再版，遂在上海文壇暴得大名、陡然致富，甚至還購置了別墅作為專門的創作室。

1930年，張資平在鄧演達的推薦下加入了「第三黨」（即「中國國民黨臨時行動委員會」的別名，次年鄧演達遭到國民政府當局的暗殺），這是「第二個張資平」創作生命的開始，其中期代表作《天孫之女》一改以前的哀豔風情，而是「以其人之道還治其人之身」的筆觸，用日式的唯美主義辛辣地諷刺了日本軍隊的暴虐、偏

他用了多少美麗的化裝，總不能掩飾掉他們的主人是誰，他們是為侵略者統治者而創作的。」（〈在延安文藝座談會上講話的簡介〉，《新華日報》，1944年1月1日第6版）。

狹、淫亂與愚蠢，獸性大發時甚至連自己將軍的女兒都不放過，[11] 此時「九一八」事變尚未發生，堪稱中國抗日文學之濫觴，面對日本人的橫蠻，張資平痛心疾首地說：「最痛心的是在自己的國土內，居然任日人如此蠻橫地不講道理。」[12]

該書出版後，三年裡再版五次，甚至還被譯介到日本去，引起日本社會的強烈不滿，日媒甚至把張資平的照片刊登出來，意圖號召在華日本人「尋仇」，很長一段時間張資平都不敢在位於上海北四川路的日租界區活動，害怕遇到暗殺。1933年，日軍進犯山海關，張資平又根據1932年的「一二八」事變創作了小說《紅海棠》，講述了上海市民遭受戰亂的痛苦，該小說發表後，大大鼓舞了人心，張資平成為當時頗具盛名的「抗戰作家」。1936年，他又在《東方雜誌》上直指日本侵略中國的意圖：「第一步，先略取滿州以控制內蒙。第二步，略取內蒙以控制華北。第三步，佔據華

[11] 蘇雪林對此書頗有微詞，她評論稱：（張資平的）作品中常有作家不良品格的映射。一是欠涵養，譬如他憎恨日本人，對日本人沒有一句好批評，作《天孫之女》乃儘量污辱。其人物名字也含狎侮之意：如女主角名「花兒」又曰「阿花」，其母與人私通則偏名之曰「節子」；其父名曰「鈴木牛太郎」，伯父則名「豬太郎」。書中情節則陸軍少將的小姐淪落中國為舞女，為私娼；大學生對於敗落之名門女子始亂終棄；帝國軍人奸騙少女並為人口販賣者，巡警在曬臺雪中凍死小孩，以及妓院老闆凶醜淫亂的事實，均令人聞之掩耳。聽說此書翻譯為日文登於和文的《上海日報》，大惹日人惡感。為懼怕日人之毒打，張氏至不敢行上海北四川路。其後又曾一度謠傳他被酗酒之日本水兵毆斃雲，我並不願替日本人辯護，但我覺得張氏這樣醜詆於日本人痛快則痛快了，他情緒中實含著阿Q式的精神制勝法成份在。見於蘇雪林，〈多角戀愛小說家張資平〉，《青年界》，1934年6月，第6卷第2號。

[12] 德娟：〈張資平怕走北四川路〉，《現代文學評論》，第1卷第1期，1931年。

北，以黃河為境，俯窺長江流域。」[13]期間，他還撰寫了《歡喜坨與馬桶》與《無靈魂的人們》兩部抗日小說，並遭到「駐滬日使館情報部及日本海軍陸戰隊之書面及口頭警告」。[14]

如果照此路數發展下去，張資平應該會成為「抵抗文學」中的領軍人物。抗戰軍興時，他亦有民族氣節，曾與竺可楨、李四光、李達、陳望道、王力、陳寅恪等其他知名學者一道奔赴廣西大學任教，結果日軍轟炸廣西，不善於為人處世的他遭到同事們的排擠，旋遭廣西大學的解聘，不得已又從廣西躲避至越南，最後乘船從越南倉促逃回了上海——選擇回滬的張資平等於在邏輯上終結了自己「抗戰作家」的生命，「第三個張資平」遂粉墨登場，「漢奸」這一頭銜遠遠大於之前的任何文學貢獻所給他帶來的名聲。

回到上海的張資平開始遭到「吉斯菲爾路七十六號」汪偽特工總部的騷擾、恐嚇與利誘，日軍希望通過他的「變節」瓦解中國的抗戰知識分子陣營。開始他非常堅決地拒絕，後來不堪其擾，被迫屈服，允諾只擔任偽「農礦部技正（工程師）」這一虛職。自此之後，生性孱弱的張資平一步錯而步步錯——一方面受到良心的煎熬（他曾辭去日中文化協會出版部主任一職），一方面又面臨生命的威脅，於是便在威逼利誘之下逐漸愈陷愈深。雖然他沒有汪精衛、周佛海等人的危害程度大，但是由於之前其知名度太大，遂成為名

[13] 張資平：〈中日有提攜的必要和可能嗎〉，《東方雜誌》，34卷‧1號，1937年。

[14] 張資平：〈張資平致胡適信〉，見於中國社會科學院中華民國史研究室：《胡適來往書信選，第三卷》，中華書局香港分局，1983年，446頁。

噪一時的「文化漢奸」。筆者在這裡詳敘張資平在抗戰前後的創作活動及其分野，乃是為了審理《絜茜》月刊的創刊背景及其思想立場。

《絜茜》創刊於1932年1月15日，通過張資平的上述經歷我們可以知曉：在創作上，此時的張資平正是因為《天孫之女》大紅大紫時，人生中最華美的一段剛剛啟幕；在政治上，他又是「第三黨」的新成員，而且該刊創刊前一個月的11月29日其好友兼「入黨介紹人」鄧演達又遭到當局暗殺，甚至在該刊流產的「第三期」預告中還準備刊發鄧演達的遺稿——因此，於情於理來講，作為《絜茜》主編的張資平此時都沒有做「御用文人」的可能——甚至對於國民政府當局是充滿不滿情緒的。

那麼，從《絜茜》的解讀，應該從對張資平「去蔽」的文學史本身開始。

長期以來，中國大陸的現代文學研究界認為「民族主義文學」與「三民主義文學」和代表國民政府觀點的「前鋒社」所提倡的「民族主義文藝」在理論構建、文學主張與創作風格上具有某種相似和重合，並在客觀上起到了國民政府的「幫閒」作用。須知「民族主義文藝」或「民族主義文學」是兩個在中國文學史界長期「臭名昭著」的語彙，所以縱然有少量提及《絜茜》月刊的論文，也將其當作「民族主義文藝」或「民族主義文學」的刊物——從具體的史料上看，張資平與「民族主義文學」的一批作者確實存在著較密切的關係，這也是不爭的史實。「民族主義文學」核心刊物《現代文學評論》主編李贊華的遺稿現在幾難尋見，但在僅出了兩期的《絜茜》月刊上卻可以看到李贊華的批評文章〈女人的心〉，以及《現代文學評論》主力作者如楊昌溪、趙景深等人的作品。

當然，僅憑幾篇文章便認為該刊有「官方背景」甚至進而認為被國民政府收買，難免有失公允。在該刊創刊號裡，有這樣的一段話，這既是約稿函的第一段，也是該刊在外宣傳的廣告語（由於該刊似乎失之校對，多篇文章語句不通，不知何故，為求甄辨，筆者摘錄時謹遵原文，一字不改）：

> 本刊絕不空談什麼主義，是純文藝的刊物，作品的選擇，以藝術價值為前提；不過，我們相信，在這個時代裡的人，既不能做狂誕的超時代者，也不能做頑執、時代落伍者，所以在文字的內在意識上，以切合時代需要為標準。我們要相信，老作家能寫出優美的作品，新作家也有寫出優美作品可能，所以本刊除了特約作家及絜茜社全體社友撰稿外，歡迎任何人的投稿。我們願本刊是所有愛好文藝者底共同墾殖、共同欣賞的共有園地。[15]

當然，廣告之言或許不可信，在創刊號的「徵稿函」中，又有了另外一段話：

[15] 〈編者的話〉，《絜茜》，第1期，1931年12月21日。

> 現在本刊在難產中終於產生了，而且計畫著以後能按期出版；希望真切愛好文藝的讀者們予我們誠意的批評和指教，還望給我們同情的愛護，使本刊在客觀的環境和事實上普羅文藝沒落消聲、民族主義文藝無可進展的中國消沉的土壤上，開出一朵燦爛的花來，貢獻給大眾欣賞。[16]

這段話是後世研究者對《絜茜》月刊詬病、批駁的原因，張大林甚至還將其歸納到了「國民黨文藝」當中——確實，由於與「第三黨」文學活動相關的一手史料沒有被發掘。尤其在國共矛盾尖銳對立的20世紀三十年代，《絜茜》月刊既非共產黨領導下的左翼刊物，又與大陸現代文學界「臭名昭著」的「民族主義文學」有了一定的關係，那麼這刊物被貶斥、無視，甚至「被遺忘」也就不足為奇了。

但是從表面上看，與《獅吼》《語絲》一樣，這份刊物只是一份「社團刊物」。正如在廣告語裡所說的「絜茜社」就是主編這份刊物的團體。而且在這份刊物第一期明文刊登了〈絜茜社簡章〉，該簡章第二條「宗旨」上就聲明：以研究文藝提倡平民文化為宗旨。正如張大明在《國民黨文藝思潮：三民主義與民族主義文藝》中所總結的那樣，通過對《絜茜》月刊所刊發文章的分析，該刊兩大特點一目了然：一是「平民文藝」，另一是「新農民文學」。

[16] 同上。

那麼，「民族主義文藝」的核心價值體系又是什麼呢？

在「民族主義文藝」的綱領性文獻〈民族主義文藝運動宣言〉中，有這樣的一段話：

> 藝術，從它的最初的歷史的記錄上，已經明示我們它所負的使命。我們很明瞭，藝術作品在原始狀態裡，不是從個人的意識裡產生的，而是從民族的立場所形成的生活意識裡產生的，在藝術作品內所顯示的不僅是那藝術家的才能、技術、風格、和形式，同時，在藝術作品內顯示的也正是那藝術家所屬的民族的產物。這在藝術史上是很明顯地告訴了我們了……（省略號為引者所加）文學之民族的要素也和藝術一樣地存在著。文學的原始形態，我們現在雖則很難斷定其為何如，但可以深信的，它必基於民族的一般的意識。這我們在希臘的《伊里亞特》和《奧德賽》，日爾曼的《尼貝龍根》，英吉利的《皮華而夫》，法蘭西的《羅蘭歌》，及我國的《詩經・國風》上，很可以明瞭的……（省略號為引者所加）以此我們很可以從這些文藝的紀錄上明瞭文藝的起源——也就是文藝的最高的使命，是發揮它所屬的民族精神和意識。換一句說，文藝的最高意義，就是民族主義。[17]

[17] 具體文章見於1930年6月29日和7月6日《前鋒週報》第2、3期。

之所以引用這樣長一段話，原因乃是為了歸納出「民族主義文藝」的核心價值體系：「文學的原始形態」乃是「基於民族的一般的意識」，在這裡所強調的是「藝術家所屬的民族的產物」，而並非「是那藝術家的才能、技術、風格和形式」。換言之，作家本人的創作也被融入到「民族」這個寬泛、空洞的大概念當中了。

由是觀之，從文學理論的邏輯上看，「民族主義文藝」的主張事實上與《絜茜》的發刊詞中「本刊絕不空談什麼主義」、「純文藝」與「以藝術價值為前提」是相違背的。至於該刊的核心宗旨，其實還在上述的一句話中可以看到——「普羅文藝沒落消聲、民族主義文藝無可進展」。

這句話可謂是「一言洩露天機」，《絜茜》既不傾向於「為政治代言」的左翼文學——普羅文藝，亦對「以民族主義為綱」的官辦文學——民族主義文藝沒有興趣，用他們的原話說，前者「沒落消聲」，後者「無可進展」。

話說到這份上了，若還說《絜茜》是為當局幫腔的「民族主義刊物」似乎有些過分，難道他們自己會自投羅網地走進「無可進展」的「民族主義文學」體系當中？

那麼，《絜茜》究竟是什麼樣的刊物呢？

請注意——

在邱錢牧的《中國民主黨派史》中，有這樣的一句話：

> 此外，國民黨臨時行動委員會的地方組織也發行了《絜茜》

《飛瀑》《低潮》等刊物，宣傳反蔣。[18]

值得一提的是，在上述幾種刊物中，《絜茜》是當中最有影響力的一種，原因大致有三。一是該刊由知名作家張資平主編，使其在中國現代文學史中理應有一席之地；二是上述幾種由「第三黨」創辦的刊物中，唯有《絜茜》既是機關刊物，又是文學期刊，屬於抗戰前期有代表性的文學期刊之一；三是《絜茜》曾刊登了「第三黨」的文藝綱領性檔，綜合地反映了「第三黨」在抗戰前期的文化選擇，有著重要的研究意義。

據該刊徵稿啟事中說，《絜茜》月刊之前曾出版了四期半月刊，這個半月刊按道理至少應該是與《絜茜》月刊是同一個核心，即張資平[19]（但是《絜茜》月刊的終刊號的「主編」卻從張資平變成了丁丁，此問題後文再敘）。

從目前所掌握的史料看，《絜茜》半月刊在大陸學界的知名度要稍微高於《絜茜》月刊的知名度，因為這個半月刊曾見於大陸文壇領袖茅盾的筆下，在《茅盾文集》中有這樣的一句話：

[18] 邱錢牧：《中國民主黨派史》，浙江教育出版社，1987年，第366頁。

[19] 民國文學社團所主辦的刊物較少有更換主編的情況，如《學衡》《筆談》《論語》《語絲》《新月》《矛盾》與《莽原》等刊物都是由創始人「一編到底」的局面，唯一較明顯的「核心更替」便是「獅吼社」主辦的《獅吼》雜誌曾因經費以及核心成員出國等客觀原因不得不更換主編。而張資平在當時的政治地位、知名度與經濟實力皆不會出現《絜茜》從半月刊到月刊存在著「易主」這一變動。

> 我們看了四冊的《絜茜》半月刊以後，才知道是「匐匍在現統治階級的袴下作培養勞動階級身心的平民文藝！」這是不折不扣的中國式社會民主黨的把戲！[20]

茅盾謂是一語道破天機。所謂社會民主黨，在政治學上特指由德國社會主義活動家卡爾·李蔔克內西（Karl August Ferdinand Liebknecht，1871-1919）在1869年所創立的共產黨性質的政黨，在政治制度上，該黨主張實行「民主社會主義」，並且作為「第二國際」的創始成員在當時全世界具備強大的政治影響力。就這一問題筆者在「引論」中有過粗略的介紹，具體內容將留待後文再敘——但值得注意的是，中國始終未成立過一個以「社會民主黨」命名的黨派。[21]

《絜茜》半月刊與《絜茜》月刊有著一脈相承性，在〈編者的話〉中，有這樣一段：

> 過去我們曾經出版過四期《絜茜》半月刊，後來為了經濟上的困難，與出版社和發行上的種種不便及麻煩，所以現在交

[20] 茅盾：《茅盾全集，第19卷》，人民文學出版社，1988年，第32頁。

[21] 但這並不意味著近現代中國知識分子一直未對「民主社會主義」或類似政治理念進行實踐嘗試與理論探討，早在辛亥革命前，維新派學者江亢虎就曾與加拿大醫生馬林一起不但創建了「中國社會黨」，甚至還在南京近郊開闢了「地稅歸公試驗場」；民國初年劉師複亦曾在新安赤灣成立「無政府主義村社」等等（皮明庥：《近代中國社會主義思潮覓蹤》，吉林文史出版社，1991年）。

> 由書局（引者按：群眾圖書公司）辦理，而且改為月刊，這是為了實行擴大與充實。[22]

茅盾雖然對《絜茜》頗有微詞，但是他並沒有稱這刊物是國民政府的言論喉舌，更沒有將其與「三民主義文藝」、「民族主義文藝」掛上鉤，只是斥責其是「中國式社會民主黨的把戲」。由此可知，若稱《絜茜》與國民政府當局有關聯甚至張大明先生還將其列入國民黨文藝思潮體系中，顯然值得商榷。

在短短兩期《絜茜》月刊中，共發表了四十二篇作品，與同時帶其他刊物一樣，涉及譯介、小說、散文、詩歌、書評、通信與理論批評等等諸多文體。其中，兩期均是二十一篇（不含通信與編者的話）。

兩期刊物最大的變化，便是第二期的主編變成了丁丁一人，張資平的名字不見了。停刊的原因在於第二期出版時正值1932年9月15日，恰是「一二八」事變剛剛結束，由於國際帝國主義勢力的「調停」，導致日軍在上海有恃無恐，此變故致使上海大量的文學刊物或遷址辦刊，或乾脆停刊、休刊——《絜茜》月刊第一期和第二期竟相隔九個月的時間。我們不禁要問，張資平名字被去掉，究竟說明了什麼問題？

在《張資平年譜》裡，可以看到一條隱約的資訊，1931年10

[22] 〈編者的話〉，《絜茜》，第1期，1931年12月21日。

月，張資平當選為中國國民黨臨時行動委員會中央委員兼中央宣傳委員，負責「第三黨」的宣傳工作，但是因為年底鄧演達遭到刺殺，張資平本想化悲痛為力量，但是後來實在不堪國民黨特務機構、日軍駐上海特務機關「特一課」的騷擾與恐嚇，到了1932年6月竟然選擇了退黨，跑到了上海郊區隱居專事創作。

不言而喻，《絜茜》月刊第一期乃是張資平尚有血性時，「站在烈士的血跡」上的一次貢獻，待到第二期出版時，張資平已然成為了一位既怕當局報復，又怕戰爭牽連的「隱士」，於是將整個刊物全扔給了丁嘉樹負責編輯，自己逃命去了。

在作家曾今可的隨筆〈在戰亂中〉中，就有這樣的一段：

> 午後，丁丁攜女友三人同來訪我，說：「電影院通通關了門，真苦惱！」他又告訴我，張資平已逃往蘇州。[23]

孰料張資平所托非人，這個在戰亂中還惦記著攜女友看電影的丁嘉樹更非血性男兒，貪生怕死比張資平有過之而無不及。在第二卷的最後，丁嘉樹一方面不甘心就此停刊，還做了一個虛張聲勢的「第三期要目預告」，一方面趕緊刊登了一個宣布停刊的〈丁丁特別啟事〉，結尾竟是這樣令人啼笑皆非的一段：

[23] 曾今可：〈在戰亂中〉，《讀書雜誌》，1932年第4期。

而最痛心的，是六七年來收到好多個女朋友的上千封信，平時是如何的珍視，現在也損失了。啊！國家是如此的不爭氣，我輩小百姓，啞巴吃黃連，只有痛心的眼淚來自悼！[24]

第二節　作為話語實踐的「吶喊詩」

綜上所述，作為「第三黨」刊物的《絜茜》雖非「左傾」，但也未見「反動」。客觀地說，該刊在出刊兩期中，所著重提出的「吶喊詩」這一話語實踐以及刊載的「吶喊詩」詩歌作品，在當時還是起了一定積極意義的。儘管作品不多，也缺乏名家名作，但從整體品質來看，無論是詩論還是詩作，都有著鮮明的特徵與統一性，綜合地反映了該刊甚至「第三黨」的詩歌主張與文學、政治立場，因此，本節特意將其當作學術考察的中心，意圖以此為一個支點，進而進一步管窺該刊的「平民文藝」主張與歷史影響。

縱觀兩期《絜茜》月刊，僅在第二期刊發詩評一篇，名為〈吶喊詩和敘述小說〉，該評論在刊發時無作者署名，在陳平原、吳福輝與夏曉虹合編的《二十世紀中國小說理論資料・第三卷》（北京大學出版社，1997年）中，亦稱該文章為「佚名」，由是可知，就目前研究狀況而言，該文作者尚待考證。

在這篇文章中，作者提出了鮮明的學術觀點——在當時中國，

[24] 丁丁：〈丁丁特別啟事〉，《絜茜》，第2期，1932年9月15日。

文藝要想承擔政治意義，就必須與中國讀者的國情相結合。其中有一段，是這樣說的：

> 這是事實，文化落後的中國，教育是如此的不普及，尤其是民眾教育的貧弱，簡直可以說，我們每個工農勞動的同胞，都是文盲，都沒有享受文藝的能力，所以所謂大眾文藝，還是以很少數布爾喬亞的知識分子為對象。他們以為一種出版物有了一萬或是八千份的銷路，便是了不起的驚人事，認為是民眾普遍的要求了，便戲臺裡喝彩、自己大吹大擂起來，眩人耳目；這樣的不想想實際，不知拿四萬萬人來做比例，就是百分之三十的識字者來作比，也是一種失敗的事實，怎不使他們只好生了一次熱病一樣的不久就無聲消失了呢？[25]

作者話雖難聽，但說的卻句句在理。不過在普羅文藝、平民文藝正當興盛，工農群眾剛剛登上政治舞臺的20世紀三十年代初，竟然在公開發行的刊物上說出這種話，難怪作者不署名抑或是不敢署名。如此直白的批評，不啻狠狠扇了當時的文學家、編輯家們一記響亮耳光。在這段話之後，作者隨即話鋒一轉，又帶出了這樣一段話：

[25] 佚名：〈吶喊詩和敘述小說〉，《絜茜》，第2期，1932年9月15日。

> 然而，我們如果為了一次挫折，甚至是一次失敗，而便灰心的不再努力，這也是差誤的，我們應該再接再厲的做去，我們應該自己來檢討自己，自己來批判自己，如果認定是不對的地方，便應該竭力的改去，如果此路不通時，便應該另辟新路。[26]

作者認為，當時中國的問題是「教育的官僚化和資產化」，知識掌握在「士大夫、洋學生」或「住洋房的作家」等少數既得利益者的手中，在這種情形之下，唯有「普遍的教養」並「提高欣賞力和興趣」為原則方能實現文學的政治功能——畢竟「純文學」或「雅文學」是服務於少數人的，而政治是面向大多數人的。

但是，短期內在戰亂頻繁、地廣人多且積貧積弱的中國實現這全面性的教育，無異於癡人說夢。當不能改變社會時，唯有改變自己。從這個角度出發，作者提出了「吶喊詩」與「敘述小說」的主張，當然，這一主張是依據前兩個原則為基準的。

「所謂吶喊詩，就是要放棄過去一切的矯揉造作、鏟削時下流行的生澀奇僻」是「吶喊詩」的基本定義，在這個定義下，作者論及了四個可操作的方面「一、文字的通俗淺顯；二、詞句的爽直暢快；三、情緒的緊湊熱烈；四、思想的明達准著。」[27]這四個方面從四個層次由表及裡地構成了「吶喊詩」的寫作範式。

---

[26] 同上。

[27] 同上。

從這些主張我們可以看出，「吶喊詩」其實是對「普羅文學」的一種極端性發揚。當然，從語言淺顯的程度上說，「吶喊詩」確實更符合當時中國的國情，操作起來也更有效，但這卻又是對詩歌藝術的傷害。就像作者在其後提出的「敘述小說」這一概念一樣，「一、趣味平坦的敘述；二、明晰的簡單的結構；三、思想的點發。」[28]小說也好，詩歌也罷，《絜茜》月刊的主張其實是一致的。

不寧唯是，在《絜茜》中，關懷平民這一精神確實獲得了彰顯、發揚，在當時任何一本期刊中都難以找到如他們這樣的底層情懷，無論是發刊宣言還是所刊發的文章，都體現了辦刊者對於底層平民的人道主義關懷與熱愛。在約稿函中，主編亦強調——「尤其是以工農勞苦群生活為題材的作品，當儘先刊載」。[29]

在這篇短小精悍的〈吶喊詩和敘述小說〉中我們可以看到作者對於文學政治性的認識，以及對於底層民眾文學訴求的把握。

將文學下放給大多數人，要求作家寫廣大人民群眾——尤其是文化水準不高的勞苦大眾喜聞樂見的作品，這在當時是對「平民文學」這一「五四精神」的繼承與左翼「普羅文學」的弘揚。詩歌在中國有著深遠、廣闊且悠久的民間文化傳統，但是宋元以降，理學勃興，詩歌逐漸呈現出精英化的雅化趨勢，顛覆了唐以來中國傳統詩學的民間意識，「新文化運動」之後的十餘年時間雖然短暫地

[28] 同上。
[29] 〈編者的話〉，《絜茜》，第1期，1931年12月21日。

將「平民文學」提上日程，並呈現出了「到民間去」的文學思潮發展趨勢——這將在下一節會被提到，但是很快因西方「形式主義文論」以及相關詩歌作品的大量譯介，導致一批中國詩人在創作初期呈現出了不成熟的模仿，在這一過程中，使得新文學樹立起來的新詩傳統難免又受到重形式、輕內容甚至玩弄辭藻的負面影響，這顯然這並不利於文學的政治功能的執行。[30]

《絜茜》的這篇詩論，很大程度上反映了「第三黨」的政治立場，但由於這一政黨及其刊物在中國現代思潮史上處於「被邊緣」的狀態，所以這一切並不廣為人所知。但其重視底層、客觀描摹中國社會的矛盾，並強調「文為民所用」的文學觀，在其發表的詩作中，卻有較為鮮明的體現。

除卻少量譯作之外，兩期《絜茜》月刊一共刊發了九篇原創詩

[30] 傳入中國較早的西方文論便是形式主義文論，「中國對現當代西方文論的興趣可以追溯到1930年代。這時正是新批評在英國的興盛時期，而中國對新批評的瞭解與英國新批評家瑞恰慈和燕蔔蓀有很大關係。瑞恰慈曾在清華大學任教（1929-1931），推廣他發明的『基礎英語』（Basic English），並教授比較文學等課程。而他的批評觀念也隨之傳人中國。」說是大量譯介，亦是不過分的，譬如「錢鍾書在1930年代初就論及他的《文學批評原理》（1924），曹葆華在1937年譯出了他的著作《科學與詩》。燕蔔蓀在他的影響下也到北京大學（1937，1947-1952）和西南聯大（1939）任教。」，而且《武漢大學文哲季刊》上亦曾刊登了張沅長、陳西瀅等人論述新批評的文章，與此同時，T.S.艾略特、I.A.瑞恰慈和I.溫特斯等人的詩歌亦相繼被譯介到中國（周小儀、申丹：〈中國對西方文論的接受：現代性認同與反思〉，《中國比較文學》，2006年第1期）。在此之後的1930-1940年代，唯美主義、現代主義等受形式主義文論影響的西方文論相繼被介紹進入到中國。一批詩人如邵洵美、卞之琳、李金髮、朱湘等人均受到這些思潮影響，並創作了大量的詩歌。

作，第一期刊發的是女詩人虞岫雲[31]的〈海南沙〉、羅曉魂的〈我漂流到了香港〉、白濤的〈屹立在你面前的是什麼時代？〉；第二期所刊發的是丁嘉樹（署名丁丁）的〈晨〉、趙書權的〈席上〉。侯汝華的〈懇求〉以及三篇無署名作品——它們分別是〈寄〉〈別後〉與〈拒〉。

正如上節所述，該刊第一期的主編為張資平，第二期的主編為丁嘉樹。因為張資平在1931年底就在上海的寓所裡避難不出，根本無法參與組稿，並且在第二期中的〈丁丁特別啟事〉中，稱張資平為「張資平先生」。似乎這些都說明，第二期《絜茜》的編輯工作，已然與張資平無干。

而且，本著對兩期雜誌所刊發的詩作的分析，也可以佐證前論。

首先，從內容上看，第一期中所刊發的均為時政詩，第二期所刊發的均為情詩。雖然前者內涵為公共語言，而後者為私人言語，但兩種詩歌都反映了「文字的通俗淺顯」與「詞句的爽直暢快」這兩大「吶喊詩」原則。

在虞岫雲的〈南海沙〉中，有這樣一段：

> 啊，當我初次遇見你／我便深深地把你記憶／昨夜大地加了白雪的披肩／我冒著寒風又來到你的面前／你可愛的臉已被

[31] 虞岫雲（1910-？）上海人，上海金融大亨虞洽卿之孫女，女詩人、戲劇演員，上海名媛，曾在《玲瓏》雜誌上刊登過自己的照片與詩作，因其詩歌擅長抒情，遂被魯迅在〈登龍術拾遺〉中諷刺為「阿呀呀小姐」。曾以「虞琰」為筆名出版詩集《湖風》。

摧殘的黢黑／清幽的香味也被蹂躪的無遺。[32]

當然，虞岫雲作為一位女作家，其言辭之清麗、含蓄，乃是必然本色，這一特點在此化為了「吶喊詩」的內在表現。羅曉魂的〈我漂流到了香港〉則將「吶喊詩」激昂、通俗的風格體現的一覽無餘，詩人作詩時咬牙切齒，對帝國主義痛恨入骨。

> 這層層的高樓多堂皇／這條條的大路實康莊／是帝國主義者的殿堂／是弱小民族們的監房／帝國主義者真如虎狼／弱小民族們便是羔羊／遍體受滿著牙痕爪傷／血肉喪盡以飽他皮囊！
>
> 紅色的火焰照著西方／東邊的戰鼓也已高響／我們應該快起來反抗／打倒這般人類的魔王／我們都有熱血與刀槍／我們是要死力謀解放／致帝國主義者以死亡／重建設我們自由之邦！[33]

白濤的〈屹立在你面前的是什麼時代〉更是振聾發聵，縱然是口號性質的「左聯」詩歌，恐怕以難以與其口號性的「吶喊」相比：

---

[32] 虞岫雲：〈南海沙〉，《絜茜》，第1期，1931年12月21日。

[33] 羅曉魂：〈我漂流到了香港〉，同上。

> 聽呀！那全宇宙被壓迫者的洪大的呼聲／在號召他們那鐵蹄下地層下的同志／奮起精神吧，握住這旗幟，朋友／前進，前進，前進呀，不要回頭！[34]

這三首事關時局的「吶喊詩」，都比較短小，且言辭激烈、感情充沛、語言明白曉暢，能看出其在努力踐行「吶喊詩」的詩作原則，但另外的六首愛情詩卻屬「私人言語」。縱觀這些詩句，從形容到內容上皆具「吶喊詩」的特色——修辭簡單，極度的口語化，譬如佚名的〈乞愛〉，便是如此：

> 我要借一支穿雲箭，射落了，射落了天頂的太陽／拿來裝飾你，裝飾你暗無天日的夜氣正濃的心房。[35]

與同時代唯美主義、象徵主義的詩作相比，〈乞愛〉琅琅上口的語句，簡單白描的手法，確實可以讓更多的讀者讀懂並接受詩歌裡的內容。而侯汝華的〈懇求〉則更是用通俗的語句表現出了一個失戀者對於戀人的眷戀：

> 深夜我是害了相思／流灑了過多量的眼淚／我傷心喲！是你忍心把我擯棄？

---

[34] 白濤的〈屹立在你面前的是什麼時代〉，同上。
[35] 佚名：〈乞愛〉，《絜茜》，第2期，1932年9月15日。

擯棄，擯棄，擯棄／害了的相思難治。[36]

如果說〈懇求〉是直白到「通俗」的話，那麼趙書權的〈席上〉倒是有些直白到「豔俗」了：

你柔唇微動／你雙頰微紅／你兩眼惺忪／怎不令人狂熱的情緒／潮樣地洶湧？[37]

一旦文本涉及人性本能欲望與感官的刺激，就根本不需要依賴文學素養與文本解讀能力來評判，凡是心理、生理正常並粗通文墨的人，都能看懂，寫詩直白到這個地步，對於當時中國社會大多數有點所謂「羞恥感」的讀者來講，恐怕不是看不懂，而是不敢看了。

《絜茜》所刊登的無論是情詩，還是政治詩，實際上都是對「吶喊詩」這一概念的努力踐行，所以且不論內容為何，單就語言、風格來講，都是直白、淺顯的，目的只有一個：能讓大多數人看得懂就行——而且是大多數沒有受過教育，審美水準也不高的底層平民。

「第三黨」所竭力推行的「社會民主主義」投射到文學中，就是推行近乎民粹主義的大眾文學並落實到實處，即「吶喊詩」與「敘述小說」，而其詩歌理論觀點則集中體現在「吶喊詩」上。儘

[36] 侯汝華：〈懇求〉，同上。
[37] 趙書權：〈席上〉，同上。

管張資平青睞時政詩歌，而丁嘉樹熱衷於愛情詩歌，但是他們在組稿、約稿時，都在「吶喊詩」這個範疇內可謂是殊途同歸。

對於「吶喊詩」的相關理論、產生背景、存在意義及其影響，學術界尚無相關研究與定論，當然筆者不知道延安時期著名的「吶喊詩人」柯仲平[38]是否受到這一影響。但是從中國現代詩歌史這一宏大語境來看，「吶喊詩」總體是不受關注、歡迎的，「口號詩」、「標語詩」不少，真正符合「吶喊詩」四項創作原則的卻委實不多。

但從當時特定的語境來看，「吶喊詩」又有著一定的現實意義。當今的我們正視這一文學史上特有產物，也有著必要性與必然性。筆者認為，《絜茜》所提出的「吶喊詩」這一概念及其創作嘗試，有著如下的幾個積極的現實意義值得探索、思考。

首先，「吶喊詩」雖然不符合傳統意義上的詩歌創作原則，但是符合中國特有的社會、政治語境。這是文學為公共理性服務這一現代思想的詩論表述。

從詩歌創作原則看，「吶喊詩」並非從作者自我的意圖出發，而是從當時的社會語境出發，為寫詩而寫詩。這與中國傳統詩學中的「言志」、「我手寫我口」以及西方現代詩論中的「詩句是思想的外衣」（E.龐德）、「詩人之所以為詩人，是因為他是一個

[38] 柯仲平（1902-1964）雲南賓寧（今廣南）人。北京政法大學肄業。著名詩人，作家。1949年之後，歷任西北軍政委員會文教委員會副主任兼西北藝術學院院長、中國作家協會副主席。

純粹、自我的人」（T.S艾略特）大相徑庭。但是，隨著現代社會「公共理性」概念的提出，文學的意義逐漸從「書寫策略」轉向了「傳播（接受）策略」，即不在於「怎麼書寫」的內涵性而在於「為誰而寫」的目的性。尤其在當時戰亂頻發、國民教育層次低下的中國，文學的意義理所當然要被政治功利性與實用主義所取代。那麼，象徵主義、唯美主義、表現主義等詩歌形式，在當時的中國，只能是詩人自己的「淺吟低唱」，而不能在公共領域內起到「吶喊」的作用。確實，要想讓自己的詩作在當時的中國獲得更多的受眾，達到更大的影響效果，非「吶喊」不可。

其次，「吶喊詩」並非忽視詩歌的文學性，相反，它對於詩歌中的文學性有著相當的肯定與要求。

正如〈吶喊詩和敘述小說〉中定義那樣，「吶喊詩」之所以會被提出，實際上是對「大前年與前年曾熱鬧一時的槍彈、刺刀、火、血的詩歌與所謂大眾文藝」的檢討，期望從「他們失敗的場合去創作出有效的作品來。」[39]並且作者還認為，這類文藝作品並非是錯誤，而是「不健全」。

縱觀前文所述「吶喊詩」的四原則，看似簡單，實際上其操作性是相當有難度的。文字的通俗淺顯，請注意——通俗而非庸俗，如何把握這個度數？筆者相信這是擺在古今中外所有詩人面前的問題。從寫作學的角度看，晦澀好寫，通俗難說，所謂「真佛才說平

[39] 佚名：〈吶喊詩和敘述小說〉，《絜茜》，第2期，1932年9月15日。

常話」便是這個道理。

至於詞句的爽直暢快，這亦是對於一首詩作的極高訴求。一方面，語言要通俗，另一方面，又要求詞句爽直暢快，從語言學上講，這是介於「文學語言」（書面語）與「生活語言」（口頭語）之間的「第三種」語言，對於詩人來講，是對其語言功力的極大考驗；而「情緒的緊湊熱烈」與「思想的明達准著」，這更是讓絕大多數詩人——尤其是受到西方現代派薰染，且處於白話文尚未完全發展成熟時的中國詩人，更覺得難於上青天，畢竟在當時對於他們中一部分人來講，拖遝、囉嗦甚至循環往復的語句，是被視作有審美價值的。

總體來講，「言之有物，用筆精煉，通俗易懂」乃是「吶喊詩」詩作四原則的要求。這一要求對於當時的中國詩壇而言，是對於「別求新聲於異邦」模仿歐化詩歌的反駁，是對中國傳統詩歌理論尤其是「言之有物」的精神繼承，因此從這個角度看，有著其積極的一面。

最後，「吶喊詩」對於「文學功利性」的提出，在當時有著一定的正面價值與意義。

在〈吶喊詩和敘述小說〉的最後一段，作者講了這樣一番話：

> 而我們寫吶喊詩或敘述小說的時候，有一點是要特別注意的，就是，像過去一般所謂帶有革命性的作品，至多不過是一些呼天喊地的歎息，使人對之表同情，其描表痛苦的情

形，希望讀者予他可憐；然而，我們現在則不然，我們不能那樣的懦弱，我們應該奮勇起來，我們就是寫到痛苦，我們不僅要使讀者表同情，而且要激發讀者，使讀者也走上「做」的道路；我們不要寫哀弱的，我們是要寫有力的；我們不要寫待救的，我們是要寫自救的；我們應該在我們淺顯率直的表現裡，強有力的指示讀者走向光明的生路上去。[40]

作為「第三黨」，他們沒有武裝、政府，甚至連活動經費也困難，他們所擁有的是「兼濟天下」的政治理想——有時候這種理想會不自覺地變成一種根本無法實現的空想，他們這種政治理念很大程度上是「君子不黨」、「君子在野，小人在位」與「在國曰市井之臣」等中國傳統政治觀念與現代西方公共知識分子的獨立性意識的雙重結合。這種政治理念的貫徹及對「社會民主主義」這一思潮的推廣，使得作為「平民文藝」核心的「吶喊詩」與其他政治主張一樣，成為了「第三黨」用來貫徹其政治目的的「改良性」手段——「指示讀者走向光明的生路上去」，而這恰恰又是「左翼文藝」與「右翼文學」都反對的。

畢竟，「吶喊詩」只是「吶喊」而無具體的行動，這在當時黑暗、禁錮的政治語境下，「鐵屋」裡能發出這樣的「吶喊」其實已殊非易得。但是從根源上看，「吶喊詩」既是因特殊的社會、政

[40] 同上。

治背景所生成，又是《絜茜》月刊宣導推行「平民文藝」這一理想的具體表現，上述幾點，乃是「吶喊詩」的積極一面，但以「吶喊詩」為代表的「平民文藝」卻有著自身不可忽視的缺陷與致命的階級侷限性，這將在後文予以詳述。

第三節 「平民文藝」理想的破滅

在洪長泰的《到民間去：1918—1937年的中國知識分子與民間文學運動》一書中，有這樣一段話：

> 「到民間去」逐步變成二十年代中國知識分子的一個響亮口號，也與他們的憂患意識有關。他們擔心祖國被帝國主義列強瓜分和軍閥割據的命運。許多二十年代的有名報刊如《晨報》副刊、《京報副刊》（引者按：英文原著提及該刊，但中文版譯文脫漏）、《努力週報》等都登載過「到民間去」一類的文章，提倡青年學生投身鄉村改革的洪流，擔負起教育農民的義務……「首先，我們必須依靠我們的雙手，運用講演的風格和白話小說的形式去編輯通俗小冊子，其次，我們必須依靠我們的口，使用淺顯易懂的語言去教育農民。」[41]

[41] [美]洪長泰：《到民間去：1918-1937年的中國知識分子與民間文學運動》，

在書中，洪氏還援引了俄國民粹主義哲學家拉夫羅夫[42]的觀點，拉氏認為青年知識分子乃是因為「自己意識到人與人之間的不平等所帶來的眾多社會不合理現象和人民的苦難，才產生了一種負疚心理」。[43]藉此，洪氏認為此心態乃是當時中國知識分子緣何主動「貼近民眾」的內在心理動因。因此，以洪氏之論來分析《絜茜》月刊所宣導的「平民文藝」這一文學思想，是有著借鑑意義的。

前文已經從兩個側面來敘述《絜茜》月刊的辦刊特徵，一方面，作為「第三黨」一力扶持的文學期刊，在抗戰前期確實有著想幹一番事業並「踏著烈士的血跡前行」的願望，並提出了「吶喊詩」這一「平民文藝」的主張，但另一方面，作為主編者無論是張資平還是丁嘉樹，作為「有錢有閒階層」的他們，在面臨生與死的革命考驗時，比作為「無產階級」的底層工農民眾有著更為貪生怕死、享樂的精神缺陷（儘管他們或許或多或少也存在著拉夫羅夫所說因憐憫而「負疚」的心理），所以在「一二八」戰事正酣的1932年，這份刊物會因主編的相繼逃遁而倉促停刊。

結合上述史實，稱《絜茜》的編輯者為「語言的巨人，行動的矮子」毫不過分。除卻「吶喊詩」之外，在兩期《絜茜》月刊所刊

董曉萍譯，上海文藝出版社，1993年，第21頁。

42 拉夫羅夫（Пётр Лаврович Лавров，1823-1900），俄國哲學家、民粹主義思想家，1842年畢業於米哈伊洛夫斯基炮兵學校，曾參加巴黎公社運動。著有《黑格爾實踐哲學》等著作，對後世影響巨大。

43 [俄]拉夫羅夫：《歷史學的通信》，見於[美]洪長泰：《到民間去：1918-1937年的中國知識分子與民間文學運動》，董曉萍譯，上海文藝出版社，1993年，第296頁。

發的稿件中，還包括小說、散文、譯文、評論與通信等其他文體文章，這些文章特別是小說所打著的旗號是有些故弄玄虛的「敘述小說」，但是從行文內容、撰寫意圖與社會影響上看，所謂「敘述小說」實質上也與「吶喊詩」有著共同性，只是「敘述小說」更追求寫作技巧且情節設置上更具備可讀性一些。

其實，這一切又是由主客觀原因共同組成，主觀原因是當時中國大量底層民眾確實無法閱讀內涵更為深刻的作品，唯有語言通俗的詩歌或情節性強、修辭簡單的小說才可以滿足大多數讀者的需求；客觀原因則是，按照「第三黨」的執政綱領，欲在文盲遍布的中國踐行「社會民主主義」的「平權社會」，則必先倡「平民文藝」。

首先，筆者從兩個方面來談談《絜茜》月刊的「平民文藝」理論及其創作實踐。

論及「平民文藝」之理論，不得不提的是鄧演達親自撰寫的〈平民主義的原則提綱〉（署名「仲侃」）一文，該文作為「平民文藝」的專題系列文章刊發於《絜茜》月刊第一期，系統地反映了「第三黨」對於「平民文藝」這一文學思潮的相關主張。[44]除此文

[44] 在中國現當代思想史上，署名「仲侃」最著名的則是中共黨史專家馬仲揚、李侃二人聯合署名「仲侃」撰寫的《康生評傳》，但馬仲揚與李侃分別出生於1922年，1931年時他們才9歲，顯然〈平民主義的原則提綱〉與此「仲侃」無關，但在季方（署名方述）的回憶錄《拾腳印》（中國農工民主黨中央委員會，1983年，第42頁）中曾提及〈鄧演達先生的生活〉一文中，專門提到了「自1930年五月歸國至1931年八月被捕，中間僅一年余，（鄧演達）寫的文章也已著實不少，最重要的如：〈平民文藝的原則提綱〉……」，以

章之外，還包括署名「鐘流」的〈由平民文藝說到Nationalism〉與署名「伯達」的〈由民族主義至三民主義〉。

這篇〈平民主義的原則提綱〉，堪稱是「第三黨」在抗戰前期進行文學實踐的綱領性文獻，在這篇文章中，鄧演達用兩個部分分別回答了「什麼是平民文藝」、「平民文藝在題材上之著眼點」這兩個問題。

在「什麼是平民文藝」這一部分中，鄧演達如是說：

> 平民文藝是代表廣大的被壓迫群眾之要求，代表著被壓迫的平民群眾要求解放的理想，一方面對過去及現存的制度加以批評——對於現實生活的批評，一方面為將來創造——由平民大眾的革命達到無階級差別的社會而加以描繪及推動。故平民文藝是具有「浪漫性」的，因為它要以高超蓬勃的熱情去反抗一切的壓迫，反抗舊制度之虛偽黑暗，而達到人的解放。同時它又是帶有「理智性」的，因為它要求生活的合理，以合理的生活代替虛偽的生活，代替「勞而無功」的生活，使生活的效能提高，使生活豐富化。[45]

及在丘挺、郭曉春的《鄧演達的生平與思想》（甘肅人民出版社，1985年，第293頁）一書中亦論及「（鄧演達）起草的檔宣言有20多篇，近20萬字，這些文章檔大部分發表在《革命行動》月刊上，重要的有：〈平民文藝的原則提綱〉……」因此，「仲侃」應為鄧演達的筆名無疑。

[45] 仲侃：〈平民文藝的原則提綱〉，《絜茜》，第1期，1931年12月21日。

在這裡，鄧演達為「第三黨」在抗戰初期鼓吹、推行的「平民主義」定下了基調，他定義「平民文學」乃是為「被壓迫的平民群眾」而代言的文學，既批評現實，又創造將來，既是浪漫的，又是理智的，旨在「達到無階級差別的社會」。

「舊制度之虛偽黑暗」是「平民文藝」著力批判的對象。因此，「平民文藝」首先在理論上具備著觀照現實、批判社會的不公正。這實際上與洪長泰所說在20世紀二三十年代知識界所流行的「到民間去」之思潮有著密切的聯繫，從時間的影響上看，「平民文藝」當是受到「到民間去」這一社會思潮而生成。但「平民文藝」之精神淵藪來自於何呢？

鄧演達在「什麼是平民文藝」這一部分中，還說到了這樣一段話：

> 平民文藝是「人」的文藝，不是機械的文藝，它反抗一切特權階級，反抗「奴視人」、「役使人」的特權階級。故平民文藝在主觀上雖是廣大的被壓迫群眾的文藝，而其最高鵠的是「人」的文藝。因之平民文藝的理想是：創造的勞動、自由、平等、博愛。[46]

實際上，「平民文藝」的精神，乃是從「新文化運動」周作人所強

[46] 同上。

調「人的文學」、「平民文學」賡續下來的。周作人曾指出，「平民文學不是專做給平民看的，乃是研究平民生活——人的生活——的文學。」[47]因此，在周作人看來「平民文學」即「人的文學」。這構成了「五四」以來新文學的精神主潮。在這裡，《絜茜》月刊也承認「『平民文藝』是『人』的文藝」，實際上暗含了他們對於「新文化運動」精神的繼承。

鄧演達還認為，「平民文藝」在題材的著眼點上，應該有若干個注意事項，即釐清「對於現社會的描寫」、「對於廣大貧民群眾在過渡時代的悲哀與希望之深刻的描寫」、「關於倫理的批評與積極的主張」、「關於文字上的注意」、「對於中國古典文藝的態度」以及「平民文藝與普羅文義及民族文藝」之關係。因此，鄧演達所提出的「平民文藝」一方面注意到了對於「新文化運動」優秀精神資源的繼承，一方面還有著符合「社會民主主義」的獨特觀點。

在「關於倫理的批評與積極的主張」這一節中，鄧演達如是闡述：

> 整個的中國舊時代的倫理，我們認為是宗法的封建的。至通商口岸的買辦階級們所實行的基督教倫理，則是拜金主義的奴隸倫理。故我們在消極方面是要「反孔教，反基督

[47] 周作人：〈平民文學〉，見於胡適主編：《中國新文學大系・建設理論集（1917-1927年）》，上海文藝出版社，2003年，第211頁。

教」。[48]

在「關於文字上的注意」中，鄧演達又提出了這樣的觀點：

我們的平民文藝，自然是主要的以廣大平民群眾為對象，故文字務求淺顯，凡非日常用語及語法，務須避去，只求其平易而能表現微妙深切的情感。對於外國語法應在淺易的範圍內，逐漸引用，因為由此可以增加中國文字的品質及分量。[49]

對於官方提出的「民族主義文學」與左翼文學提出的「普羅文藝」，鄧演達亦有著自己不同的看法：

我們認為普羅文藝本身是否能夠成一個整然的系統，尚是問題。即使勉強能成為一個系統，也不過是一個過渡的象徵——反抗資產階級文化的「口號」而已。何以言之？因為社會主義社會是無階級的，故普羅文藝在社會主義社會是無對象的……故單純的民族文藝亦是不合於中國社會之要求的。因為它將不自覺地淪為資產階級的工具（在德法兩國，此種例最多）及帶有復古的落伍性。[50]

[48] 仲侃：〈平民文藝的原則提綱〉，《絜茜》，第1期，1931年12月21日。
[49] 同上。
[50] 同上。

這三段話基本上可以概括了鄧演達在〈平民文藝的原則提綱〉中對如何實踐「平民文藝」之核心觀點。但據此也可知，「平民文藝」之諸多思想均在當時不算新觀點。如關懷底層、強調「人的文學」、反孔、強調文學通俗易懂甚至引進西方語法等等，先前均被周作人、胡適、陳獨秀等人提過，「反基督教」儘管看似有新意，但這卻與20世紀二十年代青年學生、愛國知識分子中興起的「非基督教運動」[51]密切相關，這一運動反對帶有文化侵略性質的基督教在華傳播，並驅逐學校裡的基督教會，提倡基督教在華傳播的「本色化」，意圖建立「本色化」的中國教會。因此，在「平民文藝」的「原則提綱」中，唯一可見其原創性新意的，便是其對於「民族文藝」與「普羅文學」的看法。

這一看法亦顯示出了「第三黨」作為一個政治黨派在抗戰前期推行「平民文藝」的意圖所在。他們不但在政治思想上獨立於國共

[51] 即「非基運動」，是20世紀二三十年代中國青年、知識分子對於基督教的排斥與抵抗運動。學界普遍認為，該運動的本質是反神權的民族主義文化運動，是與五四新文化運動一脈賡續的。該運動由1922年爆發，起因是周作人、錢玄同等人反對「世界基督教學生同盟大會」在清華大學召開，知識分子要求基督教在華傳播需走「本色教會」之路，即服從中國特色與國情，「非基運動」發生之後在很長一段時間裡影響並決定了中國教會的「本色化」傳播。趙紫宸、誠靜怡、王治心與賈玉銘等人先後在中國發起並建立了「本色教會」。也有學者根據新近發現的檔案認為，「非基運動」與中國共產黨當時的支持有一定關係。見於周東華：〈聯共（布）檔案所見中共與1922年「非基」運動關係辨析〉，載於《宗教學研究》，2009年02期；顧衛民：《中國天主教編年史（635-1949）》，上海書店出版社，2003年；吳雁南等：《中國近代社會思潮》，湖南教育出版社，1998年。

之外，在文藝上也是「第三種力量」。既不贊同官方推行的「民族文藝」，亦不認可左翼文藝的「普羅文藝」。除卻鄧演達這篇〈平民文藝的原則提綱〉之外，署名「鐘流」的另一篇文章〈由平民文藝說到Nationalism〉則在一定意義上為〈平民文藝的原則提綱〉做了注解。

「鐘流」這樣說：

> 對仲侃君的提綱，若勉強地加以一種主義的解決時，則他似乎是最純粹的最正確的三民主義文藝吧？因為他在第二段之第六節明白地申明不贊成普羅文藝，同時亦說明民族文藝之不備，因為民族主義只是三民主義之一部分。[52]

如果說鄧演達提出非「民族文藝」亦非「普羅文藝」的「平民文藝」是一種獨立的、新興的文藝形式的話，那麼「鐘流」的這篇文章看似將鄧演達的觀點在形式上又拉回到了「三民主義文藝」的窠臼當中——但我們必須注意的是，「鐘流」的這一句話是一個反問句，其中有「似乎」、以及兩個「最」最後再加上一個問號。因此，「平民文藝」是不是「三民主義文藝」，在「鐘流」看來還是待定的。

但這恐怕是錢理群、溫儒敏與張大明等學者認為《絜茜》月刊

[52] 鐘流：〈由平民文藝說到Nationalism〉，《絜茜》，第1期，1931年12月21日。

是有著國民黨官方背景的原因之一。在這裡，我們必須要釐清兩個「三民主義文藝」的概念，一個是「鐘流」所提到的「三民主義文藝」，一個則是國民政府當時所主張的「三民主義文藝」政策。這兩個概念，實際上是截然不同的。

在「中國大百科全書」的「民族主義文藝」詞條中，有這樣一段話：

> （民族主義文藝）是一種文學主張和派別。1929年國民黨中央宣傳部制定「三民主義的文藝政策」，推行所謂「黨治文化」。1930年，面對無產階級革命文學的興起，國民黨的上海市黨部組織了一批政客和文人王平陵、朱應鵬、範爭波、黃震遐等，提倡「民族主義文藝運動」。他們先後發行《前鋒週報》《前鋒月刊》等，並於1930年6月發表〈民族主義文藝運動宣言〉。宣言把無產階級文藝運動與「保持殘餘的封建思想」的文藝列為「兩個極端的思想」，認為無產階級革命文學運動將使新文藝「陷入必然的傾圮」。提出要突破「新文藝的危機」，就要努力於「中心意識底形成」。而他們所說的「中心意識」，或所謂「文藝的最高意義」，就是民族主義。[53]

[53] 林志浩，「民族主義文藝」詞條，《中國大百科全書》（網路版）。

儘管這段文字存在著政治意識形態的色彩，但從中我們可以看到，「三民主義文藝」這一政策乃是「民族主義文藝」政策的先聲。從常理上看，作為反蔣的「第三黨」刊物，《絜茜》月刊斷然是不會自命為「三民主義文藝」的傳聲筒。所以「鐘流」否認了「平民文藝」就是「三民主義文藝」的說法。而且值得注意的是，作為抗戰前期的主張抵抗文藝刊物，《絜茜》並未回避對日本侵略者的關注與反思，因此在〈由平民文藝說到Nationalism〉一文中，「鐘流」還這樣說：

> 因為單提倡民族主義文學，無論如何是易於資產階級化、軍國主義化的。若以此次革命（引者按：應為北伐戰爭之勝利）擬之於明治維新，那就是大錯特錯。當明治維新時，即提倡民族主義、經中日戰爭、日俄戰爭後，由民族主義轉變為Chauvinism（引者按：意為狂熱愛國之沙文主義）了。所以日本在相當的時間內，受了世界各國的排斥。至大正末年昭和初年，日本政治家對於世界的經濟關係，稍稍覺悟了，逐漸改棄了他們的傳統，Chauvinism的態度，小者如改稱「支那共和國」為「中華民國」當然我們不稀罕——大者如對美國之讓步及反美國言論之漸次減少。無論如何，我們不能相信：三民主義是和中國將來之資產階級化，軍國主義化能夠連接在一塊的。真正的三民主義他是為被壓迫平民群眾要求解放的理想。但是我們的平民文藝不即是三民主義文

學。因為我們不贊成有目的意識的文學。[54]

在這裡，「鐘流」認為「民族主義文藝」乃不可取。因為日本就是從民族主義轉為非理性、狂熱的「沙文主義」，他同時也主張「不即是三民主義文學」，畢竟第三黨「不贊成有目的意識的文學」。當然，值得肯定的是，誕生於抗戰前期的《絜茜》月刊，其編者、作者一直未曾放棄對全民族抗戰這一歷史性課題的研究與闡釋，譬如張資平早在1931年就提出了「第二次世界大戰」這一概念。但可惜其「吶喊詩」詩歌理論與「平民文藝」文學主張，並未在實際上為抗戰文學之「吶喊」起到應有的積極作用。

通過上文對「平民文藝」這一理論的深入解析我們看到，《絜茜》月刊乃是「兩個拳頭出手」，當時中國兩大政治勢力——代表左翼政治力量的共產黨與國民政府的執政黨國民黨之政見，均被《絜茜》月刊一一否定，這明顯不符合建立「抗戰統一戰線」的社會現實需要。儘管《絜茜》月刊希望喊出自己的獨立之聲，但「平民文藝」這一概念卻來源於當時各門各類的社會思潮（如非基運動、鄉村運動與新文化運動等等），自身缺乏獨創性的理論構建，這與逡巡於「左右」之間的「社會民主主義」又如出一轍。

「第三黨」在弘揚「社會民主主義」時，曾發表了〈政治主張〉這一綱領文件。它的基本主張是進行「平民革命」，推翻南京

[54] 鐘流：〈由平民文藝說到Nationalism〉，《絜茜》，第1期，1931年12月21日。

政府的統治，建立「平民政權」的國家，進而「實現社會主義」——當然，這個「社會主義」是「第三黨」所推崇的「社會民主主義」。在社會政策上，「第三黨」注重對於底層平民現狀的改良，主張改善工人的生活，確定八小時工作制和工人罷工的權利，使工人逐漸參加生產管理。而且〈政治主張〉中還十分注意農民的土地問題。它制定的土地政策是：「原則上主張土地國有，而用耕者有其田為過渡的辦法」。[55]由是可知，「平民文藝」這一文學主張乃是服從於〈政治主張〉的輔助性綱領。

談完《絜茜》月刊在文學理論上的若干主張之後，筆者再從《絜茜》月刊所刊登的文學作品來分析其「平民文藝」之創作實踐。歷史地看，隨著現實主義文藝思潮的傳播，底層敘事在20世紀20至三十年代各類文學體裁與文藝思潮中均有所體現，而《絜茜》月刊則率先成為較早的參與者之一。因此，拋卻鄉村運動、「到民間去」等若干具體、客觀的思潮導引之外，這裡還有一個深層次的原因已被舒衡哲（Vera Schwarcz）所闡釋：

> 到了1930年代，受過教育的精英們，已經可能在擁有他們在1910年代所曾經具有的權威來向平民布道。他們對自身解釋歷史的能力缺乏自信，更不用說去指導歷史的進程了。「五四」老將選擇了一個小得多的文化活動範圍。由於已經

[55] 〈政治主張〉，見於曾憲林、萬雲主編：《鄧演達歷史資料》，華中理工大學出版社，1988年，第402頁。

承認自身見識的侷限性，現在自稱為「知識分子」的人們，開始緩慢而又謹慎地向「大眾」靠攏。[56]

通過舒衡哲的分析便不難看出，當時的「知識分子」之所以選擇「向『大眾』靠攏」的原因，乃是為了將啟蒙的對象轉向底層平民。其實在〈平民文藝的原則提綱〉一文中也早已看出，對於話語權的爭奪也是《絜茜》月刊提出「平民文藝」之初衷。

從本質上說，《絜茜》月刊所強調的「平民文藝」之實踐不外是一種意在「啟蒙」的「底層敘事」，作為中國現代文學中一個宏大命題與重要概念，「底層敘事」一直貫穿中國文學現代性發生、形成的全過程。一般來說，現代文學的「底層敘事」有兩條大的脈絡：一條是以魯迅、許欽文與葉聖陶等人的作品為代表的鄉土文學，主要描寫近代中國農村現代化進程中的農民的生存問題；另一條則是以郁達夫、蔣光慈與成仿吾等人的作品為代表的城市文學，主要描寫「五口通商」之後中國城市中產業工人與小知識分子在外來資本、官僚資本與禁錮的高壓政治下，如何面對理想破滅、貧富分化的現實生活困境。這類敘事的意義並非只是在於喚起社會各階層的「同情」，更是以「啟蒙文學」之姿態，在「努力獲得階級意識」、「接近農工大眾的用語」與「以工農大眾」為目標受眾的前提下，以淺顯但又必要超越「淺薄的啟蒙」的語言，完成「從文學

[56] [美]舒衡哲（Vera Schwarcz）：《中國啟蒙運動：知識分子與五四遺產》，劉京建譯，新星出版社，2007年，第232頁。

革命到革命文學」的躍進。[57]

不寧唯是，二十世紀三十年代的中國「底層文學」多半以「普羅文學」為實現形式，強調文學敘事內容與功能的階級屬性。但在兩期《絜茜》月刊中所刊發的小說來看，他們所主張的「平民文藝」特別是「新農民文學」恰有著自己的特點，準確說，是「第三黨」政治主張的文學實踐。譬如第一期《絜茜》月刊所連載的張資平的小說〈十字架上〉就是一個典型。[58]這部小說中的主人公雷賓星是一個鄉村破落官僚子弟，出生於由農而仕之家的他，從小頑劣叛逆。這樣的個性使得雷賓星在今後的生活中不斷地嘗試著追尋、質問甚至試圖打破自己所處的環境。

作者對於「平民意識」尤其是農民的意識形態，有著自己獨到的看法：

> 賓星的增族兄弟忘記了他的父親是逐什一之利的商人，而極力提倡孔孟之學，以重利的商人為賤丈夫，以耕田作地的農民為下流階級，不許他們的子孫業商，或務農。他們以為所謂商，所謂工，所謂農，是專為供奉他們一類的高貴紳士而生存的。他們並沒有得到他們的生活是全操在農民的手中。

[57] 成仿吾：〈從文學革命到革命文學〉，見于霽樓：《革命文學論文集》，上海書店出版社，1986年，第121-134頁。

[58] 這部小說並未寫完，據丁嘉樹在〈丁丁特別啟事〉中稱，是因為日軍對上海的轟炸導致了張資平〈十字架上〉手稿的佚失，這部小說遂成了一部殘章。

（引者按：原文如此）[59]

這種為農村勞苦大眾鼓與呼的文字在《絜茜》月刊中並不鮮見，譬如在李則綱的小說〈牧場〉中，主人公放牛娃面對東家的剝削與責罰，曾有著這樣的呼號：

> 我們為什麼要看牛？為什麼要替人家看牛？是不是牛要人看才得生活？人要看牛才有飯吃？但是別人的兒子是不是像我們一樣看牛？是不是像我們一樣風吹雨打？假使我們都不看牛，世上要怎樣？假使人們都看起牛，世上又要怎樣？[60]

這樣的排比性的呼號，大有「恨世界未大同」的氣魄，但是這兩位作家都沒有顛覆世界的意圖，張資平認為「布爾喬亞」是改變世道的法寶，而李則綱則用「呵！牛是要看的，我們是要看牛的！」這個「想了很久的一個簡單的結論」[61]作為解決問題的出路。

〈十字架上〉與〈牧場〉在《絜茜》月刊中絕非零星的個案，在另一部小說〈煙苗捐〉中，作者楊昌溪用極富現代主義風格的筆觸，展現出了一個單線條、單場景的敘事文本，小說情節跌宕但修辭淺白，講述了新軍閥師長張煥廷與參議吳白林兩人關於「煙苗

[59] 張資平：〈十字架上〉，《絜茜》，第1期，1932年12月21日。
[60] 李則綱：〈牧場〉，《絜茜》，第1期，1932年12月21日。
[61] 同上。

捐」的對話。在小說中，吳白林曾是受「五四」精神影響的熱血青年，但後來由於受到腐敗政治的誤導，墮落為新軍閥之幫兇，甚至土匪出身的張煥廷還按照吳白林的建議，增設掠奪民財的「煙苗捐」。但是，在討論的過程中，吳白林開始反省自己的所作所為，而良知未泯的張煥廷在潛意識中步入夢境，看到自己最終的結果是被暴動的農民群起攻之而殺掉，從夢中張煥廷遂驚醒，最終決定廢置「煙苗捐」。

小說中的衝突，其實是張煥廷與吳白林的「昨日」與「今日」之衝突。「昨日」之吳白林，乃是「還以××黨的革命青年自命」，「誰願意去為軍閥走狗而剝削民眾呢」，只是因為「過去的理想已行死滅」，自己終於被「叛道者的決心所主宰」，成為「貪官污吏」，之前自己亦曾「在狂熱的××黨的時候，睥睨著一切」，「稍帶著土豪劣紳和貪官污吏味的人都恥與為伍」，而自己墮落的原因則是「不能擺脫小布爾喬亞的意識。結果，使自己與思想成了個極端矛盾的人。」[62]

在油燈下，自我反省與批判的吳白林說了這樣一段話：

> 一個人本來是莫名其妙的東西，比猴子玩把戲還更可笑，一戴上異樣的面幕便做出不同的罪惡來。現在我還是有點靈性麼？呵，我還有點人性麼？我幾乎不能回答了……什麼叫布

[62] 楊昌溪：〈煙苗捐〉，《絜茜》，第1期，1932年12月21日。

> 爾喬亞和普羅塔尼亞呵，現在我是倦於分別了。因為資產階級和無產階級要求的都是衣食住行性等等的解決，不過是在欲望上有大小罷了。其實動機還是一樣的。早前我何嘗不是卷著舌子為××階級的革命搖旗吶喊吶，但我始終是不為革命犧牲，我不過是他們的同路人，對他們同情罷了。然而我相信那是自己也為革命衝動過，但我一占到敵人的階級時，一切美夢都破滅了。我相信許多人占到我的地位也就不再革命了！[63]

與其說這段話是吳白林的自我認識與解剖，倒不如說是「第三黨」知識分子們對於自身的嘲諷與鞭撻。但土匪出身的張煥廷則沒有這樣的思想深度，在夢中，他夢見自己被暴動的農民殺死。醒來之後，他猛然醒悟「現在的農民不可輕視」、「他們受了什麼革命黨的煽動，要起來反抗是容易的，你說你有槍，他們還有呢，不過他們沒有團結罷了」。最後，張煥廷承認「這點逆錢我不要都沒有關係，我要保全我的隊伍」。[64]

無疑，楊昌溪認識到了當時受壓榨農民的革命性，但卻將農民問題的解決出路放置到了一個相對溫和、妥協的策略上，即寄託於軍閥們自身人性的萌發，進而仁慈到對農民「高抬貴手」。這也是社會民主主義者們的「社會改良」政治主張。

---

[63] 同上。

[64] 同上。

除卻對農村貧民的描寫之外，對於城市底層平民的關注，《絜茜》月刊也頗為出力。在第二期中，刊登了一篇無署名的短篇小說〈負負〉，這篇小說講述了B君、C君、E君、K君、H君與G君六個底層上海市民，因為窮困至極，而不得不鋌而走險去合謀搶劫的故事。小說雖短，故事卻曲折跌宕。一開始是C君萌生搶劫之意，約B君商議，但疑其會出賣自己，遂躊躇不定，但後來實在無人可候選，C君遂約另外幾位說服B君，六人一起確定搶劫目標之後，因C君臨時有腳傷，剩餘五人一致讓C君在家留守，C君當時本身對搶劫這一選擇亦心生悔意，因而亦願呆在家中。C君許久後遲遲等到不到他們回來，疑心五人坐地分贓後逃逸，在家中咒罵不止，結果，在次日報章上C君看到了五人搶劫時被巡捕就地擊斃的新聞，自覺對不起朋友，竟不自覺咬傷自己右指，受驚昏厥過去。

這部小說使用了現代主義修辭手法，一開始便採取「閃回」（flashback）的蒙太奇鏡頭法敘事，在當時來說是新穎的。當然，我們可以看作這部小說乃是中國傳統文學中「官逼民反」的精神延續。這類帶有「造反意識」的作品在中國文學史中並不鮮見，從漢樂府的〈東門行〉到明清的「蕩寇」、「俠義」話本小說，綠林好漢們的「揭竿而起」、「嘯聚山林」構成了中國通俗文學敘事題材中的重要一脈。

但〈負負〉卻不同，它書寫了一個主人公註定失敗的悲劇結局。故事的衝突由來自於平民階層內部的矛盾所推進——首先是提議搶劫的C君懷疑B君會出賣他，然後，最後留守在家的C君仍然對另外五人產生了不信任。他們雖然來自於底層，但是卻相互存在著疑心與提防，最終，他們則不是被巡捕擊斃就是受驚暈厥。這彷彿預示了底層民眾在一個法制、文明的城市社會裡選擇「拔劍東門去」的必然結果。

小說意味深長之處在於，六個搶劫者對於當時中國社會，有著一定的認識，譬如K君便有「現在的世界完全是個矛盾的世界。現在的社會，完全是整千整萬的矛盾事實造成功的。」並進而認為「像這種社會不給他改革一下，怎麼得了！」[65]

在討論是否該去搶劫時，E君說了這樣一番話：

> 媽的，什麼人格，名譽，道德，這些都是鬼話；這些都是要我們永久屈服在權威之下，不准動一動，反抗一下的鬼話。我們沒有飯吃，沒有錢用，動一動，反抗一下，就是不道德，沒人格，試問他們有錢的人，錢是從哪兒來的？還不是從一般人身上剝削去的嗎？他們這樣沒有人格，有道德，為什麼我們再向他們身上奪些過來，就是沒人格，不道德呢？我們不要人格，名譽，道德，這些都是資產階級麻醉被壓迫神經的迷藥，我們要剷除他，我們要不遺餘力地剷除他！[66]

就《絜茜》月刊所刊發的文章而言，上述這類對舊社會剝削、壓迫

[65] 佚名：〈負負〉，《絜茜》，第2期，1932年9月15日。
[66] 同上。

與欺騙導致社會不平等之呼號的著述並不罕見。這反映了他們對於「平民文藝」這一文學理論的努力實踐。在這些反映底層平民的文學作品裡，我們看到的是題材來源在地域上的多樣化——不只是鄉村、小鎮，還有城市、郊區。

從文化地理學的「景觀理論」來看，無論是農村還是城市，都是「文化景觀」。在雷蒙・威廉斯（Raymond Williams，1921-1988）的《鄉村與城市》（*The Country and the City*）中，鄉村與城市二者之間的矛盾關係被重新界定了，兩者之間悖論的本質乃是意識形態與權力博弈之語境的不同，因此，無論城市還是農村，其差異不過是社會建構所導致的結果不同而已。[67]

正如小說修辭學理論所界定的那樣，在《絜茜》月刊的編者與作者看來，大家普遍關注的是「誰」（Who）這一問題，而不是「什麼地方」（Where），無論是鄉村還是城市，都是雷蒙・威廉斯所言之「社會與意識形態建構結果的不同」。[68]在同一種集權制的社會制度下，無論是城市，還是鄉村，都無法規避其制度性的矛盾——即剝削、壓迫、欺騙甚至鎮壓而導致的社會衝突。除卻上述的一系列文本之外，刊發於《絜茜》第一期的〈城市的悲哀〉（楊大荒著）即用白描的手法講述了發生在一對進上海打工的鄉下人「小無錫」與「阿妹」之間的故事，開酒館的「阿妹」為了迫於生

---

[67] Raymond William：*The Country and the City*. London Chatto & Windus. 1973, p.173.

[68] 同上。

計竟然甘願成為富商、貪官與軍閥們的玩物，「小無錫」的結局也不知所蹤。

根據上文對於《絜茜》月刊中不同文本的分析，筆者得出三點結論，首先，這些文本都有著一個共同的特點，即對「平民文藝」這一理論的文學實踐。寫作者們竭盡所能批判政府腐敗、揭露階級矛盾並痛斥社會不公，其用力顯然易見，但所有的文章都未曾提供一個可行的出路——且無論是暴力革命，還是非暴力手段，作者均未有所論及。幾乎所有小說最後的結局都是消極的，被壓迫的平民們不是「被迫消失」、被處死、茫然地自怨自艾，就是獲得貪官們的「高抬貴手」而獲得一絲一毫的生活改進。試想，這樣的作品，縱然語言再淺白、內容再通俗，又豈可以在平民中獲得任何的正面宣傳意義？

實際上，這些作品在本質上是「社會民主黨」對社會問題解決方法的文學性闡釋，社會民主黨所強調的「社會民主主義」實際上認識到了資本主義社會中的貧富分化與社會危機。但它並不認同「暴力革命」與馬克思的「卡夫丁峽谷」理論，而是主張充分經歷資本主義這一階段之後然後再進入社會主義，[69]在時機未到來之際，受壓迫的底層平民對於這類壓迫有控訴、申辯甚至咒罵的權利，但是在行動上唯一能做的只有「忍耐」。因為在資本主義制度的公民社會裡，公民以服從憲法、法律與政府的管理為首要前提，

[69] 謝韜：〈民主社會主義模式與中國前途〉，《炎黃春秋》，2007年第2期。

而絕無顛覆政府的權利。

而且，《絜茜》月刊「提出理論」在前、「發表作品」在後的文藝指導原則是不合常理的。所提出的「理論」必須要符合文學創作規律，與大時代背景相吻合，是對於具體文學創作實踐與經驗的科學總結，而《絜茜》月刊所提出的「平民文藝」理論與這三點並無太大關係。因此「平民文藝」這一理論很難走遠，也是情理之中。

恩格斯（Friedrich Von Engels，1820-1895）曾認為，如果「散文家或者是詩人，都缺乏一種講故事的人所必需的才能，這是由於他們的整個世界觀模糊不定的緣故。」[70]清代文論家袁枚也認為「蓋詩有從天籟來者，有從人巧得者，不可執一以求。」[71]而另一位俄國形式主義文論家杜勃羅留波夫（николай але ксандрович добролюбов）[72]則對於文學的理論批評與創作之間的關係做了相應的闡釋，他認為文學理論批評所存在的意義在於「說明隱藏在藝術家創作內部的意義」，並「沒有權利在詩人的理論見解上糾纏不

---

[70] [德]恩格斯：〈詩歌和散文中的德國社會主義（1846-1847年）〉，見於[德]馬克思、恩格斯：《馬克思恩格斯全集，第4卷》，人民出版社，1957年，第237頁。

[71] 袁枚：〈隨園詩話·卷四〉，見於胡經之：《中國古典美學叢編·中冊》，中華書局，1988年，第479-480頁。

[72] 杜勃羅留波夫（1836-1861），19世紀俄國著名的革命民主主義者和文藝批評家。曾在彼得堡中央師範學院學習，1857年從中央師範學院畢業後參加《現代人》雜誌的編輯工作。他在這個雜誌上發表了一系列才華橫溢的優秀論文，產生了廣泛而深遠的影響。

清」。[73]

由此可知，寫作者的世界觀、個人體驗與靈感決定著其創作實踐，縱然某種「理論」可以指導創作出一些不錯的作品，但這些理論也必須要符合文學創作規律並與切合於時代背景，是對於具體文學創作實踐經驗的科學總結。但以鄧演達為主要領導的「第三黨」卻企圖首先按照該黨所遵循的「社會民主主義」的若干政治主張，推出「平民文藝」這個文學理論，使得〈平民文藝的原則提綱〉成為服從於〈政治主張〉的「次綱領」。然後再憑藉這個先行的、具體的條條框框理論，期望產生出一批好的作品——但須知鄧演達本人並不熟悉文學規律，加上《絜茜》月刊辦刊時間短、作者又算不得國內一流的作者群，鑒於此，這一理論的流產亦是預料之中了。

但公正地說，《絜茜》月刊刊發的一系列作品，其實還算有一定功力的，雖然作者除張資平之外均無太大名氣，但也顯示出了他們的用功之處。因此，無論是「吶喊詩」還是一批關於城鄉底層平民生活境遇的「敘述小說」，都在不同的層面反映了一定的現實社會矛盾，並有著不算差的文學功底——這是可圈可點的，但可惜在於，由於「理論先行」的錯誤引導，兼之自身小資產階級在政治上的思想侷限性，以及創作資源過於單一，使得「平民文藝」理論無法獲得深入發展的機會。

通過如上的闡釋，筆者得出第三個結論：「平民文藝」之所以

[73] [前蘇聯]杜勃羅留波夫：〈真正的白天什麼時候到來？〉，見於《杜勃羅留波夫選集，第2卷》，辛未艾譯，上海文藝出版社，1959年，第262頁。

會失敗，很大原因乃是因為《絜茜》月刊以一個不切實際的理論來指導文學創作，顯示出了「第三黨」在文藝上漠視客觀規律，在政治上不成熟的侷限性。

在敘述20世紀三十年代的中國思想史時，陸弘石所下的論斷在這裡或許有著一定啟示意義，「1931年的『九一八』事變和1932年的『一二八』事變，已然把整個中華民族逼到了生死存亡的危險關頭。同時，政治的腐敗與經濟的凋敝，又使廣大民眾與統治者的矛盾越來越趨於尖銳化」但「民族危機激發了全民性的愛國意識和救國願望」使得「民族矛盾」逐漸超越了「階級矛盾」，發展為中國社會的主要矛盾。[74]作為一個與國民黨右派分道揚鑣，但又不親近共產黨的「第三黨」卻未在《絜茜》月刊的辦刊中體現出這種未雨綢繆的矛盾轉變——在兩期《絜茜》月刊中，除卻寥寥一兩篇論及抗戰救亡的文字之外，我們看到的依然是通篇的階級矛盾，以及對社會貧富分化的不滿。

縱觀「第三黨」黨史，從創立伊始直至後來「農工黨」成立之前，該黨一直不受國、共兩黨歡迎。因為該黨本身就是由「國民黨的左派」與「共產黨的右派」合作組成。「在國民黨左派鄧演達和共產黨個別領導人之間，就曾有解散共產黨，再次改組國民黨，另組第三黨的醞釀。」[75]因此，在抗戰前期民族矛盾開始呈現出尖

[74] 陸弘石：《中國電影史：1905-1949》，文化藝術出版社，2005年，第62頁。
[75] 北京師範大學中國現代史教研室：《中國現代史：1919-1949，第1卷》，北京師範大學出版社，1983年，第286頁。

銳化這一特定的歷史時刻，從局部抗日轉向全面、全民族抗日乃是大勢所趨。「第三黨」的政治主張雖然有自身的獨立性，但是卻與大時代、大環境與大趨勢相脫節。在一個「民族矛盾」即將上升為「主要矛盾」的時代，過分強調「階級矛盾」，實屬逆潮流而動，反彈時代之琵琶——儘管《絜茜》月刊的編者們非常前瞻性地預見到了全面抗戰甚至第二次世界大戰即將爆發的可能性。但他們卻未將辦刊的方向盤打到「抗戰文學」這個大方向上，結果迫使自己在強調階級鬥爭的「平民文藝」空想理論中越走越窄，最後終於走進了歷史的死胡同。

實際上這與「第三黨」的自身階級侷限性有一定關係。無論是鄧演達，還是張資平，在其本質上都是帶有小資產階級情結的革命者，他們自身不具備作為政治領袖的意志力與雄才大略，其革命行為亦不澈底、完全。在全民族救亡的大時代語境中，「第三黨」及其刊物卻被階級侷限性所指引，不但提出一個不切實際的口號，而且還竟意圖使作家創作屈服於與現實脫節的理論，因此它們共同走入短命的怪圈，亦不足為奇了。

所謂「小資產階級」，即小布爾喬亞（petite bourgeoisie），最早出現在現代工業與資本主義萌芽的19世紀上半葉，這是當時社會所造就的一批特有人群——他們擁有穩定的收入，服從工業社會的精神與秩序，追求生活品質、內心體驗與精神享受。在〈德國維護帝國憲法的運動〉一文中，恩格斯如是定義並批評「小布爾喬亞」這一特有的階級：

> 這個階級（指小資產階級）在它還沒有覺察出任何危險的時候，總是吹牛，愛講漂亮話，有時甚至在口頭上堅持最極端的立場；可是一旦面臨小小的危險，它便膽小如鼠、謹小慎微、躲躲閃閃；一旦其他階級鄭重其事地響應和參加由它所發起的運動，它就顯得驚恐萬狀、顧慮重重、搖擺不定；一旦事情發展到手執武器進行鬥爭的地步，它為了保存自己的小資產階級的生存條件，就預備出賣整個運動，最後，由於它的不堅決，一旦反動派取得勝利，它總是特別地受欺騙和受淩辱。[76]

在這裡，恩格斯一針見血地指出了「小資」的一個基本、顯著的特徵：愛喊口號，本質軟弱。而這對於「第三黨」及其所主辦《絜茜》月刊之短命覆亡命運，也有燭照的意義。作為「第三黨」早期的宣傳領導者，張資平孱弱膽小、虛張聲勢、敷衍塞責的本性在辦刊的過程中已然獲得了顯示。因此，「平民文藝」作為一種建構在虛空口號上的文學構想，勢必因為「第三黨」這種特殊的階級侷限性而註定破滅。

---

[76] [德]恩格斯：〈德國維護憲法的運動〉，見於中國歷史唯物主義研究會、中國社會科學院歷史唯物主義研究室主編：《馬克思恩格斯列寧斯大林毛澤東論歷史唯物主義，第2卷》，北京師範大學出版社，1983年，第1607頁。

第四節　作為早期抗戰文學期刊的《絜茜》月刊之經驗與教訓

如果說，《絜茜》月刊的編輯者乃是「躲進小樓」的「抗戰無關論者」，那麼，對其批評或許還有一定的迴旋餘地——畢竟我們無法強求文學必須要為社會、政治服務，「為藝術而藝術」何嘗不也是一種藝術的自然境界？但是我們看到的是，《絜茜》月刊乃是一個新興政治黨派的「機關文學刊物」。作為政黨為了一己之「階級理想」而忽視全民族之利益，實在是過於侷促偏狹；而且，《絜茜》月刊第二期刊發了無署名文章〈吊今戰場記〉，這篇有著不凡洞察力的文章從史實上反映了該刊的編輯者並非缺乏政治眼光，而是下筆力度不夠。因而在一定意義上有意地回避抗戰這一社會主題。[77]

〈吊〉文以歷史的眼光準確地預言了「九一八」事變乃是「日帝國主義者整個的侵略我國計畫中的各個步驟」之一，並進一步認為「一二八」事變乃是「資本主義的矛盾」、「是他（資本主義）崩潰前夜之必有的現象」甚至是「第二次世界大戰的第一響信號」。[78]這在當時來看，應是文藝界論述即將「全面抗戰」的較早聲音，理應有著一定的研究意義。

[77] 中國現代文學史上以「吊今戰場記」為名且頗有名氣的另一篇文章為王統照所寫，但王統照一文則完稿於1937年。因此，該文與王文應是兩篇毫不相干的文章。

[78] 佚名：〈吊今戰場記〉，《絜茜》，第2期，1932年9月15日。

這篇文章以散文的筆觸，描述了「一二八」事變之後整個上海陷入一片戰火、難民流離失所的悲壯景象，但作者仍不失「吶喊詩」之表達形式與「平民文藝」之文學追求。值得研究的是，該文雖寫成於1932年，但卻對日本今後的侵華動向甚至抗戰全景有著清醒的預見性判斷，是一篇頗為重要的抗戰文獻。這反映了「第三黨」對於時局是有著相對正確認識的。

在〈吊〉文的前三段中，是這樣的三段話：

> A.D.一九三二年一月二十八日晚，日帝國主義者的暴軍進犯我上海，我駐軍英勇的十九路軍能盡保國衛民的職責的與之接戰。日軍先後在屢屢的失敗中運到十萬餘人。無限的新式戰鬥利器，而我十九路軍只三萬人，器械又大都是陳舊的，以少抵眾，以弱抵強，總因我方政府當局的腐敗，在奴隸的柔軟外交之下，不但不遣派軍隊援助，反而阻止了為了愛國心激發而自動要前來援助的軍隊，所以不得已的在二月一日晚及二月二日早撤後退守了第二防線。
>
> 在這裡，我十九路軍，在我次殖民地的一階段歷史上造成了一頁光榮的記錄。
>
> 在這裡，我違反民意的政府，城下盟的與之簽訂停戰協定，又造了國家的一個奇恥大辱。[79]

[79] 同上。

《絜茜》月刊的編輯者、撰稿者們極度憤恨國民政府在上海實行的不抵抗政策。尤其是對於中日在英、美、法、意各國調停之下簽署〈淞滬停戰協定〉，更斥之為「城下盟」、「奇恥大辱」。在這篇文章中，從他們對於國際形勢相對準確的判斷，更能看到他們有才無略的一面——過於「重視口號」的「第三黨」在面對各類社會矛盾時，喊口號並不落後於人，但在實際行動時卻猶猶豫豫、孱弱偷生，使其喪失了作為政治黨派的基本品格。

值得注意的是，〈吊〉文雖有一定的前瞻性，但卻依然是「吶喊詩」的路數。詩歌般的段落或是短促、激情的語言貫穿全文。譬如在該文的第二部分「虹口公園」一段中，就有悼念朝鮮抗日志士尹奉吉（Yun Bong-gil）的短詩，詩歌中有這樣的幾段：

> 尹奉吉！你不是一個朝鮮人／你不是朝鮮的一個戰士／呀！你是世界上的人／你是被壓迫階級的戰士！
> 尹奉吉！勇敢的尹奉吉！／你造成了人類革命的奇跡！／你一個炸彈的擲拋／震動了全世界革命的怒潮！[80]

作者也承認，在寫這首詩之前「我的情緒激蕩了」，這樣老嫗能讀的「吶喊詩」或類似於「吶喊詩」的口號式短促、排比性語言在〈吊〉文中幾乎隨處可見。譬如在第六部分「炮臺」一段中，作者

[80] 同上。

寫下了「心痛得一陣一陣的蕩了！揚子江只能永遠的怒號了！黃浦江只有永遠的哀鳴了」[81]這樣的詩句，再譬如在第七章「江灣上海大學」中，作者對於上海大學受到日軍的摧殘而悲憤亦寫下了「你隨著革命的高潮而發達／也為了革命中挫而被封閉／如今是被資本帝國主義者的大炮／轟炸而造成了這個奇跡」[82]等詩句。

這類口號性的詩作、激昂短促的語言，在《絜茜》月刊中，並不鮮見。作為「平民文藝」理論的主要表現形式，在對抗戰這一問題的闡述上，「吶喊詩」也被派上了用場，發揮了新的作用。

但縱觀該刊的創刊與停刊，結合當時語境與歷史影響，並據具體文本的分析審理，作為早期抗戰文學期刊的《絜茜》月刊，在「抗戰」這個宏大語境中，有著如下幾點時代意義與歷史經驗教訓，作為啟示。

首先，《絜茜》月刊敏銳地發現了日本侵略全中國的意圖，並就這一歷史主題作出了相對準確的判斷。但由於自身的階級侷限性，使得其在論述、介入這一主題時依然採取了空洞的口號與強調階級矛盾的範式，這是其註定失敗之直接原因。

作為抗戰前期的文學期刊，《絜茜》月刊所刊登的〈吊今戰場記〉一文，揭露日本推進性侵華之陰謀，並預言「第二次世界大戰」即將爆發，這在知識分子界屬於前所未有之先聲，是值得肯定的。但是在闡述這一問題時，《絜茜》的編輯者卻又未能利用自身

[81] 同上。
[82] 同上。

的眼光與文學期刊的號召力量，召集當時一批有影響力、號召力與創作實力的作家撰寫專題類文章，推出「抗戰文學專號」。而是僅僅只刊登了一篇文章，便「棄刊逃走」。從歷史的角度看，這篇文章在當時並未造成應有的影響，這既是一件非常可惜的事情，也是「第三黨」自身階級侷限性所造成的歷史悲劇。

而且，就從〈吊〉文本身來看，除卻其「吶喊詩」的口號性之外，該文本身對於抗戰這一問題的論述，亦觀點鮮明，深度不足。儘管一方面作者敏銳地捕捉到了日軍從東北、華北再到上海的分段性侵略乃是日軍侵華的不同步驟，且認識到歐美國家就此事的「調停」乃是犧牲弱小國家利益、保全大國利益的綏靖主義之舉，更發現了這是資本主義危機的政治表現，但作者依然卻缺乏相應的深入研究。譬如並未將之後的抗戰戰局做相關的預測，以及就如何抵禦日本的入侵而提出自己的建議，同樣，也沒有在文章中體現出所提觀點之原因及依據，這些都是值得惋惜的。

其次，通過對《絜茜》月刊命運的綜合分析，證明了「社會民主主義」及其相關綱領並不適合中國的具體國情，這是其辦刊失敗的本質原因。

作為在中國進行「社會民主主義」較早的嘗試，「第三黨」在政治上用血的失敗教訓證明了這條道路在中國行不通。《絜茜》月刊則從文藝的角度來輔證了這一教訓。正如前文所述，《絜茜》月刊只辦兩期便匆匆停刊，這從本質原因上暴露了中國早期「社會民主主義者」們的歷史侷限性。

《絜茜》月刊的創辦者、主力撰稿者與編輯者均為小資產階級的代表。他們擁有較為淵博的學識、較為舒適的生活與一定的社會地位。但長期以來，自命「精英」的他們卻養成了唯我獨尊、患得患失、追求享樂、缺乏責任感的小資產階級政治家稟性。須知代表少數人的「精英」是盛世的產物，但亂世則需要的是敢為天下先的「先驅」。擅長高喊口號的它們，一旦在面臨自己利益受到損害甚至毀滅時，一定會權衡利弊，最後放棄自己的社會責任與理想追求，這種氣度註定無法成為時代的「先驅」。

但政治鬥爭甚至民族戰爭則是殘酷的。當戰爭發展到威脅他們的利益即將受損甚至生命受到威脅時，他們則會毫不猶豫地選擇自保。在《絜茜》月刊第一期，張資平尚且意圖「踏著烈士的血跡前進」，但是到了第二期便將刊物扔給丁嘉樹，自己躲到上海郊區做職業作家，其變化顯然與「一二八」事變導致上海地區戰事的加劇有著直接性的關係。但他的所作所為，實在與一個政黨宣傳工作領導者的標準相去甚遠。

在此，章詒和描述羅隆基（羅隆基非「第三黨」成員，但他所在的「國家社會黨」最後選擇與章伯鈞的「第三黨」合併為「民盟」）的一段話卻可以構成對20世紀二三十年代「小資產階級政治家」們普遍稟性的基本定義：

> 他雄才大略，但又炫才揚己；他憂國憂民，但也患得患失。他思維敏捷，縱橫捭闔，可性格外露，喜怒於形。他雄心勃

> 勃有之，野心勃勃亦有之。他慷慨激昂，長文擅辯；也度量狹窄，錙銖必較。有大手筆，也耍小聰明。他是坦蕩蕩之君子，也是常戚戚之小人。[83]

而且，《絜茜》月刊過於強調「階級矛盾」而忽視「民族矛盾」，這並非是他們眼力不足，而是過於追求自身的政治信仰，在「階級矛盾」與「民族矛盾」之間產生了厚此薄彼的錯誤判斷。

這或許看起來有些吊詭，但是縱觀現代中國社會，「民族矛盾」與「階級矛盾」一直是此消彼長的兩大矛盾，他們交替構成了1949年之前中國社會的主旋律。無論是國民黨、共產黨還是第三黨，都曾在這兩個矛盾之間進行著權衡。一方面，「第三黨」敏銳地看到了「民族矛盾」即將變成中國社會主要矛盾的大趨勢，作為「一二八」事變的受害者，他們對於日本帝國主義無疑是痛恨的，但另一方面，他們作為一個強調階級性、意圖在中國構建「平權社會」的政黨，又必須關注、批判當時中國階級矛盾日益尖銳這一客觀事實。因而他們在辦刊中所不得不呈現出這種厚此薄彼、無法回避的致命矛盾。所以，《絜茜》月刊在一定程度上的民族主義立場與歷史洞察力值得肯定，但其因自身侷限性，使得對「抗戰文學」沒有貢獻應有力量這一史實，也必須予以正視、批評。

同時前文已經提及，通觀張資平在1936年之前所創作的作

[83] 章詒和：《往事並不如煙》，人民文學出版社，2004年，第301頁。

品多半以宣傳抗日為主，如《天孫之女》《紅海棠》等等，在當時都頗具影響力。而且該刊〈吊今戰場記〉一文也敏銳地發現了「九一八」事變爆發乃是日本全面侵略中國的起始，但囿於階級侷限性，使得他們在看問題時過於關注階級矛盾，而對於抗戰問題關注的力度有所不夠。

而且，《絜茜》月刊中所刊登一系列文章既對現政權不滿，又不贊同暴力革命，因為這份刊物乃是為「社會民主主義」相關綱領的傳聲筒。但這樣的辦刊宗旨又在一定程度上消磨了張資平等「第三黨」領導人的救國熱情。黨派之爭的鼓吹反映了「第三黨」只顧一黨之利，漠視民族大義的狹隘。

再次，《絜茜》月刊證明了1949年之前除了中國共產黨之外的其他在野黨派（部分在野黨派在1949年之後改組為參政議政的民主黨派）對於文學體制的干預——即「第三種政治力量」與中國現代文學體制的關係問題。

長期以來，象徵著其他在野黨派的「第三種力量」與現代文學體制關係這一問題在大陸文學研究界一直未能受到重視，原因在於絕大多數較成規模的在野黨派都是在20世紀四十年代甚至是抗戰勝利的1945年成立的，他們與「中國現代文學史」（1917-1949）相伴僅數年。譬如馬敘倫、許廣平所發起的「民進」、黃炎培、章乃器所發起的「民建」、張瀾、羅隆基任創始人的「民盟」等等，但是，它們的成立時間都要大大晚於「第三黨」——創建於1930年的「農工民主黨」，這也是中國大陸官方認可的成立時間。

因此，在野黨派中唯有「第三黨」與現代中國相伴時間最長，也只有它有更為充裕的時間干預中國現代文學的體制——但鮮有除了中國共產黨之外的在野黨派與現代文學體制發生關係，因為除了上述的時間原因之外，國共兩黨在20世紀四十年代高度對立，社會矛盾極其尖銳，其他在野黨派只有通過政論、集會等參政形式才能實踐其政治理想。但當時新文學的體制基本上已經定型。在這樣的一個大環境下，《絜茜》月刊與「第三黨」的關係很容易被後來者忽略，以至於對於許多現代文學研究者來說，現代文學中除了紅色、左翼的期刊，其餘刊物基本上都是反動、右翼的。

文學在中國社會政治現代化中的意義不言而喻，中國社會思潮現代化的邏輯起點是以文學革命為起因的新文化運動。因而筆者認為，作為第三種政治力量的其他在野黨派儘管並沒有如國共兩黨一般，直接干預中國文學現代性生成的過程，但兩者關係的研究價值仍不容忽視。尤其是對《絜茜》月刊的重讀，實際上等於重新認識當時中國在野黨派（除國共之外其他政治力量）與現代文學之間的關係。學界公認，無論是國民黨，還是共產黨，從本質上看都是中國社會政治實現現代化的重要力量。但客觀地說，一國社會政治的現代化，並非單純只依靠一兩個政治領袖或是政黨去實現的，而是要依靠其他政黨、社團、組織甚至起著轉折意義的個人的共同奮鬥。

《絜茜》月刊就是其他在野黨派曾意圖依靠文學來改變中國現實的證明，從鄧演達介紹張資平加入「第三黨」並任命其為中央宣傳委員，直至《絜茜》兩次創刊，我們都可以看作是「第三黨」這個勢力微弱的政黨在當時的社會語境下勉為其難的文化實踐，再從張資平日後「脫黨」並把刊物扔給丁嘉樹自己「拍屁股走人」的史實來看，張資平確實絕非是「第三黨」的忠實信徒，而是鄧演達在特殊時機的「政治利用」——張資平優柔寡斷的人格與軟弱貪生的本性決定了他在歷次政治鬥爭中都處於進退失據的一面，最終落下一個漢奸的名聲。

第四，《絜茜》月刊雖然關注底層平民的疾苦，對民生疾苦有著強烈的關懷，但卻沒有發現當時中國的階級矛盾尖銳化尤其是上海地區貧民的驟增，實際上日本入侵所造成的。

在1932年「一二八」事變爆發之後，上海地區的國民黨地方黨部幾乎已經失去了控制全城的能力，由於「華洋雜居」與國民黨內部的權利紛爭，使得當時的上海地區竟然擁有三個不同的管理機構，一個是負責處理租界行政事務的工部局（The Municipal Council of Concession），一個是由上海「青幫」與地方財閥聯合組成的「上海市總商會」，第三個是由國民黨上海黨部執行委員會控制的「上海市政府」，三個管理機構各自為政，在上海地區的各類事務管轄中各顯身手。

一朝三主必然會產生權力的空隙，「九一八」特別是「一二八」事變發生之後，一些被政府強行解散的反日團體重新浮出水面，並聯合組成了反抗日本的救亡聯盟，在上海掀起了大規模的「抵制日貨」運動。但是在一個已經被強行拖入全球化的城市及其工業，對於日貨的抵制會迅速傷害到本國經濟的根本性利益，這一舉動險些將上海經濟拖入崩潰，上海地區的貧富差距驟然激增，安克強（Christian Henriot）研究發現，這場運動導致「針織工業有三分之一的工廠被迫關閉」，因此，日本資本家把「數萬工人逐出了工廠。」[84]

這場抵制日貨的運動顯而易見地造成了上海地區的大量工人失業，在1931至1932年這兩年時間裡，上海地區的工潮不斷發生。《絜茜》月刊的編輯者並未在進行「平民文藝」的實踐時將這些因素考慮進來。誠然，我們無法否認並回避當時國民黨上海執行黨部的無能，[85]但在這個特別時期，作為「第三黨」機關文學刊物的《絜茜》月刊對於特殊介入力量的日本確實沒有予以應有的認識與關注。

正如上文所言，《絜茜》月刊在文學作品中一味強調社會兩極分化、政府無能、官員昏庸而不重視民族矛盾尤其是「抗戰」這個日趨成為主旋律的社會話題，已經是一種既定的事實。因為其階級

[84] [法]安克強：《1927-1937年的市政權地方性和現代化》，張培德譯，上海古籍出版社，2004年，第47頁。

[85] 當時上海市長張群因為無力控制局面，而將市長讓位給了吳鐵城，但吳鐵城也沒有阻止「一二八」事變的爆發。事變爆發後，吳鐵城代表國民政府與日本簽訂了喪權辱國的〈淞滬停戰協定〉，斷送了上海軍民堅持三個月之久的抗戰成果。1937年4月，吳鐵城被調任廣東省政府主席，上海市長由俞鴻鈞接任，俞鴻鈞積極抗日並組織「八一三」淞滬保衛戰，淞滬戰敗後的1937年10月，日軍特務部「西村班」先後扶持蘇錫文、傅筱庵與周佛海等附逆政客歷任偽「上海大道政府」市長兼「督辦公署」署長，至此歷經「兩次抗戰」的上海澈底淪陷。

侷限性，使得它縱然有一定的歷史洞察力與判斷力，仍會導致「一葉障目不見泰山」這一問題。通觀全刊兩期所刊發的全部文學作品，除卻〈吊今戰場記〉之外，僅有羅曉魂的〈我漂流到了香港〉一詩對於國際帝國主義的橫行而表達出了自己的不滿，兩篇與「抗戰」有關的文章僅占到兩期《絜茜》42篇文章總量的4.76%，作為一個在「一二八」事變烽火正熾時所創刊的雜誌，這個比例顯然是很不夠的。

由此可知，在東三省淪陷、華北即將淪陷、「一二八」事變爆發的歷史節點上，《絜茜》月刊除了存在回避民族矛盾、強調階級矛盾這一問題之外，它依然無法正確、全面地認識日本侵略者對於當時中國政治、經濟、文化各個層面已造成了無法挽回的嚴重傷害，這已然決定了《絜茜》月刊的編輯者們最終在敵人到來前不得不棄刊逃遁的悲慘結局，顯示了該刊以及「第三黨」怯弱庸碌的文化品行與註定失敗的歷史必然。

最後，《絜茜》月刊反映了「社會民主主義」在中國註定無法實現的深層次原因——因為在中國特定的國情、政治傳統與文化背景下，既無這樣的政治土壤，亦不可能產生這樣的施政群體。

通過《絜茜》月刊所刊發的作品、對「民族／階級」矛盾的看法以及該刊的創刊停刊過程，我們不難發現，該刊「高開低走」的短命命運，與「社會民主主義」這一施政理想在中國的曇花一現何其相似！因此，《絜茜》月刊之殤，更是「第三黨」所主張「社會民主主義」施政理想之殤。

誠然，「社會民主主義」及其後的「民主社會主義」其相關理論雖來源於馬克思主義，且在當下北歐一些國家如瑞典確有成功的先例。但是這與這些國家的具體國情、政治背景與文化土壤有著必然的聯繫。實現「社會民主主義」（或「民主社會主義」），除了需要經歷長時間的資本主義體制、工業化與政治民主化過程之外，還需要高效廉政的政府班子、極具競爭力的國家經濟實力、非常完善的社會福利保障制度、健全發達的非公有制實體與非政府組織（NGO）進行社會功能的協調，以及高度文明且廣泛受過高等教育的公民階層等等先決條件作為施政的支撐。毋庸諱言，用這些標準來衡量當下中國都基本難以做到，更不用說在積貧積弱、抗戰前期的中華民國了。

而且在一個有著幾千年封建統治，且自耕農占絕大多數人數的半殖民半封建國家裡，意圖獲得社會各階層平等，若按照「社會民主主義」的「非暴力」過渡理論，是純粹理想甚至是空想的。因此，在抗戰前期創刊並終刊的《絜茜》月刊，它的存在意義與歷史價值在於：在抗戰前期，除了國共兩黨之外，還有一種具備一定歷史洞察力與判斷眼光的政治力量希冀運用「社會民主主義」這一施政理論來改良中國社會，並將其投入到文藝實踐當中，但由於其自身的侷限性，以及該施政理論根本不符合中國國情等主客觀因素，最終還是走向了失敗，但這些教訓對我們後來人來說，卻有著不應該被忘卻的借鑑意義。

第三章　「左翼」文學期刊的文化選擇

——《夜鶯》月刊研究

創刊於1936年3月5日、作為「左聯」重要刊物之一的《夜鶯》月刊，曾在「左聯」的歷史乃至中國現代文學史上扮演了不可或缺的角色。與《絜茜》月刊不同，《夜鶯》月刊並非黨派或團體的機關刊物，而是由作家方之中主編的一份文學月刊。儘管它有著「左聯」的背景並在大局上聽命於「左聯」的安排，但在編輯、發行上仍具備一定的獨立性。

雖然它與《絜茜》月刊同曾由「群眾雜誌公司」負責總發行——但它卻因市場化辦刊而獲得了比《絜茜》高許多的影響。因此《夜鶯》曾一度成為滬上諸多暢銷文藝刊物之一，並刊登了許多的廣告，甚至第一期還再版。到了第二期與第三期，《夜鶯》月刊又交由一家有影響力的「新鐘書店」代理銷售，因當局追查，及至第四期又重新交由「群眾雜誌公司」負責總經銷。

「群眾雜誌公司」是一個與左翼文藝運動有密切關係的期刊圖書發行機構，也是當時上海幾個大的專門發行公司之一。艾青的詩集《大堰河：我的保姆》、曹聚仁編校的《魯迅手冊》與左翼文學其他刊物《雜文》《芒種》與《海燕》均由該公司發行，縱觀該公司所發行的圖書雜誌，基本上以左翼文藝作品為主，不多涉及其他思想意識形態的書刊。而「新鐘書店」在當時上海的雜誌圖書發行業當中也頗具影響，它曾是中國出版史上第一家「會員制」經銷商，一度在全國招募「讀者俱樂部」會員，會員每人會費兩元，入會後可憑優惠價格購書，並贈送全年會刊《新鐘週報》與購書代金券，而且還由書店出面，舉辦一些聚會與沙龍——這種近似於「貝塔斯曼書友會」的行銷方式，莫說是八十年前的上海，縱然就現在看也不算過時。而且該書店有著「左聯」的背景，該書店總編輯、「左聯」成員莊啟東在1949年之後曾擔任中國大陸「國家計委勞動工資局局長」，為避風頭，《夜鶯》月刊編輯部則設在「新鐘書店」當中。

銷量雖不錯，但《夜鶯》月刊卻因「左傾」思想而受到當局的壓力被迫停刊。儘管第四期終刊號上該刊奉命推出了「大眾文學」專輯，但主編方之中卻能恪守魯迅的教導與報人的良知，不左不右，與魯迅站在同一邊，在民族危難、救亡圖存的關鍵時刻刊發了一批有影響、有價值的文學、批評稿件。但這卻在當時混亂的意識形態領域中無法討好任意一方且並引起了國民政府新聞檢查部門的注意，遂在辦刊最鼎盛時不得已而停刊，並在後來的大陸現代文學史中遭到了「隱匿」。

非但《夜鶯》的辦刊模式有著研究意義，僅就其文學性而言，《夜鶯》雲集了當時一批最為優秀的「左翼」作家如魯迅、唐弢、王任叔、葛琴、歐陽山等人，其刊發的一系列作品在中國左翼文學體系中都稱得上是佳作——無論是小說、散文還是詩歌、評論，都可圈可點，有著一定的文學性與審美價值。

從歷史的角度看，《夜鶯》在第四期雖以「大眾文學」為切入點並因此停刊，但它所刊發的作品卻歷史性地助力了「左翼文學」與「抗戰」這一民族救亡主題的精神對接。這便決定了《夜鶯》的歷史意義與研究價值是不可被忽視的。

本章從全套四期《夜鶯》月刊這一稀缺史料出發，力圖在辨酌史料、正本清源的前提下，從「被無視」原因、刊物內容與抗戰前期的影響這些方面入手，詮釋該刊物作為抗戰前期重要文學期刊之一的歷史意義，進而審理「左翼」文學期刊與抗戰前期文藝之間的相互聯繫。

第一節　「被無視」的《夜鶯》

關於《夜鶯》月刊的基本情況，前文已有詳述，這裡不再贅述。但對於該刊的主編方之中，還是有必要提一下，因為這與該刊物日後「被無視」有著非常直接的關係。

提到方之中，必然涉及黨史中若干重要問題。

方之中這個人名，在中國大陸出版的《中國文學大辭典》《軍事大辭海》以及《中國現代文學大辭典》等權威辭書均有收錄。在軍方出版的《軍事大辭海》中，是這樣介紹的：

> 方之中（1908-）中國人民解放軍將領。湖南華容人。1925年入黃埔軍校第4期學習。1926年參加北伐戰爭，曾任國民革命軍第6軍19師政治指導員。1927年加入中國共產黨，同年參加鄂中鄂西起義。土地革命戰爭時期，任湘鄂西工農革命軍獨立第1師師長。抗日戰爭時期，任陝甘寧邊區群眾報編輯。解放戰爭時期，任張家口衛戍司令部副參謀長，察哈爾軍區司令部參謀處長，華北野戰軍第2縱隊第5旅副旅長，第20兵團67軍199師副師長、第200師師長。中華人民共和國成立後，任華北軍區軍參謀長，中國人民志願軍軍參謀長，中國人民解放軍某軍副軍長，河北省軍區副司令員兼天津警備區司令員。1955年被授予少將軍銜。[1]

但是，在另一本辭書《左聯辭典》中，對於方之中，卻是這樣介紹的：

> 方之中（1908-1987）左翼作家。筆名方鏡，湖南華容縣人。中共黨員。早年參加北伐，大革命失敗後來上海，入群治大學半工半讀，在該校結識李初梨、馮乃超、潘梓年、陽翰笙、田漢等左翼作家，受到他們的薰陶。1930年4月1日《萌芽月刊》1卷4期發表他的第一篇雜文〈文藝雜觀〉。

---

[1] 熊武一、周家法、卓名信、厲新光、徐繼昌等：《軍事大辭海・上》，長城出版社，2000年，第187頁。

同年6月，由陽翰笙介紹加入中國左翼作家聯盟，從此決心獻身左翼文學事業。1934年1月，作〈一年來之中國電影運動〉一文，認為1933年的優秀電影，「第一值得我們大書特書的是由小說改成的《春蠶》」，認為這「是一幅真切的農村畫」，「一首樸素的田園詩」。同年5月起，為上海《民報》電影副刊《影譚》撰寫電影評論。1935年，第一部小說集《詩人的畫像》（原名《花家沖》）出版，生活書店經售。1936年3月，編輯左翼文學月刊《夜鶯》，得到魯迅的支持，給刊物送來雜文〈三月的租界〉。在編輯工作中提倡「新聞小說」，認為「在民族解放鬥爭尖銳化的今日」，作家應當「正視現實」，作品要「有充實的內容」，「應是英雄行動的讚美」，以「策勵讀者再接再厲的勇氣。」同年6月，在〈我們對於推行新文字的意見〉上簽名，支援應用、推廣拉丁化新文字。同年7月，大力協助左翼文學月刊《現實文學》創刊。同年，在以魯迅為首的〈中國文藝工作者宣言〉上簽名，擁護文藝界的抗日統一戰線。同年，小說《速寫集》由上海天馬書店出版。此外還在《中華月報》《文學叢報》《現實文學》《夜鶯》等報刊上發表了許多小說、散文和評論，未收集成冊。[2]

[2] 姚辛：《左聯詞典》，光明日報出版社，1994年，第44頁。

稍微有點判斷力的人，或許會從常識出發進而認為，這兩份除了人名、出生年份與籍貫等基本資訊相同而其餘並無絲毫雷同的介紹，應該是關於兩個「方之中」的簡歷：前者是一位資歷豐厚、屢立戰功的軍事將領，而後者則是一名創作豐碩的作家兼編輯家。但是事實上，「兩個方之中」卻是同一個人。

儘管在李日的〈方之中與《夜鶯》月刊〉一文中，對於方之中有了較為明確的介紹。但是本著之所以還將兩份方之中的簡歷拿出來對比，主要是為了說明《夜鶯》之所以「被無視」的原因——首先在於方之中「大革命失敗後來上海」這一含混不清的史實——在中國大陸軍方編寫的《軍事大辭典》中的「方之中」的詞條裡，卻絲毫不提及他曾有過「來上海」的經歷。

將「方之中來上海」作為引子，筆者根據有案可查的史實與新近發掘的史料，可以分析得出《夜鶯》之所以被無視，原因可能有三：

首先，是方之中與當時湘鄂西蘇區領導人之一夏曦的結怨。

提到此事，就不得不提「鄂中鄂西起義」——爆發於1927年9月10日的該起義比起「八一南昌起義」只晚了40天，但是根據該次起義改編為歌劇的《洪湖赤衛隊》卻在中國大陸膾炙人口。起義領導人賀龍、周逸群是一位非常傑出的軍事家。方之中作為早年的中共黨員，遂被中共中央派遣到鄂西地區參與起義的領導工作，協助賀、週二人擔任起義總指揮。

起義成功後，方之中的農民起義隊伍自命名為「湘鄂西工農革命軍獨立第一師」，方自命為師長兼參謀長，其人數與聲望均名噪一時。但是在隨後當地保安團的「清鄉」中，方部由於多是農民出身，缺乏應有的軍事訓練，損失慘重，最後僅剩下「兩百餘人，三十多條槍」，甚至不得不「隱蔽到洞庭湖的蘆葦叢中」，終與大部隊失散。[3]

在最艱苦的時候，接納並支持方之中的是紅六軍軍長段德昌，兩人遂成莫逆之交。這位介紹彭德懷加入中共的早期軍事將領，因功高蓋世而引起了夏曦的嫉妒且並與其結怨。在以王明為代表的左傾冒險主義者們在1933年推行的「肅反」運動中，靠攀附王明、米夫（Павел Александрович Миф）而擔任「肅反委員會副主任」夏曦竟殘忍地將段德昌以莫須有的罪名砍死，追隨段德昌的人也在不同程度上受到了打壓與懲罰。1952年，中共中央設立烈士追認制度，毛澤東為段德昌平反，追認他為第一號烈士。

遵義會議後，備受黨內聲討的他雖受到批評與處分，但其後不久就被王明任命為新成立的「湘鄂川黔」省委委員、軍分會委員和革命委員會副主席與紅六軍團政治部主任，直至其1936年落水身亡。

可想而知，夏曦處死段德昌、周逸群這段事關王明路線的「肅反」歷史，或許是方之中不得不「脫黨」的原因之一。當方之中敏銳地發現了其直接領導段德昌與夏曦的微妙矛盾後，自己審時度

3　周燕：〈文人武將方之中〉，《百年潮》，2004年第2期。

勢，最終選擇潛往上海——或許這也是我們為何一直在任何一份公開的史料中都找不到方之中為何會「脫黨」並且從封閉、落後的鄂西跑到十裡洋場辦雜誌的由頭。

其次，方之中在主編《夜鶯》時，曾得罪了日後擔任中共領導人之一的張春橋。

上述並非《夜鶯》「被無視」的唯一原因，更關鍵原因在於，《夜鶯》雖然只出刊四期，但卻將矛頭對準了當時的上海文壇惡少張春橋——方之中無論如何也不會想到，張春橋日後竟然篡黨奪權、竊據高位，官職遠在自己甚至當年的夏曦之上。

1935年3月，魯迅為蕭軍《八月的鄉村》一書撰序之後，引起張春橋的妒忌與不滿，並化名「狄克」在《大晚報》副刊《火炬》上撰〈我們要執行自我批判〉一文借批評蕭軍之名來攻擊魯迅，意圖通過這一「文壇登龍術」使自己暴得大名並混入「國防文學」陣營。魯迅對其拙劣的炒作伎倆洞若觀火，遂在《夜鶯》上刊登雜文〈三月的租界〉，表明了自己的態度。

對於《夜鶯》與張春橋結怨的經過，作家葉永烈先生曾有過相關的論述：

> 「狄克」之謎，本來唯有張春橋知，崔萬秋知。崔萬秋自然守口如瓶，不會洩露天機。萬萬料想不到，道出「狄克」底細的，竟是張春橋自己。1936年3月15日，狄克在《大晚報》上向魯迅放了一炮之後，魯迅當即「拜讀」了狄克的

「大作」。魯迅橫眉冷對狄克，於4月16日寫了〈三月的租界〉，予以痛斥。魯迅把文章交給了設在新鐘書店裡的《夜鶯》月刊編輯部。《夜鶯》編輯當即把魯迅的這一討狄檄文，排入5月出版的第一卷第三期上。《夜鶯》月刊是委託上海雜誌公司（引者按：應是「群眾雜誌公司」，此處葉永烈敘述有誤）發行的。按照上海雜誌公司的規定，委託發行的雜誌在印出樣本（清樣）之後，應該馬上送一份給該公司，以便老闆瞭解內容，預估銷路。老闆看畢，讓人把樣本送還《夜鶯》編輯部。送樣本者何人？張春橋也……於是，《夜鶯》編輯部知道了狄克之謎。於是，魯迅知道了狄克是誰。於是，魏金枝、於黑丁也知道了狄克的祕密。[4]

如果說葉永烈的論述因帶有「傳記文學」色彩且有筆誤之處而稍遜真實性的話，那麼老作家周楞伽之子周允中對於此事的回憶，則因「口述史」而有一定的真實性了：

到了新鐘書局，方之中從皮包裡拿出《夜鶯》第三期的稿子，攤在臺上，第一篇就是魯迅的〈三月的租界〉，我父親不禁好奇心動，趁方之中接洽生意時，取過來先讀，原來正是魯迅抨擊張春橋的檄文，筆鋒犀利，層層痛斥。這時張春

4　葉永烈：《張春橋浮沉史》，時代文藝出版社，1988年，第55頁。

> 橋剛從外面進來，我父親說：「魯迅批評你了！」張嚇了一跳，忙問：「在哪裡？」我父親說：「在《夜鶯》第三期上。」張露出想看又不敢啟齒的神情，還是我父親去和李鐵山商量，將稿子抽出來給他閱讀。張一邊看一邊不停的拭汗，最後又自嘲說：「魯迅誤會了，我要去信解釋一下。」後來他果然在4月28日去信給魯迅提及：「頭幾天，偶然地到新鐘書店去，看到《夜鶯》第三期的稿件，裡面有先生底那篇〈三月的租界〉，是關於我的。」[5]

但實際上，魯迅那篇反駁狄克的文字並不是「橫眉冷對」、「犀利」甚至「層層痛斥」的「檄文」——這個問題筆者將在後文予以展開詳述。1949年之後，曾經的張春橋從華東新聞出版局副局長一路攀升到國務院副總理兼解放軍總政治部主任，這是方之中完全沒有預料的，但當時已故的魯迅已是中國大陸文藝界的「旗手」，誰要是受過魯迅的批評，那就是當時極大的歷史罪名——張春橋攀登到政治最高點後，最害怕的「政治污點」之一便是自己早年對魯迅的攻擊[6]（毛澤東去世後，「四五」天安門事件中即有文學研究者

---

[5] 周允中：《魯迅〈三月的租界〉發表內情》，《世紀》，2002年第11期。

[6] 縱觀張春橋一生，確實是一個非常特殊的政治個案。他一生中就曾有許多反共的行為，甚至早年還參加過國民政府的情報組織，但卻在1949年之後身居中共政壇高位，這不得不說是中國當代政治史上的一個奇跡。在20世紀30年代其在上海文壇的所作所為，只是他一生中「政治污點」之一，而同為「四人幫」之一的另一位中共中央委員江青（原名藍蘋、李雲鶴）恰恰在20世紀30年代亦在上海文藝界有著不好的名聲（因參加中共地下組織的

將矛頭指向當年張春橋攻擊魯迅一事）。1968年初，張春橋一紙命令，將時任河北省軍區副司令員兼天津警備區司令員的方之中，便以「叛徒」、「特務」、「假黨員」、「走資派」的罪名，被武裝押解到石家莊附近的一個農村實行「專政」。幾年後，周恩來得知方之中被殘酷迫害達六七年之久的消息後，設法挽救。方之中才倖免於難。[7]

其三，方之中在主編《夜鶯》時，曾捲入「國防文學」和「民族革命戰爭的大眾文學」（下文簡稱「大眾文學」）兩個口號的論爭。

這一問題筆者也將在後文予以展開，在此只作簡要概述。在這個論爭中，方之中一方面受命推出了「民族革命戰爭的大眾文學特輯」，一方面又在抗日救亡的危急關頭，編輯推出了一些號召救

學生運動而被國民政府逮捕脫黨）。當張、江二人在20世紀60年代成為一個利益集團時，則開始對共同的一段共時性歷史予以回避、否定。這是張春橋為何害怕「三十年代」的歷史、政治動因。「張春橋做賊心虛，對30年代的活動諱莫如深，他利用篡奪的那部分權力，千方百計不讓人們知道他當年的情況，嚴密封鎖當時上海出版的報刊，殘酷迫害知情人，誰要是知道魯迅先生批判過的狄克就是張春橋，誰就會遭到殘酷迫害，甚至被打成反革命。」見劉之江：〈一打一捧，本相暴露〉，《中央民族學院學報》，1977年第2期。而張春橋面對揭露其30年代歷史、發生於1968年的「四一二上海炮打張春橋事件的參與者則迫害至極。張春橋對曾經參與炮打張春橋的人，要搞所謂『秋風掃落葉』，必欲置之死地而後快。僅上海大專院校因「炮打」張春橋而受到拘捕、隔離、批鬥或者作檢查、寫鑒定的達三千多人。」，見胡月偉：《四一二，上海灘：炮打張春橋事件揭秘》，香港新秀出版社，1987年。

[7] 周燕：〈方之中：從瀟湘大地走出來的文人武將〉，《湘潮》，2007年第4期。

亡抗敵的文學作品，保持了刊物的民族氣節。但「大眾文學」的宣導者胡風在1949年之後卻淪為「反革命集團」的「首犯」且「國防文學」的宣導者正是當時中共文壇核心領導人物的周揚。因此在之前較長一段時間內，大陸現代文學史界對於「兩個口號」的研究與探討都曾被視為「歷史問題」禁區，這也是《夜鶯》一直被刻意回避、忽視的另一個原因所在。

綜上所述，在「左聯」歷史上有著代表性意義的《夜鶯》月刊，由於屢次陷入黨內路線鬥爭的漩渦當中，所以一直被刻意「無視」、「被遺忘」，以至於多次從現代文學史學者的視域中隱遁。但這是完全不應該的。作為一份有著歷史意義的文學期刊，它在抗戰前期的出現有著非常獨特的歷史背景，這也是它應獲得學術關注的原因所在。

第二節　《夜鶯》所刊載文章之文學與理論價值

縱觀「左聯」諸多期刊，如《北斗》《大眾文藝》《新地月刊》《大眾文化》《拓荒者》《前哨》與《海燕》等等，以及圍繞「左聯」周圍的中國左翼文學期刊如《文學》《莽原》《文季月刊》《中流》《太白》《芒種》《生生》《今代文藝》等等（甚至「北方左聯」還有其機關刊物《文學雜誌》），不勝枚舉，堪稱中國現代文學史上陣容最為強大的期刊體系。但是這諸多刊物都幾乎暴露了同一個問題，即大部分刊物在內容上「口號性」大於「文學性」，體現出左聯的「亞政治」文化特性，而這恰是中國左翼文學先天而來的思想缺陷。早在1930年1月，「左聯」作家殷夫就檢討批評「過去文化運動的缺點」，認為要完成「今後的任務」，首先必須「勇於自我批判」並承認「無產階級文學為口號標語文學」的缺點，「我們只要能想法把這缺點克服，那就是我們的勝利了。」[8]但這個問題並未因為一些先覺者的努力而解決，相反，它非但始終存在、愈演愈烈，且直接影響、決定了一批「左聯」作家、編輯家的文學活動。說到底，這個問題是由於中國左翼文學始終幾乎處於配合「革命」的「文學運動」而非遵照文學自身規律展開「文學活動」而導致的。

當然，這種現象有著內因與外因的兩方面，內因是有相當一批左翼作家自身資歷不足——雖然「左聯」領導者魯迅、瞿秋白與茅盾等人均受過很好的教育，並有著卓異的文學才華，但其他大批中國左翼文學青年卻出身貧苦工農家庭，既沒有很好的國學功底，亦沒有受到很好的西學薰陶，加上創作時間較短，僅憑一腔激情寫作，須知這是無論如何都無法攀登到文學金字塔頂端的；外因則是左翼文學在主導思想上片面追求政治功利性而成為「奉命文學」，忽視了文學自身規律與價值。其實，這是由於鬥爭的需要而決定的，「左聯」必須只有時刻清理不同道者以純潔隊伍，才能獲得絕

[8] 殷夫：〈過去文化運動的缺點和今後的任務〉，《列寧青年》，1930年第2期。

對一致的效能感，產生較強的凝聚力、向心力。因此在這樣的環境下，「左聯」根本無法避免「左傾幼稚病」的頑症屢犯。[9]說到底，這也是「左聯」在左傾道路的影響下，內部派系分裂、爭權奪利從而導致矛盾重重的歷史原因。

「左聯」內部的矛盾主要分為「國防文學」與「大眾文學」兩派，「一條戰線，兩派人馬」的現狀乃是由周揚、周立波等人主張「國防文學」與馮雪峰、胡風與吳席儒等人主張「大眾文學」相爭鳴的結果，最後兩派幾乎到了水火不容的地步，索性直接決裂，遂成左右兩派。

面對這樣劇烈的內部矛盾，無疑使魯迅灰心喪氣。除了上述原因之外，魯迅的情緒低落還有一個主要原因，就是對新任左聯「黨團書記」周揚的不滿。但是作為中共領導的重要文學組織，「左聯」根本不可能寬容長期保持自身獨立性的魯迅，這使得魯迅覺得非常孤獨。逗留在上海的方之中，主動地向魯迅提出要重新辦一份刊物。當時的魯迅與方之中並不熟悉——之前唯一的一次有案可查的交往，便是方之中在1935年4月函請魯迅為他的小說集《花家沖》撰寫序言，但被魯迅因「身體原因」而婉拒了——但其後方之中並未因此而怨恨魯迅，而是憑藉自己勤於創作的文學熱情與不近派系的處事原則，不斷獲得魯迅的好感與認可，這一切又加上魯迅日益加劇的孤獨感，便形成了方之中可以走近魯迅

[9] 陸詠梅：〈論左聯的亞政治文化特質〉，《浙江師範大學學報（社會科學版）》，2001年第6期。

的原因。

而且從身分上看，當時的方之中也是「左聯」作家中身分較為純粹、辦刊亦較為合適的一個人。首先，在辦刊之前他並未陷入「左聯」的內部紛爭當中，作為一名從鄂西起義隊伍中流浪到上海的知識青年，不但年少有成，且當時沒有涉及門派紛爭。

更重要的在於，方之中所主編的《夜鶯》，雖然在一定程度上奉命對「大眾文學」進行了宣揚，但它並未大張旗鼓地對「國防文學」予以批判，因此它沒有陷入口號的窠臼裡。在方之中主編的《夜鶯》月刊上，不但刊登有大量廣告，而且創刊號還曾再版，其內容也以文學創作、文藝批評為主。這體現了中國左翼文學追求文學性的一面——雖然《夜鶯》並不能作為中國左翼文學的權威代言人。

首先，《夜鶯》涵蓋文學體裁之廣、廣告內容之豐，堪稱「左聯」文藝刊物之翹楚。

《夜鶯》月刊的文學性極其濃厚，編者將刊物分為五個部分：漫談之部、創作之部、理論之部、介紹及批評之部與舊話重提，其作者群雲集了「左聯」中最為優秀的作家。而且刊物內廣告數量之多，門類之廣，堪稱一時翹楚（見下表）。

---

[10] 周文（1907-1952），著名作家，原名何稻玉，四川滎經人。1933年參加中國共產黨，曾任「左聯」黨團成員，1949年之後任中央馬列學院（今中央黨校）秘書長。

期號＼體裁篇數	小說	散文	評論	譯著	詩歌	廣告數量（均含圖書廣告）	主要撰稿人
第一期	4	7	1	3	2	21	方之中、唐弢、王任叔、周文[153]
第二期	4	6	5	5	2	10（含律師廣告）	以群、歐陽山、麗尼、王任叔、楊騷
第三期	2	3	5	4	2	11	魯迅、方之中、胡風、周文
第四期	7	3	8	4	3	10	魯迅、聶紺弩、歐陽山、陳企霞

通過這張表格可以看出，在四期《夜鶯》月刊中，各種文體都均衡存在，體現了辦刊者的文學專業性視野。更重要的是，這份刊物刊登了相當多的廣告，且並不比上海同時代其他類型雜誌的廣告要少。這些廣告遍布醫院、律師、橡膠生產、輪船航運、禮服定制與圖書出版等各個門類，甚至作家「草明」還在上刊登了澄清身分的〈公開啟事〉，試問若沒有一定的影響，又有誰願意來刊登廣告、啟事呢？[11]

[11] 葉文心對於20世紀上海左翼期刊「廣告」的研究在這裡有借鑒意義。在葉文心看來，純粹、澈底聽命於左聯的左翼期刊是對抗消費社會的，因此它根本不會刊登任何廣告；而小資產階級的期刊，則強調消費社會的現代價值，因此也特別樂於刊登各類廣告。因此從這個角度而言，《夜鶯》月刊並非純粹、澈底的「左聯期刊」，而是具備都市期刊的部分特徵。見葉文心：《上海繁華：都會經濟倫理與近代中國》，王琴、劉潤堂譯，臺北時報出版，

其次，《夜鶯》月刊既不盲目逢迎「大眾文學」，也不做「國防文學」的傳聲筒，在「兩個口號」的論爭中，基本上做到了態度持中，保持了文學刊物作為大眾媒介應有的獨立性。

就方之中本人而言，他並非嚴格意義上的文壇中人，亦不是純粹意義上的黨內人士。在文學與政治兩邊，方之中都有相對的獨立性，作為一份刊物的主編，這種獨立性是非常要緊的。畢竟方之中所崇拜、愛戴的只是魯迅本人。在當時複雜的政治環境下，因共產國際與當時中共黨內的矛盾分歧，導致「左聯」內部宗派鬥爭極其複雜。但方之中並未捲入這種宗派主義的鬥爭。

而且，在方之中編輯「民族革命戰爭的大眾文學特輯」時，自己未撰寫一篇稿件，而是邀約胡風、吳席儒等人寫稿。在辦刊的過程中，方之中又刊發了一批反映救亡圖存的優秀作品與一些可圈可點的批評著述。包括他自己創作的〈候驗室〉《一群叛逆的女性》這樣有著文學價值的作品。可見，方之中在「兩個口號」的漩渦中辦刊並非是為了權力紛爭，而是真正地遵照魯迅的教導——在「批評與創作」這些「實際工作」中尋求出路。

這種不偏不倚實際上為方之中後來「棄文從軍」埋下了心理預設——倘若方之中真的陷入「兩個口號」的爭論當中並繼續從事文學工作，那麼無論他選擇哪一派，在1949年之後日子都不會好過。

談到刊物內容，就無法將其文學價值避而不談。作為一份文學

2010年，第202-203頁。

期刊，《夜鶯》在辦刊中儘量擯棄了「左聯」中的派系傾軋，這是值得稱道之處，因而其刊載的文章本身有著較強的文學性價值，這亦是本節研究的另一個重點。

首先，《夜鶯》所刊載的文學作品所採取的現代性敘事方式，豐富並提升了中國左翼文學的內涵與價值。

在每一期的「創作之部」與「漫談之部」中，《夜鶯》都推出了一批優秀的小說、散文與詩歌作品，雖然這些作品有著較強的時代感，但是並未削弱其文學價值，而且每一期都有數篇優秀代表作——譬如第一期發表王任叔的〈霧〉、第二期發表麗尼的〈行列〉與歐陽山的〈歌聲〉、第三期魯迅的〈寫於深夜裡〉以及第四期葛琴的〈藍牛〉與田間的〈飢餓〉，這些作品不但在當時名噪一時，而且分別成為了作家的代表作之一。

尤其是王任叔的短篇小說〈霧〉，其較為高超的文學性與卓異的敘事策略，堪稱當時短篇敘事之翹楚。在〈霧〉的開篇，王任叔運用了當時仍頗為罕見的白描手法，其細膩的修辭，在當時小說中並不多見。

> 是料峭的春寒天氣。
>
> 驛亭站孤俏地聳立在寒霧裡，白馬湖旁低矮的土山，淡淡的疏疏的染上了新綠，襯出了這小車站的慘澹。
>
> 車站的鐵軌，無力的躺著。一端隱沒在橫堵住的土山下，一端向曠野延展著，漸遠漸隱，終於和山頂屋頂一般，

隱沒在寒霧裡。[12]

這段文字所使用動詞的多樣化，縱然今天來看，也是頗令人玩味的，「聳」、「染」、「襯」、「躺」、「延展」與「隱沒」等，堪稱精細入微，而且整篇小說結構精湛，措辭雅馴，情節敘述也頗有曲折。因此從文學的角度看，如此洞見功力的作品在當時可以說是鳳毛麟角。

而我們需要注意一點的是，在左翼文壇中，除了郭沫若、魯迅、茅盾等一批從「五四」走來，有著留洋背景的文學巨匠之外，其餘創作者在政治極端對立的時候，會多陷入政治性的桎梏而忽視文學性，促使了其作品的文學水準遠低於自己應有的真實水準。而以王任叔的〈霧〉為代表的「《夜鶯》派文學」，則意味著「左聯文學」所能達到的另一個文學高度——即對於純文學價值的追求。值得一提的是，王任叔本人對於這篇文章亦頗為滿意，1943年，他與茅盾、巴金在地球出版社聯合出版的短篇小說集《霧》即選錄了這篇〈霧〉並將其作為合集的書名。

當然，〈霧〉在《夜鶯》月刊所發表的作品中並非一枝獨秀，其餘文學作品中，運用現代小說技法並有著卓異文學表現的，還有吳席儒（署名奚如）《生與死》開篇中對於監獄殘酷生活的細膩描寫、方之中〈候驗室〉中以「對話」推動故事發展的「非描寫性」

[12] 王任叔：〈霧〉，《夜鶯》，第1卷第1期，1936年2月5日。

表達，以及歐陽山在《明天的藝術家》中以細節代替情節的敘事方式。儘管這些作品在當時「左聯」青年作家的筆下並不多見，但在《夜鶯》月刊中還是能看到不少，因而，稱「《夜鶯》作者群」憑藉其優秀的文學水準與忠於文學本身的寫作態度，豐富並提升了「左聯文學」創作的文學內涵與價值，實不為過。

除此之外，《夜鶯》月刊還刊發了若干篇與「救亡」有關的小說與詩歌，在「七七事變」爆發之前，僅僅只出刊四期的《夜鶯》卻可以集中發表一批較有文學性、時代感的救亡文學作品，可見以方之中為代表的一批「左翼作家」在抗戰前期的思想立場與文化選擇是令人欽佩的。

刊登於《夜鶯》第三期的小說〈守衛〉，這部小說以劇場式的敘述方式，講述了三個士兵在守衛城門時所發生的故事。署名「魏伯」的作者原名王經川，1936年曾在北京辦「浪花社」，1949年之後一度在地方、企業任職，離休前曾任中國文聯副秘書長。〈守衛〉既是一部現代主義的中短篇小說，也是一部抗日題材的優秀作品，在當時有著鮮明的時代意義。

〈守衛〉講述了三位參加過「喜峰口抗日戰役」[13]的二十九軍

---

[13] 1933年3月9日，駐山西陽泉的國民革命軍第二十九軍奉命開往前線對日作戰，受命接管長城喜峰口的防務，喜峰口是北平與熱河的交通咽喉。開赴前線之時，軍長宋哲元寫下了「甯為戰死鬼，不作亡國奴」的誓言。當二十九軍的先遣團趕到喜峰口時，日軍的500餘名騎兵已經到了長城腳下，勇士們急忙堵上，打退了敵人，保住了陣地。但到了4月初，因國民政府的妥協，使得中國軍隊在喜峰口腹背受戰，孤立無援，4月13日，宋哲元部奉何應欽之命不得不放棄喜峰口。喜峰口戰役是抗日正面戰場上中國軍隊的一次具有

老兵——班長丁方、東北籍士兵張占魁與江西老兵李大發三人在北方某城守城門，此時該城已基本淪陷於日軍。深夜時分，一位東北籍難民請求開門，張占魁因遇老鄉遂一時心軟，但另外兩位則堅持奉上峰命令而不肯開門。事後不久一群日軍要求開門，按照上峰命令，反倒可以開門。此事勾起張占魁對時局的嚴重不滿，在與丁方的爭執過程中，怒火中燒的張占魁竟掏槍打死城外的日軍，事變發生後，張占魁與李大發兩人趁夜逃出城池。

從視角上看，〈守衛〉的視角是獨特的，以舊式軍人的心理變化為敘述對象，在中國左翼文學作品中無疑不多見；從敘事策略上看，〈守衛〉又是「劇場式」的，即所有的敘事均在深夜城池之上這「一時一地」，彷彿如一幕古典主義「三一律」戲劇的舞臺。主人公張占魁心理的變化構成了小說的幾個高潮，而東北籍難民與日本士兵在不同時間的出場，則又決定了這幾個高潮的出現時間與始終。

小說的敘事頗為成功，尤其是對於張占魁的心理刻畫，可以說在「左聯文學」中可圈可點：

轉折意義與決定性戰略價值的堅守戰，雖然戰局失敗，但仍拖緩了日軍入侵整個華北的計畫，中國軍隊亦以數千人的傷亡代價獲得了世界反法西斯同盟國的敬重，抗日英雄趙登禹、宋哲元更因此功彪青史。著名抗日歌曲《大刀向鬼子的頭上砍去》便取材於「喜峰口戰役」，《大公報》刊文稱：「（我軍）雖遭受敵人之強烈炮火，亦不稍退……吾軍用手榴彈投擲較遠之敵人，較近者則揮大刀砍殺，殺聲震天，血光滿地。」

> 張占魁默默地，用力盯著一群白亮的星星。城外那個人還在哭著，他想起他村頭一條飄在沙上的小河啦，這聲音像……是的，名叫楊河的小河，現在想來，是多麼地熟悉，又多麼生疏喲！一共五年啦！沒回過家……天邊，星星在閃眼，在擴大，在流變……星星背後，出現了一個個熟悉的面孔，那也五年不見了，五年，整整五年……白頭的，是母親，淒苦著臉的，是弟弟占標，眼淚呀呀地往下流……母親信上說，寄回的錢……[14]

〈守衛〉的結構本身並不複雜，敘事策略卻頗具匠心，譬如以心理描寫推動情節發展等等。上述這類心理描寫方式在〈守衛〉中不止出現一次。張占魁的東北流民與國軍戰士這一「雙重身分」，迫使他不斷地反思、批判自身的存在價值。最終，他做出了反抗的選擇，實際上此為其身分所決定——這一切又依賴於作者較為出彩的心理描寫。

值得一提的是，〈守衛〉發表時，「盧溝橋事變」尚未爆發，全面抗戰還沒有開始，當時的國民政府對日本的侵略卻持「不抵抗」的忍讓態度，並相繼丟失了東北、華北等地。為避免出現相關「敏感字眼」而招致政府對刊物的「封殺」，文中的「日本兵」、「抗日」一概用「××兵」、「抗×」等字眼代替，這充分顯示了

14 魏伯：〈守衛〉，《夜鶯》，第1卷第3期，1936年5月10日。

方之中權變的智慧，亦反映了一批愛國作家、編輯家在法西斯鐵蹄下的無奈之舉。

除了小說之外，《夜鶯》所刊發的抗戰詩歌，亦頗有文學價值與時代感。譬如雷石榆的長詩〈被強姦了的土地上〉，用鏗鏘有力、怒火中燒的筆觸痛斥了日本對東三省的霸佔侵略，全詩修辭簡明，措辭精煉，具備較高的文學性，體現出了左翼抗戰詩歌的文學價值。

> 這兒，這兒已公開地強姦了四五年／而且現在還強姦著，加緊強姦下去／廣袤的原野／蜿蜒的江濱／青草掩不住新舊的血痕／黃沙埋不完殘廢的骨肉／人面的禽獸啄噬剩／那不屈服的座隸的殘餘／讓給獸犬來充腸果腸。
> 一切女人也像／那原野，那江濱／暴露著壓迫者的殘忍／雖然不少保留著一具活屍／但那是無期的淩辱／卸不去的痛苦的加深。[15]

雷石榆當時是「左聯東京分盟」的成員，也是知名日本文化研究專家。1933年東渡留學日本，曾在日本的「前奏社」出版詩集《沙漠之歌》，此詩集的廣告便附著在〈被強姦了的土地上〉之後。回國後，雷石榆先後任教於臺灣大學、香港南方大學，1952年，回到大

[15] 雷石榆：〈被強姦了的土地上〉，《夜鶯》，第1卷第4期，1936年6月10日。

陸的他又受聘為河北大學中文系教授，出版有《日本文學簡史》《文藝一般論》等學術專著。

此時的雷石榆，剛剛從日本學成回國，因此他對於日本的唯美主義表現手法比較瞭解。在詩中，雷石榆把「瀋陽長春吉林哈爾濱」比作「女人」，把「九一八」事變後日本對於東北的肆意侵略，比作一次「公開地強姦」，以及「血痕」、「骨肉」、「活屍」、「獸犬」、「齧痕」、「廢墟」與「血淋淋的屍首」等審美意象的細節性描寫，反映了雷石榆頗為深厚的唯美主義文學功底。

在這裡我們必須要釐清兩個概念，一是歐洲唯美主義，一是日式唯美主義，這兩個概念都幾乎曾在同一時間傳入中國，但是卻有著本質區別，以王爾德、波德賴爾（Charles Pierre Baudelaire）[16]為代表人物的歐洲唯美主義，主張「為藝術而藝術」，追求「超道德」化；但日式唯美主義卻是以廚川白村、三島由紀夫以及穀崎潤一郎等人為代表，他們所追求的是一種物化的「非道德」行為。雖兩者都講求文學創作中以細節取代情節，以描寫取代敘事，但其本質是不同的。雷石榆雖然借鑑日式唯美主義的細節與描寫方式，但在詩歌創作中卻沒有落入日式唯美主義偏狹、哀豔與宣揚肉欲的一面，而是與歐洲的波德賴爾的象徵派詩學理論有機地結合起來，通過對大量醜惡意象的捕捉，將東三省「擬人化」，形成了詩歌中獨

[16] 夏爾·皮埃爾·波德賴爾（Charles Pierre Baudelaire，1821.4.9-1867.8.31）法國19世紀最著名的現代派詩人，象徵派詩歌先驅，代表作有《惡之花》《1845年的沙龍》等。

特的審美意象。除此詩作之外，他還運用這一敘事方式，在《夜鶯》月刊中發表了〈我仍要歌唱〉、〈雖然你的臉上沒有奴隸的烙印〉等作品，痛斥帝國主義者在「這多難的大地」、「『半殖民地』的故國」之上的胡作非為。

除了「抗戰詩歌」之外，《夜鶯》月刊還刊發了一些頗具審美價值的「抗戰散文」，譬如錢江的〈蘇州〉、尹庚[17]的〈為民族自由解放〉等等，而當中又以〈為民族自由解放〉這篇散文最具特點。

這篇散文以報告文學的形式，生動地描述了上海地區民眾為團結抗戰而遊行示威的場景：

> 這半殖民地的大都會的街頭，這平素為罪惡與不義所統治的街頭，如今鬥爭已經發動，無數的人，與自己的理性以及激情一同，浪與風一般的嘩剌嘩剌地來了。非常忿怒的，非常沉痛的，從內心的深處吼出正義的巨響。[18]

[17] 尹庚（1908-1997）原名樓曦，又名樓憲，作家。浙江義烏人，青年時曾留學日本，回國後曾在上海參加「國際反帝大同盟」，同時加入「中國左翼作家聯盟」，曾任「左聯」閘北區支部組織委員，曾被魯迅視為「有希望的青年作家之一」。也是當年與陳望道、馮雪峰、吳晗、艾青、何家槐、王西彥齊名的「義烏七才子」之一。1957年被打為「胡風反黨集團」分子，發配至內蒙古巴彥淖爾臨河第一中學擔任自然課老師，「文革」時開除公職，乞討度日，1978年後被平反並參加第四次文代會，1997年病逝於北京。

[18] 尹庚：〈為民族自由解放〉，《夜鶯》，第4期，1936年6月10日。

流暢雅馴的文筆，反映出了作者愛國之情的「言為心之聲」。從結構上看，這篇散文真正地做到了「形散神不散」，蒙太奇般的鏡頭敘事，描述了上海地區不同位置、不同職業的愛國民眾訴求抗日的遊行過程。結構緊湊地宛如一部交響樂，而不同節奏、不同內涵的敘事場景近似於樂章中的呈示部、展開部、再現部、行板與終曲。尤其是〈義勇軍進行曲〉在散文高潮部分恰到好處的多次引用，形成了在從「展開」向「再現」的順暢過渡中一個頗為緊湊的銜接，用這樣成熟老練的筆法寫成的〈為民族自由解放〉，無疑是一部短促且有力的救亡史詩。

可以這樣說，《夜鶯》月刊所刊發的這一系列「抗戰文學」作品，算得上「左聯文學」在抗戰前期的優秀代表。在四期《夜鶯》中，與「抗戰」有關的詩歌、小說與散文總共加起來有十篇，占到原創文學作品（而非理論批評）的22.73%，與其他同時代同類刊物相比較，這個比例不算少。而且，這些作品都有著一定的代表性意義，在敘事形式、結構設置上也都比較成熟。

其次，《夜鶯》對於文學理論的譯介以及對文學批評的弘揚，為中國現代中國左翼文學理論體系的建立健全，起到了積極的促進作用。

《夜鶯》雖然只出刊四期，但是除了第三期之外，每期都設有的「理論之部」卻在同時代的文學期刊中不算多見，因當時有理論學術刊物發行，所以文學期刊一般不負責理論研究。尤其在當時的中國左翼文學體系中幾乎沒有一本純粹意義上的理論學術刊物，因此《夜鶯》月刊在豐富中國左翼文學的理論探索上，有著頗為重要的歷史意義。

一方面，《夜鶯》的理論短評極具特色，構成了當時的中國左翼文學理論批評的一道風景線，譬如唐弢（署名「南宮離」）的〈從宣傳過去到接受未來〉〈談集體創作〉、李平的〈文壇上的眉間尺和黑色人〉與張天翼的〈什麼是幽默〉等評論文章，在當時的批評界都產生了一定的影響，尤其為中國左翼文學某些基本概念釐清與定義也起到了積極的促進作用。

正如前文所述，《夜鶯》第四期的「理論之部」專門以「大眾文學」的專題代之，進行討論，並刊發了魯迅的〈幾個重要問題〉、歐陽山（署名龍貢公、龍乙）的〈抗日文學陣線〉、聶紺弩（署名紺弩）的〈創作口號和聯合問題〉、吳席儒（署名奚如）的〈文學的新要求〉與胡風〈抗日聲中的演劇運動〉等一系列評論文章。除魯迅的作品外，其他文章雖然偏激，但在「兩個口號」的論爭中起到了澄清性的史料意義——關於這一專輯的相關問題，筆者將在後文予以詳述。

另一方面，《夜鶯》譯介的理論文章之豐富，這樣集中、批量的介紹在中國左翼文學期刊中也是不多見的。四期中共收入理論譯文（不含文學創作）共計十二篇，如下：司各脫・尼爾寧的〈托爾斯泰——一個非戰的煽動家〉（方土人[19]譯）、S・瑪拉霍夫的〈屠

[19] 方土人（1906-2000）江蘇江都人，翻譯家、文藝理論家。1927年肄業於上海吳淞鎮國立政治大學。1939年後歷任蘇聯塔斯社駐華分社翻譯員、中國

格涅夫底現實主義〉（譚林通譯）、高沖陽造（Takaoki Youzou）[20]的〈現實主義與藝術形式的問題〉（辛人[21]譯）、愛倫堡的〈新內容與新形式〉（以群[22]譯）、村山知義的〈蘇聯文學與斯泰哈諾夫運動〉（格收譯）、森山啟的〈作為意識形態的藝術〉（辛人譯）、高爾基的〈論劇〉（屈軼譯）[23]、法捷耶夫的〈新現實與新文學〉（以群譯）以及第四期中關於「卻派也夫」（今譯〈戰鬥中的恰巴耶夫〉）作者孚爾馬諾夫（D. Furmanov）[24]逝世十周年的

作家協會《世界文學》編輯部副主任，中國社會科學院外國文學研究所研究員。

[20] 高沖陽造（1906-1999）日本著名形式主義文藝理論家、著有《馬克思、恩格斯藝術論》《歐洲文藝的歷史展望》等。

[21] 辛人，原名陳辛仁（1915-2005），廣東普寧縣人。曾為「中國左翼作家聯盟北方部」成員，1949年之後投身政界與外交界，歷任中共福建省委副書記兼人民政府副主席、北京國際關係學院院長等職務，之後曾任中華人民共和國駐芬蘭、伊朗、荷蘭、菲律賓等國特命全權大使。

[22] 以群，原名葉以群（1911-1966）安徽歙縣人。著名作家、翻譯家。歷任上海文聯、文協理事、組織部幹部，上海文化局電管處副處長，上海聯合電影製片廠副廠長、藝術處處長，上海市文聯、作家協會副主席，上海市文學研究所所長，〈上海文學〉〈收穫〉副主編。1966年不堪「文革」迫害，悲憤自殺。

[23] 屈軼，原名王任叔（1901-1972），另有筆名巴人等，浙江奉化人。1915年考入浙江省第四師範，五四運動中任寧波學生聯合會秘書。1920年畢業，先後執教鎮海、鄞縣等地小學。1922年5月始發表散文、詩作、小說，由鄭振鐸介紹加入文學研究會。1924年10月任〈四明日報〉編輯，主編副刊〈文學〉。翌年任縣立初級中學教務主任，主編剡社月刊〈新奉化〉。中華人民共和國成立後任中華人民共和國住印尼首任大使，1952年1月卸任回國，任中共外交部黨組成員、政策研究委員會委員。同年4月調任人民文學出版社任副社長、總編輯，1957年任社長兼黨委書記。「文革」中被迫害致死，終年71歲。

[24] 今譯富曼諾夫（1891-1926），蘇聯作家。著有〈戰鬥中的恰巴耶夫〉等。

紀念評論文章（譯文共計四篇，分別由克夫、吳明與明之三人翻譯）。

其中，以高沖陽造的〈現實主義與藝術形式的問題〉（辛人譯）與高爾基的〈論劇〉（屈軼譯）有一定的歷史影響或學術價值。

〈作為意識形態的藝術〉是高沖陽造的代表作之一，高沖陽造系日本當代知名形式主義文藝理論家，自20世紀三十年代開始發表作品，筆耕不輟至二十世紀九十年代，著有《喜劇論》《悲劇論》《戲曲論史》與《藝術學小詞典》等各類專著十五部，堪稱著作等身，尤其是晚年口述、太田哲男編撰的自傳體回憶錄《「治安維持法」下的日常生活：高沖陽造的口述史》（該書由「影書房」於2003年6月出版），大膽揭露了自己作為一名日共背景的左翼作家在20世紀三十年代遭遇當局殘酷迫害的歷史經歷，一時日本文壇震驚、輿論譁然，使得其人其論在日本甚至世界知識分子界重新產生了一定的影響。

這篇〈現實主義與藝術形式的問題〉是目前有案可查的、中國學界最早對於高沖陽造的翻譯，也是中國較早關於形式主義文論之譯介——文中採取了20世紀三十年代在歐美文論界最流行的形式主義文論法則來解讀現實主義。[25]在這篇文章發表三年之後的1939

[25] 學界對於「形式主義文論」何時進入中國，有著不同的解釋，但均晚於〈現實主義與藝術形式的問題〉被譯入中國的1936年。譬如趙稀方就曾認為「在1979-1980年間，就有王蒙等人的『意識流』小說的文體實驗，這一現在看來微不足道的敘事變革在當時具有革命性的意義，它引起了人們對於文學作品語言形式的注意，從而為西方形式主義理論的引進創造了可能」（趙

年，前輩學者林煥平[26]才將高沖陽造的《藝術學》翻譯完畢，並由時代書店出版。這是在中國出版的、最早以「藝術學」命名的理論著作。因此，高沖陽造與廚川白村與藏原惟人等日本學者一道，成為較早被譯介到中國文藝理論界、並在中國文藝理論體系中起到奠基作用的早期日本文學理論家。

在〈現實主義與藝術形式的問題〉一文中，高沖陽造提出了「藝術形式」應包括的兩樣東西，一個是作為精神的「歷史性、階級性」，一個是作為表現的「言語、樣式與處理法」。整篇文章分段地詮釋了「言語」、「樣式」與「處理法」這三種表現如何詮釋「歷史性」與「階級性」這兩種精神內涵。高沖陽造認為，「藝術的歷史性、階級性，不僅存在於那意識形態裡面，並且存在形式裡面另一方面。」[27]

稀方：〈形式主義：從西方到中國〉，[韓]中國現代文學研究，2000年第9輯）。周小儀與申丹雖然認為「中國對現當代西方文論的興趣可以追溯到1930年代」，但卻亦認為形式主義文論被譯介到中國是在20世紀70-80年代（周小儀、申丹：〈中國對西方文論的接受：現代性認同與反思〉，《中國比較文學》，2006年第1期）。

[26] 林煥平（1911.9.25-2000.12.19），原名林燦桓，曾用名方東旭、石仲子。文藝理論家、作家、教育家。曾為「左聯」成員，中共建政後，歷任廣西大學、廣西師範大學教授、中文系主任，廣西文聯副主席，中國作協廣西分會名譽主席，中國文藝理論學會第三、四屆副會長。著有《茅盾在香港和桂林的文學成就》《抗戰文藝評論集》《文學論教程》《文學概論新編》等。1992年被美國傳記研究所評為「八十年代最受尊敬的人」。1999年英國劍橋大學國際傳記中心評他為「二十世紀世界傑出作家」、授予「二十世紀成就獎」。

[27] [日]高沖陽造：〈現實主義與藝術形式的問題〉，辛人譯，《夜鶯》，第1卷第1期，1936年3月5日。

在文章的第二段「現實主義一般藝術形式」中，高沖陽造將這一話題予以生髮。他認為，各國文藝的復興，首先是「言語革命」，因此，語言應是體現歷史性與階級性的最好手段。「例如莎士比亞、歌德、普式庚（今譯普希金）、巴爾扎克等國民文學的創造者，個人都是作為自己所屬的國家之言語革命的擔承者而登場的。」[28]高沖陽造稱，在「言語革命」之後的「樣式」又必須不能「與言語切離」。基於俄國形式主義，他還提出了關於文藝形式的新概念。認為所謂「形式」，乃是「指構成以前和今後的藝術家所創造了的和將創造的形式總體之特殊的部分的東西。」在他看來「一些現實主義的作家，都是多樣地、縱橫地驅使著多樣的形式的」。並引用德國浪漫主義文論家施勒格爾（Friedrich von Schlegel）[29]的名言「形象是由事物而來的精神的救濟」，進一步闡釋了「形式」與「精神」在文藝創作中的關係。[30]緊接著，在論述第三個元素的「處理法」時，高沖陽造又批判了古典的現實主義創作手法的「最大的並且是決定的不充分與界限」乃是「社會的描寫

[28] 同上。

[29] 弗里德里希·施勒格爾（1772.3.10-1829.1.12），德國浪漫主義的奠基人。24歲就提出一套浪漫主義的理論。26歲時和哥哥一起創辦《雅典娜神殿》雜誌，海涅的《論浪漫派》在該刊上發表後，「浪漫派」由此定名。1802年他到巴黎任講師。1808年皈依天主教，同年進入維也納政界，1815年被封為貴族。此後擔任外交官，並發表大量歷史、哲學和文學方面的講演。1829年在講學途中病故。

[30] [日]高沖陽造：〈現實主義與藝術形式的問題〉，辛人譯，《夜鶯》，第1卷第1期，1936年3月5日。

非常之不澈底。」[31]

這篇文章從文藝的不同角度論述了「藝術形式」該如何與「現實主義」相結合的新理路。儘管該文的影響力有限，未能讓高沖陽造憑此在中國理論界「一炮而紅」，但《夜鶯》對該文的刊發使得「形式主義文論」在中國有了被譯介傳播的歷史先聲。

而高爾基的〈論劇〉則是一篇在中國戲劇理論界頗有影響的名篇。之後該文曾以〈論劇本〉的名字再度翻譯，並被收入《高爾基文學論文選》一書中，由人民文學出版社於1959年印刷出版——這曾是20世紀60年代中國中文系學生的必讀書之一。因這本書的廣泛傳播，高爾基在該文中所反映的戲劇觀，亦與梅耶荷德（Meierkholid，Vsevolod Emilievich）[32]的「假定性理論」、斯坦尼拉夫斯基[33]的「體驗基礎上的再體現」與丹欽科（Nemirovich-Danchenko Vladimir Ivanovich）[34]的「導演的主體意識」等理論一

[31] 同上。

[32] 梅耶荷德（1874.2.9-1940.2.2），蘇聯導演，演員，戲劇理論家，蘇共黨員。1913年他的論著《論戲劇》問世，提出了與寫實主義戲劇分庭抗禮的假定性戲劇理論。

[33] 康斯坦丁・斯坦尼拉夫斯基（Konstantin Stanislavsky，1863-1938），蘇聯導演、戲劇理論家。1898年他與聶米羅維奇・丹欽科合作，創辦莫斯科藝術普及劇院（1903年起稱莫斯科藝術劇院）。同年，與聶米羅維奇・丹欽科共同執導原在彼得堡亞歷山大劇院演出失敗的契訶夫劇本《海鷗》，轟動了當時的戲劇界，開始成為蜚聲世界的戲劇藝術革新家。其著《演員的自我修養》在全世界戲劇界產生了巨大的影響，其建立的「體驗派」表演體系與德國的布萊希特、中國的梅蘭芳同被譽為「世界三大表演體系」之一。

[34] 聶米羅維奇—丹欽科（1858-1943）蘇聯戲劇導演，劇作家，戲劇教育家。1898年與斯坦尼斯拉夫斯基共同創建莫斯科藝術劇院，負責劇碼選定，並與斯坦尼斯拉夫斯基聯合導演契訶夫的名劇《海鷗》《萬尼亞舅舅》《三姐

道，成為中國戲劇理論界被譯介的蘇聯經典戲劇理論之一。

我們需要注意的是，上述這些其他的理論均沒有〈論劇〉中所闡釋的觀點對未來中國話劇界影響深刻。〈論劇〉所提倡「為政治服務」的戲劇觀，與中國話劇運動發展史幾乎不謀而合。正如張庚先生所言「近五十年中國話劇的歷史主要不是劇場藝術發展的歷史，而是話劇運動如何配合革命運動而發展的歷史」。[35]而且，高爾基的名言「把語言轉換為行為，比把行為轉換為語言更難」[36]最早便是出自屈軼所翻譯的〈論劇〉。

但我們必須要承認的是，《夜鶯》月刊所刊發屈軼的譯文〈論劇〉，乃是中國目前有案可查的、第一篇關於高爾基〈論劇〉的中文譯本。

在〈論劇〉的譯文中屈軼創造性地用了「劇曲」來漢譯俄語「Драма」（即英語drama）這個名詞，這在當時文論界中比較罕見，亦體現出了譯者不凡的眼光。縱觀當時中國戲劇理論界對於西方美學的研究與譯介，仍停留在「劇學」與「曲學」的分野中。一批有著一定西學背景的學者，在「文明戲」、「新劇」的基礎上

妹》《櫻桃園》，以及高爾基的《底層》。通過這些演出，建立了莫斯科藝術劇院的心理現實主義舞臺藝術風格。他在1930、1937年先後把托爾斯泰的小說《復活》、《安娜·卡列尼娜》搬上舞臺時，創造性地把朗誦者引入舞臺演出。為了實踐新的藝術構思，他還於1940年重新排演了《三姐妹》。他的最後一部導演力作是《克里姆林宮的鐘聲》。

[35] 張庚：〈半個世紀的戰鬥經歷〉，戲劇論叢，第3期，中國戲劇出版社，1957年，第103頁。

[36] [蘇聯]高爾基：〈論劇〉，屈軼譯，《夜鶯》，第1卷第3期，1936年5月10日。

結合西方美學理論與中國傳統的「曲學」，提出了「戲劇」這一譯法，強調戲劇自身的「場上之美」，認為中國傳統戲曲亦應該用「戲劇」來概括之，譬如周貽白的《中國戲劇史》等著作便是如此；但一批有著傳統國學底子的學者如吳梅、王國維等人依然沿用「戲曲」這一名詞，認為中國的「曲學」是獨立的、有別於西方「劇學」理論的審美系統，且是以音韻、文本為代表的「案頭之美」；除此之外，當時還有一批兼具國學底子與西學背景的學者如熊佛西、餘上沅等人曾為捍衛傳統戲曲的美學體系，一度提出「國劇」的概念，形成了二十世紀二十年代的「國劇運動」，但這仍未打通「劇」與「曲」的審美分野。[37]

「劇曲」原本指宋元時的「雜劇」與「散曲」。[38]在這裡，屈軼用來翻譯高爾基筆下的「悲劇及喜劇」，並認為是「文學裡最困難的形式」，[39]譯法可謂頗為傳神——既考慮到了「劇學」裡的文本及修辭，又兼顧了「曲學」中的音樂與表演。而且該文本身是以「劇本」為研究對象，且高爾基又認為劇本是服務於音樂、表演等元素的，「劇曲」之譯可謂是精妙得當。

〈論劇〉認為「青年劇作家底共通的可悲的缺陷，第一便是語

[37] 「國劇」這一詞目前中國學界仍在沿用，譬如學者傅謹依然稱傳統戲曲為「國劇」。

[38] 譬如前輩學者劉永濟就曾出版《宋代歌舞劇曲錄要》（古典文學出版社，1957年）。

[39] [蘇聯]高爾基：〈論劇〉，屈軼譯，《夜鶯》，第1卷第3期，1936年5月10日。

言的貧乏、枯燥無味、沒有生氣、沒有個性。一切登場人物用同一的語法說話，用單調的老調子，驚動觀客」，這其中所蘊含的問題便是「跟我們國土裡狂風暴雨般的現實不相合致」，因為「藝術從不曾有過那種為自己的『私人目的』而且也不應該有的」。[40]

就這一問題，高爾基如是闡述：

> 因為藝術已經跟舊的顧客與需要者底階級一起衰老下去，成為了悲劇的無力化了。但同時藝術又跟新興的階級文化底成長而一起急速地成長起來。藝術與宗教同樣在布爾喬亞社會中，服務於一定的階級底目的。在藝術裡正和在宗教裡一般，也有所謂異端者。這是從階級的束縛下逃出來，用著不相干的力，甘心盲目地冒著相信小市民層「不動的真理」的恥辱，對於歷史的人類底無限的創造力，抱著不信的態度。這也是對於那些歷史的人類底破壞與創造——那種難爭的權利，抱著不信的態度。[41]

作為蘇聯無產階級代表作家的高爾基，他當然是為新政權鼓與呼。在〈論劇〉裡，他聲稱「蘇維埃聯邦現在正誕生著新的人類」，並強調了作家描寫大時代、歌頌無產階級革命的重要性。認為「階級的特性」必須要深入到文學家的「極其內部」、甚至要「局於腦神

[40] 同上。
[41] 同上。

經的生理學的」，因為它是「真誠的作家的任務」。畢竟「戲劇所要求的根本事物是現時代所必須的」。除此之外，高爾基還認為「我們年輕的劇作家置身於幸福的狀態裡」，所以要用「正確的眼光來看這新英雄」。[42]

當然，今日的我們會因蘇聯的解體、對史達林主義集權的批判而詬病高爾基在政治上的逢迎之處，但我們同時又必須承認高爾基撰寫〈論劇〉時的真誠。史實證明，20世紀二三十年代——那是無產階級政黨首次在世界上成功的偉大時代，也是偉人列寧重新建設一個強大蘇維埃聯邦的神話歲月。那個由無產階級掌權、消除剝削、驅逐外寇並日益強大的蘇聯，幾乎成為了所有中國人——包括國民黨、共產黨甚至「第三黨」政治夢想中的「理想國」。

因此，在日寇已經發動華北事變、並即將全面入侵中國的1936年，高爾基的這篇〈論劇〉在一定程度上為當時的劇作家們指明了思想上的出路。儘管有些地方不那麼具備符合文學自身的客觀規律，但我們必須要肯定作為世界左翼作家領袖的高爾基所寫的這篇〈論劇〉對於左翼劇作尤其是抗日時期的演劇活動的指導意義，是不容忽視與否定的。

如上兩篇譯文只是四期《夜鶯》月刊所刊發譯文的一部分，除此之外，還有〈作為意識形態的藝術〉亦在當時產生了一定的現

[42] 同上。

實影響，作者森山啟[43]是和中野重治、藏原惟人齊名的日本馬克思主義文論家，此文是其論述藝術與政治關係的名篇；而法捷耶夫[44]的〈新現實與新文學〉則是法捷耶夫在第一次全蘇作家大會上的演說；第四期中關於「卻派也夫」作者孚爾馬諾夫逝世十周年的紀念評論文章專輯也有一定的社會價值。

雖然只有四期，但卻有如此多的譯文，這在當時的文學刊物中可謂是難能可貴，從所占百分比來講，只有邵洵美等留歐作家主編的《獅吼》可與之比擬，但行伍出身的方之中並非歐美留學生。更重要的是，這些譯文翻譯到位、文筆雅馴，可謂「信達雅」兼備——畢竟陳辛仁、王任叔、以群、方土人等譯者後來皆為中國大陸知名的翻譯家、外國文學研究專家或外交官。這些看似篇幅不長的理論文章，卻恰到好處地豐富了中國左翼文學理論的體系框架，為今後中國左翼文學理論在中國的發展起到了積極的作用。這一切，都體現了《夜鶯》編輯人員開闊的編輯視野及開放的批評眼光。藉此，筆者認為，在中國左翼文學理論體系在中國的發展過程中，《夜鶯》的此舉是有關注價值的。

[43] 森山啟（Moriyama Kei，1904.3.10-1991.7.26）日本作家、詩人、馬克思主義文論家，原名森松慶治，日本新潟市人，代表作《遠方的人》《紅蓮物語》等。

[44] 法捷耶夫（Alexander Alexandrovich Fadeyev，1901.12.24-1956.5.13）蘇聯著名作家，蘇聯社會主義現實主義文學的傑出代表之一。曾任「拉普」（蘇聯作家協會）主席、黨組書記。代表作《毀滅》《青年近衛軍》在國際上有較大影響。

第三節　《夜鶯》月刊與「兩個口號」之爭

> 一九三五年「一二九」運動爆發後，當時負責「左聯」工作的周揚在日益高漲的民族救亡運動的推動下，於年底宣布「左聯」自動解散，並提出「國防文學」的口號……不過由於這一口號本身的含混以及對其解釋的不當，如除了「國防文學」之外，就是「漢奸文學」仍沿襲了早期「左聯」文學工作者簡單的二值邏輯，同時也忽視了統一戰線「誰統一誰」的問題，因而魯迅和剛被黨中央從陝北派到上海的馮雪峰以及胡風、茅盾等商議後，另外提出了「民族革命戰爭的大眾文學」口號加以補救……但由於胡風沒有解釋新口號產生的具體經過，且隻字未提「國防文學」，再加上原「左聯」一些負責人本來就對胡風有成見，因而引起了「兩個口號」的論爭……不過由於雙方要求建立抗日民族統一戰線的基本觀點是一致的，因而在明確了兩個口號之間的關係，糾正了具體主張中的某些不明確性……[45]（著重號為引者所加）

這是浙江師範大學教授王嘉良在其主編的《中國現當代文學史》一書中所認為「兩個口號」的來龍去脈，由於該文學史被選為「面向二十一世紀課程教材」，因此這也應算是「官方修史」中對於「兩

45　王嘉良等：《中國現當代文學史・上冊》，上海教育出版社，2004年，第143頁。

個口號」的闡釋。但縱觀其他的「官方修史」，如王嘉良這般對這一問題細緻的闡釋實不多見。在其他一些現代文學史中，對這一問題有的只是一帶而過，有的甚至提都不提就回避掉了。譬如在《中國現代文學三十年》（修訂本）中，就直接略過了「兩個口號」這一部分。

作為中國現代文學史上一樁無法繞開的公案，「兩個口號」一直是現代文學研究領域中的敏感、複雜問題，而作為當時率先且唯一推出「民族革命戰爭的大眾文學特輯」的《夜鶯》月刊，顯然在「兩個口號」的出現、衍變過程中扮演了頗為重要的角色。

因此，本節擬從兩個問題出發來闡釋《夜鶯》月刊在「兩個口號」的爭論中所扮演的角色問題，並進一步分析《夜鶯》月刊在抗戰前期左翼文藝陣營中的地位。兩個問題分別是：蕭軍的長篇小說《八月的鄉村》所引發的「魯迅狄克之爭」如何構成了「兩個口號」之爭的前奏？魯迅〈幾個重要問題〉等「大眾文學」系列論文作為「特輯」的發表又如何為「兩個口號」之爭正本清源？而這兩個問題所涉及的主要文章分別在《夜鶯》月刊第三期、第四期上獲得了刊登。

通過前文對《中國現當代文學史》中如何解釋「兩個口號」的分析，我們可以至少獲悉兩個資訊：其一，周揚因為「日益高漲的民族救亡運動」才提出了「國防文學」，而「大眾文學」是在其後被提出的，應該算是「國防文學」的衍生物，至少對「日益高漲的民族救亡運動」的反應上，不如「國防文學」先知先覺；其二，

「兩個口號」的爭論，是因為「國防文學」派在具體問題上犯了「沿襲」、「忽視」的錯誤以及「這一口號本身的含混以及對其解釋的不當」而產生了問題之因，為了「補救」這一口號的胡風又犯了「沒有解釋」、「隻字未提」的錯誤，並招致別人的「成見」而導致問題之果。好在兩派的「基本觀點是一致的」，最後以「糾正了具體主張中的某些不明確性」來解決了這一問題。

在王嘉良等當下的文學史家們筆下，無論是「國防文學」還是「大眾文學」，皆是「出於好心而辦了壞事」，因此均各挨五十大板。這種處理法的目的在於可以有效地掩飾「左聯」內部不可調和的內在矛盾，但卻也掩蓋了一些頗為重要的史實。

學界一般認為，「大眾文學」這一口號的首次被提出，是胡風在1936年6月1日發表在《文學叢報》上的〈人民大眾向文學要求什麼〉一文，而胡風這篇文章的前因則是一位名叫徐行的年輕批評家連發兩篇極左的文章，不同意「國防文學」口號，認為「國防文學」的「『理論家』已經陷在愛國主義的汙池裡面」，[46]朝「國防文學」的提出者大潑污水——這是《中國現當代文學史》沒有提及但在其他相關專題論著中卻未被忽視的。[47]胡風為了讓「國防文

[46] 徐行：〈評「國防文學」〉，見於中國社會科學院文學研究所現代文學研究室，《「兩個口號」論爭資料選編，第1卷》，人民文學出版社，1982年，第396頁。

[47] 如劉炎生的《中國現代文學論爭史》（廣東人民出版社，1999年）、楊聯芬的《二十世紀中國文學期刊與思潮》（百花洲文藝出版社，2006年）、十四院校編寫組主編的《中國現代文學史》（雲南人民出版社，1981年）、張毓茂的《二十世紀中國兩岸文學史》（遼寧大學出版社，1988年）、唐弢、嚴

學」更加明晰並為了反駁徐行，遂補充性地提出了「大眾文學」這一口號。

從前文所提的兩個問題出發，本節的研究將包含三重視角：從《夜鶯》月刊所刊發內容出發的文學視角、從黨史出發的政治視角以及從文學史出發的歷史視角。筆者認為，對《夜鶯》月刊這一「特輯」的解讀，應該可以讓這一問題變得更加客觀並且接近歷史真相。

首先是從《夜鶯》月刊所刊發內容而出發的文學視角。那麼不應該回避的就是《八月的鄉村》這本書，這是東北作家蕭軍在1935年完成的長篇小說，同年八月，這部小說由上海容光書局出版，出版時蕭軍署名「田軍」。小說塑造了淪陷後東北地區一批不同出身、不同素質、不同覺悟的抗戰戰士形象，反映了東北地區抗日軍民眾志成城、驅逐外寇的決心與勇氣。當時「盧溝橋事變」尚未爆發但東北已經淪陷，因此「抗戰文學」主要以東北地區的戰事為主，這與《夜鶯》月刊所刊發的〈守衛〉等抗戰作品在題材上是相近的。

魯迅對《八月的鄉村》頗多讚譽並為之代序。稱之為「顯示

家炎的《中國現代文學史》（人民文學出版社，1984年）、周惜晨、賀寧芳的《中國現代文學史》（江蘇人民出版社，1979年）與中共上海市委黨史資料徵集委員會、中共上海市委黨史研究室主編的《上海革命文化史略》（上海人民出版社，1999年）這些著作中，均認為徐行所發表的〈評「國防文學」〉等兩篇文章乃是導致胡風提出「大眾文學」的前奏。

著中國的一份和全部，現在和未來，死路與活路。」[48]這篇序言隨著這本書的出版在全國產生了一定的影響之後，張春橋化名狄克在1936年3月15日天津《大晚報》的《火炬》副刊上發表〈我們要執行自我批判〉一文，指桑罵槐地對蕭軍的《八月的鄉村》予以批評，認為魯迅對其撰序乃是言過其實。

但事實上，張春橋對蕭軍的批判乃是幌子。通過對〈我們要執行自我批判〉一文的分析我們很容易看出，張春橋的目的全部集中在文章的最後一段：

> 批評家！為了作者請你們多寫點文章吧！多教養作者吧！許許多多的人們在等待你們底批判！不要以為那些作家是我們底就不批評！我們要建立國防文學，首先要建立更為強健的批評！我們要結成聯合陣線，首先要建立強健的批評！更為了使作家健康，要時時刻刻的執行自我批評！[49]

「建立更為強健的批評」乃是旨在「建立國防文學」。由此可知，張春橋炮轟蕭軍，目的竟在於捍衛「國防文學」陣營。但這篇文章卻拿魯迅為蕭軍的序說事兒，這等於挑戰了魯迅在左翼作家陣營中的「盟主」地位，這讓病中的魯迅頗為惱怒。於是，他寫了〈三月

48 魯迅：〈八月的鄉村序〉，見於田軍：《八月的鄉村》，人民文學出版社，1954年，第2頁。
49 狄克：〈我們要執行自我批判〉，《大晚報・火炬》，1936年3月15日。

的租界〉一文，以做回應，刊發在《夜鶯》第三期。

〈三月的租界〉全文約兩千餘字，魯迅主要反駁了張春橋對蕭軍以及自己那篇序言的批評。譬如他駁斥張春橋「田軍不該早早地從東北回來」、「裡面有些還不真實」之論的荒謬，但卻隻字未提「國防文學」。並且公正地說，魯迅對張春橋之論只是慍怒，而未到仇恨的地步，畢竟該文的遣詞修辭上都用的是頗為溫和的詞句——譬如「（張春橋的）這些話自然不能說是不對的」、「自然，狄克先生的〈要執行自我批判〉是好心」並認為「要批判，就得彼此都給批判，美惡一併指出」[50]之類，通篇並沒有魯迅一貫針對論敵諷刺挖苦的語句——這很容易看出，張春橋寫〈我們要執行自我批判〉一文並非旨在針對蕭軍與魯迅的序言，而是意圖靠對魯迅的批判，以「文壇登龍術」的伎倆使自己混入「國防文學」的陣營，且該文對蕭軍的批評也尚屬牽強，其目的是為了推廣「國防文學」，正因此，一向「痛打落水狗」的魯迅在回應上的火力也不算猛。但魯迅一定看到了張春橋在文中對於「建立國防文學」的鼓吹，但緣何沒有在回應的文章中針對「國防文學」指名道姓地進行還擊？

這個問題必須又要從文學史語境出發的歷史視角來解答。須知魯迅這篇文章刊發於1936年5月10日，此後的二十天裡，胡風、馮雪峰等人就開始醞釀提出「大眾文學」這一口號來對抗周揚的「國

[50] 魯迅：〈三月的租界〉，《夜鶯》，第3期，1936年5月10日。

防文學」。當然，這一口號的提出也是有著自身的背景。據馮雪峰在「文革」期間的回憶，過程是這樣的：

> 現在應該根據毛主席提出的抗日民族統一戰線政策的精神來提。接著，我又說，「民族革命戰爭」這名詞已經有階級立場，如果再加「民族革命戰爭的大眾文學」，則立場就更加鮮明；這可以作為左翼作家的創作口號提出。胡風表示同意，卻認為字句太長一點。我和他當即到二樓同魯迅商量，魯迅認為新提出一個左翼作家的口號是應該的，並說「大眾」兩字很必要，作為口號也不算太長，長一點也沒什麼。這樣，這口號的最後的決定者是魯迅，也就是說，這口號是魯迅提出來的。[51]（著重號為引者所加）

該文刊登於《新文學史料》時已經注明，系馮雪峰在「文革」受衝擊時的「交代材料」，完稿於1966年、修訂於1972年，曾在「文革」期間「被人廣為傳抄」，[52]但作為研究史料則發表於他病逝以後的1980年，該文曾對周揚、田漢與夏衍等人進行了批判攻擊，甚至還說「（周揚、夏衍等人）用王明的觀點來歪曲毛主席提出的抗日民族統一戰線政策。」[53]

[51] 周揚：〈周揚同志來信〉，《新文學史料》，1980年第1期。
[52] 同上。
[53] 同上。

馮雪峰的這篇文章在1980年的《新文學史料》上刊發以後，引起許多老作家與當事人的不滿與抗議，其中的代表就是夏衍。夏衍曾在回憶錄中表達了自己的憤懣，「至於『國防文學』這個口號，直至『四人幫』垮臺之後，也還有人或明或暗地把它說成是右傾投降主義的口號。」[54]

但馮雪峰之文所論及「到二樓同魯迅商量」這個說法卻在研究界被當作確鑿史實流傳至今。筆者粗略統計了一下，大約有近百種研究專著用了這個說法。其中頗具影響者如林志浩的《魯迅傳》（1991年）、胡平、曉山的《名人與冤案：中國文壇檔案實錄》（1998年）、黃喬山的《魯迅與胡風》（2003年）、陳早春、萬家驥的《馮雪峰評傳》（2003年）等等，從20世紀80年代初貫穿至本世紀，均有引用。

但是，魯迅可有一篇「親筆所寫」的文章、一份書信與一篇日記明確支持「大眾文學」並鼓動與「國防文學」大唱對臺戲？

答案是：沒有。

認為魯迅是「大眾文學」的支持者並反對「國防文學」這一結論，只是馮雪峰和胡風「到二樓同魯迅商量」之後並由馮雪峰轉述的結果。馮雪峰和胡風是否上了「二樓」？上去之後魯迅究竟對他們倆說了什麼？這恐怕是中國現代文學史上一個永遠的謎。「這樣，這口號的最後的決定者是魯迅，也就是說，這口號是魯迅提出

[54] 夏衍：《懶尋舊夢錄》，生活・讀書・新知三聯書店，2006年，第222頁。

來的」等論只是馮雪峰的推論，「也就是說」這一推測性的關聯片語何以等於確鑿的史實？而且，假使「決定者是魯迅」的話，那「提出者」就一定不會是魯迅了，哪有自己「決定」自己「提出」之論的道理？因此，「這口號是魯迅提出來的」之說豈非荒謬絕倫？

而且，這一說法尚且是來自於「文革」期間的「交代材料」，而那時正是江青「代表」文藝宣傳界對「國防文學」的代表「四條漢子」——周揚、田漢、陽翰笙與夏衍批判正兇之時。馮雪峰的文章不失時機地利用魯迅直接點名「揭發」了周揚、田漢與夏衍三人。由此可知，馮雪峰的這篇文章，只是「文革」期間迫害之下的交代材料而已，是否完完全全地符合史實，當結合史料分析才能獲得結論。

我們其實通過對《夜鶯》月刊第四期這一「特輯」的史料分析就很容易看出。在這一「特輯」中，一共刊登了六篇文章，分別是魯迅病中口述的〈幾個重要問題〉、龍貢公（歐陽山）的〈抗日文學陣線〉、紺弩（聶紺弩）的〈創作口號和聯合問題〉、奚如（吳席儒）的〈文學底新要求〉、胡風的〈抗日聲中的演劇運動——關於「星期實驗小劇場」〉與龍乙（歐陽山）的〈急切的問題〉。

這六篇文章中，有五篇明確聲援「大眾文學」的文章是這樣寫的：

〈抗日文學陣線〉裡這樣說：

> 替中國文學運動作出明顯的劃期的粉線，包含了攻勢的全新內容的口號「民族革命戰爭的大眾文學」，可以用下面的電訊證明他的充分的正確性。[55]

〈創作口號和聯合問題〉的論點更強烈：

> 最近一期的《文學叢報》上有一篇胡風先生的文章：〈人民大眾向文學要求什麼？〉在那文章裡頭，作者提出了一個新的創作口號：民族革命戰爭的大眾文學。我以為這是值得我們注目的。[56]

〈文學底新要求〉的火力也不弱：

> 由於目前文壇上混亂的情形，提出這一新的、正確的、統一的創作口號「民族革命戰爭的大眾文學」是非常當切合歷史整體要求和任務的！[57]

「大眾文學」的「始作俑者」胡風在〈抗日聲中的演劇運動——關於「星期實驗小劇場」〉一文裡，從章泯、趙丹的「星期實

[55] 龍貢公：〈抗日文學陣線〉，《夜鶯》，第4期，1936年6月15日。
[56] 紺弩：〈創作口號和聯合問題〉，同上。
[57] 奚如：〈文學底新要求〉，同上。

驗小劇場」演出季出發，也寫了這樣一段話：

> 它（「星期實驗小劇場」）是觀眾直接對面的，這使得它不得不更加敏感地向大眾化的路上走。這直接性和大眾化使它能夠取得最大的教育群眾、啟發群眾的力量，使它能夠在民族革命戰爭運動中成為很強的武器。[58]

在〈急切的問題〉一文中，作者展示出了比〈抗日文學陣線〉中更鮮明的態度：

> 因此，我們除了需要一個更有代表意義的口號，我們還急迫地需要一切優秀的作家起來參加理論與創作的實踐，使我們底「民族革命戰爭的大眾文學」更加豐富起來，更加負起文化鬥爭的大眾任務……「民族革命戰爭的大眾文學」這一口號的提出，是有無比的正確性，願意一切文化戰鬥願為著民族的生死存亡集中到這一口號下面努力。[59]

「特輯」一共包括六篇文章，五個作者。其中，四個人所寫的五篇文章分別用了「充分的正確性」、「值得我們注目的」、「新的」、「最大」、「很強」與「無比的正確性」等誇大修飾性辭藻

[58] 胡風：〈抗日聲中的演劇運動——關於「星期實驗小劇場」〉，同上。
[59] 龍乙：〈急切的問題〉，《夜鶯》，第4期，1936年6月15日。

為「大眾文學」唱讚歌，唯獨魯迅在〈談幾個問題〉中隻字不提「大眾文學」與「國防文學」這兩個詞。而是從文字改革、學生運動等幾個方面談了談對時局的看法，《夜鶯》月刊將魯迅的文章放在這個「專輯」裡面，應該也不是魯迅的本意。

需要注意的是，在「兩個口號」之爭前後，魯迅先是因為「國防文學」派的周揚等人對他的不尊重，進而雙方產生齟齬，最終導致魯迅親近並信任於馮雪峰、胡風等「大眾文學」派，但胡風、馮雪峰亦利用了魯迅的信任來借魯迅之名打壓異己，種種事端讓身體每況愈下的魯迅更加氣悶。這大致是魯迅在「兩個口號」之爭前後的心路歷程。

由於新近史料的被挖掘，上述問題在近年來的魯迅研究領域已為個別學者所關注。譬如魯迅博物館研究員周楠本結合新發現的史料，論述病重期魯迅與馮雪峰、胡風之間的關係：

> 馮雪峰在魯迅重病之際，憑著與魯迅的親密關係，以及中共特派員的身分，自作主張地為魯迅接連代筆寫了這兩篇文章（引者按：其中一篇是關於「兩個口號」的〈論現在我們的文學運動〉）並公開發表，其效果並不佳……馮雪峰代筆的當時即感覺到了這一點，他曾向胡風埋怨，說魯迅不如高爾基聽話，所以仍然不行。[60]

[60] 周楠本：〈這兩篇文章不應再算作魯迅的作品〉，《博覽群書》，2009年第9期。

事實上，縱觀魯迅一生，只在兩篇所謂的「署名文章」中點名提到過「大眾文學」與「國防文學」的關係，一篇是在1936年7月——即《夜鶯》所推出的這個「特輯」的下一個月，此時魯迅已經被看作對抗「國防文學」的「大眾文學」陣營裡的領袖。按照馮雪峰的說法，當時魯迅口述，由他整理成了〈論現在我們的文學運動〉一文，裡面這樣評價「兩個口號」：

> 民族革命戰爭的大眾文學，正如無產革命文學的口號一樣，大概是一個總的口號罷。在總口號之下，再提些隨時應變的具體的口號，例如「國防文學」、「救亡文學」、「抗日文藝」……等等，我以為是無礙的。不但沒有礙，並且是有益的，需要的。自然，太多了也使人頭昏，渾亂。不過，提口號，發空論，都十分容易辦。但在批評上應用，在創作上實現，就有問題了。批評與創作都是實際工作。[61]（著重號為引者所加）

另一篇則是頗具代表性的〈答徐懋庸並關於抗日統一戰線問題〉，這是魯迅對文學青年徐懋庸來函的批評，但這篇文章也非魯迅原創，亦是馮雪峰根據魯迅的口述整理而成，在文中有這樣一段話：

[61] 魯迅：〈論現在我們的文學運動〉，《現實文學》，第1期，1936年第7期。

> 其次，我和「民族革命戰爭的大眾文學」這口號的關係。徐懋庸之流的宗派主義也表現在對於這口號的態度上。他們既說這是「標新立異」，又說是與「國防文學」對抗。我真料不到他們會宗派到這樣的地步。只要「民族革命戰爭的大眾文學」的口號不是「漢奸」的口號，那就是一種抗日的力量；為什麼這是「標新立異」？你們從那裡看出這是與「國防文學」對抗？拒絕友軍之生力的，暗暗的謀殺抗日的力量的，是你們自己的這種比「白衣秀士」王倫還要狹小的氣魄。我以為在抗日戰線上是任何抗日力量都應當歡迎的，同時在文學上也應當容許各人提出新的意見來討論，「標新立異」也並不可怕。[62]

這兩篇文章均馮雪峰所起草，由魯迅口述，兩文算是魯迅對「大眾文學」的有一定支持性的看法，其實說到底也不算太支持。而且嚴格地說，這兩篇文章在「作者為誰」的真實性問題上還依然存疑。

〈論現在我們的文學運動〉有問題，後一篇〈答徐懋庸並關於抗日統一戰線問題〉也有問題，該文基本上可以認定為馮雪峰所寫，因至今仍有手稿傳世。據史料記載，「共十五頁，約六千多字」的手稿，其中竟有「十一頁為馮雪峰字跡」[63]——而且這個統

[62] 魯迅：〈答徐懋庸並關於抗日統一戰線問題〉，《作家月刊》，第1卷第5期，1936年8月。

[63] 趙英：〈一件總想否定但又否定不了的事實〉，《魯迅研究動態》，1980第3期。

計資料尚且來自於為馮雪峰辯白的文字。因此，這兩篇文稿縱然基本符合魯迅的本意，那麼裡面一些對「大眾文學」讚揚褒獎的話，抑或夾雜著馮雪峰自己的意圖。

值得注意的是，已經有老作家結合自己的親歷回憶，對這兩篇稿件作者的真實性提出了自己的看法，譬如夏衍曾就〈答徐懋庸並關於抗日統一戰線問題〉是否為魯迅的本意而表示出了懷疑，「正如馮雪峰所說，這封信（即〈答徐懋庸並關於抗日統一戰線問題〉）最初是馮起稿的，因此有些事情是寫的失實的」。[64]而且夏衍還在文中指出了一系列不符合常理與史實的硬傷。

如果說夏衍對〈答徐懋庸並關於抗日統一戰線問題〉一文「作者為誰」的揭露，乃是因為他與馮雪峰多年有隙之緣故，那麼和馮雪峰當時一起「到二樓」的胡風對〈論現在我們的文學運動〉一文是否系「魯迅委託馮雪峰所寫」的揭發，則有著自我批判的坦誠性了：

> 〈論現在我們的文學運動〉並非魯迅委託馮雪峰所寫。當時魯迅在重病中，無力起坐，也無力說話，連和他商量一下都不可能，更無法仔細思考問題了⋯⋯（為省篇幅，此處省略號為引者所加）魯迅病的這樣沉重，應該盡一切可能搶救他，應該盡最大的努力避免刺激他打擾他。至於口號的理論

[64] 夏衍：〈一些早該忘卻而未能忘卻的往事〉，《文學評論》，1980年第1期。

問題，雪峰早已懂得不應成為問題；當然也應該從理論上解決問題，但這不是馬上能得到解決，不必也不該馬上求得解決，更不應該用魯迅的名義匆忙地作出斷語……（為省篇幅，此處省略號為引者所加）到（魯迅）病情好轉，恢復了常態和工作的時候，我提了一句：「雪峰模仿周先生的語氣倒很像……」魯迅淡淡地笑了一笑，說，「我看一點也不像。」[65]

且不說這篇連語氣「一點也不像」的〈論現在我們的文學運動〉一文是「在發表後才請魯迅過目的」，[66]就胡風所言，亦有史料可對證，當時魯迅確實是在離大限不遠的重病當中。據其日記記載，「自此以後（筆者按：指1936年6月5日以後）日見委頓，終至艱於起坐，遂不復記。其間一時頗虞奄忽。但竟漸愈，稍能坐立誦讀，至今則可略作數十字矣。但日記是否以明日始，則近頗懶散，未能定也。六月三十下午大熱時志。」[67]而馮雪峰代寫的這篇〈論現在我們的文學運動〉，竟是魯迅在六月十日「所寫」。這恰是魯迅處於「終至艱於起坐」甚至「一時頗虞奄忽」這一接近譫妄的半虛脫狀態，試問他如何能說，又如何能寫？

事實上，周揚等人提出「國防文學」本無可厚非，而且也應

[65] 胡風：〈魯迅先生〉，《新文學史料》，1993年第1期。

[66] [日]丸山升：〈由《答徐懋庸並關於抗日統一戰線問題》手稿引發的思考——談晚年魯迅與馮雪峰〉，《魯迅研究月刊》，1993年11月。

[67] 魯迅：《魯迅全集，第16卷》，人民文學出版社，2005年，第610頁。

當時全民抗戰、統一戰線之景。而胡風帶頭提出「大眾文學」卻有些吹毛求疵，首先，這兩個口號在本質上並無差異，胡風之所以提出這一口號，乃是為了壓制周揚、周立波等人的話語權；其次，胡風、馮雪峰等人為抬高自己的話語地位，利用魯迅對周揚等人的不滿以及對他們的信任，企圖拉攏魯迅進入「大眾文學」陣營當中。只是魯迅終其一生並未進入兩幫陣營中的某一方，儘管他反感周揚在「左聯」裡的霸道作風，亦表露出馮雪峰為自己代筆的不滿，但他仍堅持了自己在文品、人格與思想上的「獨立性」，這是本論必須要認同的。

最後，還必須注意一個從黨史出發的政治視角，在「文學場」中博弈的論辯雙方，實際上存在著「權力場」上力量的懸殊與轉換。雖然胡風、馮雪峰與吳席儒在1949年之後因言獲罪而遭遇政治迫害，同時周揚、周立波卻作為文藝的掌管者出現。但我們必須承認的是——1935年時，胡風、馮雪峰在黨內的實際權力，要遠遠大於周揚、周立波等人。

當時有著六年黨齡的胡風擔任著「中國左翼作家聯盟宣傳部長、行政書記」這一要職，有著八年黨齡的馮雪峰則擔任「中共中央宣傳部文化工作委員會書記」兼「中華蘇維埃政府中央執行委員會候補執行委員」這些實職。作為「中共特派員」的馮雪峰堪稱胡風的領導，而作為「行政書記」的胡風又是當時「左聯」的實際領導者之一——除此之外，就連「大眾文學」派的邊緣人物吳席儒在1935年都曾擔任「中共湖北省、河南省軍委秘書長」。而且，作為

「左翼作家」精神領袖的魯迅，一開始在個人感情上都是傾向於胡風、馮雪峰一邊的。

而「國防文學」派呢？發起人周揚因「脫黨」而在1932年「重新入黨」並剛剛擔任左聯的「文委書記」，縱然當時他掌握了「左聯」的一定權力，但也不足與馮雪峰相抗衡，另一位支持者周立波只是一個黨齡不足一年，且只負責編輯左聯祕密會刊《時事新報》副刊與《每週文學》編輯的文學青年。即使當時作為「左聯」實際領導之一的周揚在工作作風上有霸道、太過於自我並且對魯迅不尊重的諸多問題，但在1935年的「左聯」裡，究竟是「國防文學」派權力強大，還是「大眾文學」派權力強大？兩相對比後，相信自有分曉。

因此，《夜鶯》月刊推出「民族革命戰爭的大眾文學特輯」，應是「左聯」黨團機關的指令，而非方之中情願而為之。畢竟作為作家、評論家的主編方之中卻未寫一篇文章與之保持「同一陣線」，而是在「奉命」的同時又保持了自己的獨立性——這是他與魯迅在精神上保持一致性的原因。簡而言之，方之中既不是「大眾文學」派，也不是「國防文學派」，而是一個信仰崇拜魯迅精神、不折不扣的「魯派」。

馮雪峰借魯迅之名寫成的文章，有一個觀點是出自客觀的，那就是：無論什麼口號，必須要做的是「批評與創作」這些「實際工作」。這句話方之中聽進去了，他亦相信這是魯迅的本意。從創刊到停刊的四個月裡，恰恰是「兩個口號」論證最為猛烈的四個月，但以方之中為代表的《夜鶯》月刊編輯人員卻集中邀約、刊發了一批有著一定意義與價值的創作與評論作品，反映了當時全國文藝界抗日圖存、收復失地的思想主潮，在一定程度上也為中國左翼文學在抗戰前期開啟了如何從「革命」走向「救亡」的時代新路。

結合上文所論，對《夜鶯》月刊的重讀，之於「兩個口號」的研究，有著如下兩個研究意義。

首先從史料的角度有力地證明了，從本質上看，魯迅並未介入到「兩個口號」之爭，他既不屬於「國防文學」派也不屬於「大眾文學」派，在「兩個口號」之爭中，不尊重魯迅的不但是周揚、田漢等「國防文學」派，也包括胡風、馮雪峰等「大眾文學」派。

「左聯」發展到了後期，魯迅與周揚等人產生了矛盾，甚至魯迅一度還曾辭去「左聯」的執委一職，可見魯迅是不願意捲入「左聯」內部爭論的。因此，周揚等人提出「國防文學」這一口號，魯迅並不感冒，所以也沒有去刻意關注，更未曾寫多少文字去批駁它——即使化名狄克的張春橋一邊批評魯迅對蕭軍評價過高，一邊鼓吹「國防文學」，魯迅都未曾在寫〈三月的租界〉順帶著把「國防文學」奚落一番，而是就事論事地反駁了張春橋對自己的批評。

而胡風、馮雪峰等人卻抓住了魯迅與周揚的私人矛盾，意圖依靠魯迅打倒周揚等人，進而鞏固自己在「左聯」裡的領導權，這便是胡風、馮雪峰等人倉促地拋出「大眾文學」這一口號的深層次心理動因——但這一口號本身與「國防文學」就沒有本質上的差異。作為在文壇成名多年的魯迅，不會看不到他們內心深處的這一招數，因此在「兩個口號」的提出、以及爭論的高潮期，病中魯迅都未曾親自發表任何言論來表示自己支持哪方並反對哪方。

但無論是周揚還是胡風、馮雪峰，都曾是受過魯迅恩惠、提攜的「文學青年」，病中的魯迅看到曾經團結一致的左翼青年文學陣營最後竟然如此派系林立，其內心之痛楚可想而知。因此在最後，魯迅在口述的文章中呼籲爭論的兩邊把精力放到創作與批評這些「實際的工作」上來，而不是盲目的用口號來爭論——可見魯迅並不覺得「大眾文學」這一口號比「國防文學」有多大的優越性。

若說魯迅對「國防文學」真有什麼看法，最大的兩個原因只是他本人對張春橋、徐懋庸先後對他的攻擊以及周揚等「左聯」幹部對他「不尊重」（筆者按：毛澤東語）的不滿罷了，而且，周揚、田漢等人在提出「國防文學」這一口號時「他們曾將那些檔的抄件給鄭振鐸、陳望道、茅盾、傅東華等人閱讀，這些作家表示贊成周揚他們的主張」但卻未讓魯迅過目，這讓一向自尊心極強的魯迅大為光火，[68]周揚自己也承認「『國防文學』口號的提出，並沒有經過黨內充分的醞釀討論，也沒有向魯迅請教，這是不妥當的」。[69]

縱觀「兩個口號」裡的不同陣營，其實對魯迅的態度都可謂是「不尊重」：徐懋庸、張春橋意圖靠「罵魯迅」這一「文壇登龍術」而暴得大名；周揚、田漢等人又在工作中過於霸道且有些擅權

[68] 倪墨炎：〈來自本陣營的冷箭：田漢周揚為何跟魯迅過不去〉，《文匯報》，2006年1月10日。

[69] 周揚、陳漱渝：〈周揚談魯迅和三十年代文藝問題〉，《百年潮》，1998年2月。

地將黨性原則片面化，甚至還抨擊魯迅「不懂得統一戰線」，這觸犯了魯迅本人長期以來保持思想「獨立性」的人格底線；馮雪峰、胡風等人又趁魯迅在病中，利用其信任進而假借其名發表文章、攻擊異己。種種這些都證明了：魯迅長期對文學青年們的提攜、扶持，換來的卻是對自己的攻擊、抨擊與利用。確實，晚年魯迅因周揚的霸道作風，而有心與馮雪峰、胡風等人走得更近一些——藉此恰恰給了馮雪峰、胡風利用魯迅信任的機會，而且從內心來講，魯迅並不想捲入「兩個口號」之爭，這也是他長期以來在文品、人格與思想上保持「獨立」這一批判性姿態的緣故。

而「獨立」的這一批判性姿態，恰也是魯迅之加入「左聯」的原因，當時中國共產黨是作為「反對派」的「在野黨」。魯迅作為一名有著獨立思想、人格的知識分子，他意圖通過與「在野黨」的合作來完成知識分子的社會批判理想，這是他與「左聯」靠近的心理動因。同時，他也做出了在精神上將為「左聯」予以有條件付出的思想準備。「倘若用得我太苦，是不行的」、「要專指我為某家的牛，將我關在他的牛牢內，也不行的」、「如果連肉都要出賣，那自然更不行」。[70]但「左聯」的宗派主義、黨性原則與左聯內部人員的素質、作風問題交雜在一起，卻無視魯迅這種付出。這一切不但觸犯了魯迅長期以來的思想底線，而且還對晚年且病中的魯迅造成了心理傷害，這是魯迅當時加入「左聯」時所未料到的。

---

[70] 魯迅：〈魯迅論創作〉，上海文藝出版社，1983年，第14頁。

其次，「兩個口號」之爭本身是內部權力傾軋之爭，本質是「左右」兩派的政治權力鬥爭，這基本已為學界所公認。因此在這一「分裂『左聯』」的鬥爭中，胡風、馮雪峰等人應該承擔不可推卸的歷史責任。

儘管「兩個口號」之爭之後不久，魯迅病逝。在成立全國抗日聯合統一戰線的呼聲之下，周揚、馮雪峰等「兩個口號」的不同派別最終還是在形式上獲得了聯合。但這一爭論曾一度涉及到了毛澤東，徐懋庸曾回憶毛澤東在延安時曾批評「兩個口號」的爭論者對魯迅的態度——「你們是有錯誤的，就是對魯迅不尊重」。[71]

長期以來，研究界對「兩個口號」之爭，頗多偏袒於胡風、馮雪峰與吳席儒的「大眾文學」這一邊，原因不外乎他們一直被視作魯迅的「純正門徒」且在1949年之後受到過批判，而與魯迅產生過齟齬的周揚、田漢與周立波等「國防文學」派卻成為1949年之後國家文藝政策的執行者，再加上馮雪峰在「文革」期間對於「四條漢子」又有過所謂的史料性批判材料。因此，研究界曾呈現出「褒大眾貶國防」的不公正傾向，亦不足為奇。

通過對《夜鶯》月刊所刊發稿件的文本內容。寫作姿態等因素綜合考量，不難看出，在抗戰前期這個亟需團結一致抗敵的關鍵歷史時刻，胡風、馮雪峰等人利用魯迅的信任，進而拋出「大眾文學」口號用來對抗「國防文學」，顯然出於私益而非公利。在《夜

[71] 徐懋庸：《徐懋庸回憶錄》，人民文學出版社，1982年，第104頁。

鶯》月刊的「特輯」上雖有一篇魯迅的口述之論，但卻與「兩個口號」之爭無甚關係。因此筆者認為，作為對當時政權一直扮演反對派且與周揚等人並不和睦的魯迅來說，雖一開始對「國防文學」中「聯合統一戰線」的觀點頗為不滿，但隨即能夠作出一定的讓步，並從抗戰大局考慮認為「國防文學」有合理之處，已然算難能可貴。而且，在魯迅同時看來，「大眾文學」充其量算一個「總口號罷了」。在民族存亡形勢越發緊迫之時，病中的魯迅不得已懇求左聯內部的爭論者不要停留在口號之爭上，要多搞文學創作與批評實踐——魯迅與胡風、馮雪峰等人情操境界天壤之判，高下立見。

綜上所述，「兩個口號」之爭，實際上是胡風、馮雪峰等人挑起的。儘管有張春橋披著「國防文學」的外衣對魯迅進行批駁，但僅憑張春橋的劣跡，我們仍無法將「國防文學」打入歷史的另冊（更何況張春橋乃是假借「國防文學」之名）。而且必須要看到的是，以周揚為代表的「國防文學」派與以胡風為代表的「大眾文學」派的山頭主義宗派矛盾，卻一直延續到了20世紀70年代，成為了1949年之後中國大陸文藝界鬥爭最激烈、涉及人數最廣、影響最大的文藝系統的派系路線鬥爭，可事實上無論是胡風、馮雪峰，還是周揚、田漢，包括意圖渾水摸魚分得一杯羹的徐懋庸、張春橋，在「反右」、「文革」與其後「粉碎『四人幫』」的政治運動中不是深受摧殘、迫害致死，便是坐牢多年、妻離子散，均成為政治鬥爭的受害者，可見在「兩個口號」之爭的兩派中，並無真正的贏家。

第四節　《夜鶯》月刊之歷史價值

本節擬結合前文所論，採取文學社會學的研究範式，從兩個方面來解析審理《夜鶯》月刊之歷史價值。作為文學雜誌的《夜鶯》月刊，它首先具備的是文學的歷史價值，即在抗戰前期以及其後的文學層面上，它可以扮演一個什麼樣的角色？同樣，作為大眾傳媒的《夜鶯》月刊，它是社會的產物並服務於當時的社會，那麼它在抗戰前期的以及其後的社會裡，又產生了一種什麼樣的影響？

已故電影學者孫紹誼先生曾經在《想像的城市——文學，電影和視覺上海（1927-1937）》裡寫過這樣一段話：

> 1935年春節後不久，茅盾便在一篇題為〈狂歡的解剖〉的短文中，提出了他認為可能導致狂歡的兩種相悖心態：第一種是「向上的健康的有自信的朝氣蓬勃的」作樂，另一種是「沒落的沒有前途的今日有酒今日醉的」放縱……第二種心態則以西曆1935年除夕夜為表徵。茅盾引用路透社電文稱，儘管「世界危機」的陰霾揮之不去，歐美各國「慶祝新年」的熱烈卻比任何時候都更「狂歡」和「進步」……不過，與這些「太平景象」截然相對的是，日本宣布廢除《華盛頓海軍條約》，而美國則通過了擴充軍備的預算，「二次世界大戰的『鬧場鑼鼓』是愈打愈急了」。作者認為，正是這兩幅對立的世界圖景，揭示了1935年新年狂歡的本質：今日有酒

今日醉。[72]

這是孫紹誼申請南加州大學（University of Southern California）博士學位論文中的一段，作為該論文第二章「民族國家與全球城市：左翼作家的上海話語」的開篇。這段話闡釋了1935年這個特定年份的氣質：狂歡性。作家一方面感知到了整個國際大趨勢所帶來的災難正在步步迫近——在國際上，亞洲軍國主義的復興正推向中國逐步朝著「二次世界大戰」靠攏；而在國內，由於農村土地的被兼併、民族工業的短暫性復甦使得整體社會消費能力呈現出了增強的趨勢，這直接導致了社會各階層兩極分化的加劇，都市消費社會的特徵被凸顯，一批富人——尤其是上海地區的富商、買辦、高級知識分子、金融寡頭甚至幫會首領，他們完全可以盡情地享受現代都市生活。之於生活在「孤島」上海的他們而言，只要可以成功地在上海的地方政權與外國人之間周旋，戰爭之於他們利益的損害並不太大。

這種語境恰恰為中國左翼文學提供了縱深發展的社會文化土壤，作為「後五四」時期重要的文學思潮的中國左翼文學，它源於俄蘇，但卻在中國本土形成了自己獨特的理論體系。就中國左翼文學運動而言，以上海為中心、深受俄蘇現實主義影響的城市文學與青年創作成為中國左翼文學體系的重要組成。這種創作雖然立足於

[72] 孫紹誼：〈想像的城市——文學，電影和視覺上海（1927-1937）〉，復旦大學出版社，2009年，第39頁。

底層、民間與對腐敗政權的抨擊，但是它的精神淵藪則是租界文化繁盛、出版體系健全、政治氣氛寬鬆以及城市文明發育頗為成熟的上海，這就決定了以青年知識分子、貧苦產業工人為創作主體的中國左翼文學[73]之內涵始終無法回避「勞資衝突」、「城市貧民」等書寫內涵，[74]但當時中國社會的主要矛盾並非在城市，而是在鄉村。

可是，自「五四」以來的底層文學敘事卻是根植於鄉村問題之上的敘事，如王統照、魯迅、葉聖陶等人的小說、散文，均是取材農村，立足現實，這是與中國當時的現實相貼切的。但「左翼文學體系」中卻不以這樣的作品為主，[75]這也是中國左翼文學體系中的「城市敘事」與當時中國現實脫節的原因所在。不容忽視的是，《夜鶯》月刊對「五四」以來的鄉土文學傳統的繼承，在一定程度上豐富了中國左翼文學的精神內涵。

---

[73] 王堯山在〈憶在「左聯」工作的前後〉中認為，「『左聯』盟員來源大致有：作家、失掉黨的關係找到『左聯』的、青年工人、青年志願學徒、中小學教員、女工夜校中的積極分子等等」，見中國社會科學院文學研究所《左聯回憶錄》編輯組：《左聯回憶錄》，中國社會科學出版社，1982年。

[74] 李永東：《租界文化與三十年代文學》，三聯書店，2006年，第83頁。

[75] 客觀上說，中國左翼文學的精神開端應是鄉土文學中關於農民「失去土地」從而形成「漂泊者」的現代性悲劇命題，實際上這反映了中國現代農村邁向現代性的社會發展必然。在二十世紀三十年代左翼文學體系中，其實仍不乏有相對較為優秀的農村題材文學作品，譬如蕭軍《八月的鄉村》、陽翰笙的《暗夜》、柔石的《二月》與葉紫的《豐收》等等。曹清華認為，左翼文學創作最大「身分難題」就是「言說者」與「言說物件」究竟是「工人階級」還是「知識分子」的問題，而這恰恰反映了現代左翼文學生產過程中對於鄉村問題的有所忽略。見曹清華：《中國左翼文學史稿（1921-1936）》，中國社會科學出版社，2008年。

在《夜鶯》月刊裡，雖有以學生、產業工人、小市民甚至軍人為主題的文學作品，但同時也發表了一篇非常優秀的、以農村生活為題材的文學作品，即葛琴的〈藍牛〉（第四期），在以「工人階級」主要為敘事對象的中國左翼文學體系中，這篇小說展示了其更為貼近中國社會現實的一面。更重要的是，這篇小說同時反映了大時代背景下「救亡／革命／啟蒙」這「三重奏」，這在中國左翼文學作品中不可多得。因此，〈藍牛〉對中國左翼文學體系的豐富是有貢獻的，使其在「農村題材」的創作實踐中有了更具分量的作品。

作為中國左翼文學代表人物邵荃麟的夫人、原名孫瑞珍的女作家葛琴曾因在丁玲主編的《北斗》雜誌上發表軍人題材小說〈總退卻〉而聞名左翼文壇。就她本人來說，其創作內容普遍以市民、軍人與學生生活為主，幾乎不涉及「農村題材」。但〈藍牛〉這篇小說卻以農村青年「藍牛」為主人公，講述了當時中國農村飽受戰爭之苦以及農民如何「自我拯救」的現實問題。當然，這篇文章得以發表應也與《夜鶯》的主編方之中來自於農村並發動過農民起義等豐富的鄉村生活閱歷有著不可分割的原因。

從結構與敘事上看，〈藍牛〉是一部現代主義小說。整部小說基本由對白、獨白與內心描寫所組成。來自東北農村的主人公藍牛是一個笨拙、愚昧的文盲青年，被舊軍閥蠱惑參軍之後，不但沒有改變家中貧窮的面貌，相反越來越窮，最終一貧如洗，妻子生病竟都無錢醫治。已從舊軍隊裡出走的藍牛在東北淪陷後最後索性賭氣離開家鄉。小說最後以藍牛多年後寄回家的一封信結尾，告知自己的目前「在念書了，已經識了很多的字」並且「還有一支很新式的槍，時常擦的像眼睛一樣亮」。[76]

藍牛去了哪裡？又做了什麼？相信無論是八十年前的讀者，還是當下的看官，都能一眼知曉。曾經的藍牛笨拙且愚昧，後來的藍牛不但識字而且有了一把槍。在這裡，「革命」與「啟蒙」成為了幾乎同步的一種敘事策略。而在抗戰前期這個關鍵時刻，藍牛最終的選擇又有了「救亡」的意味。值得關注的是，他所在的「東北農村」本身就體現了一種「被拯救」的歷史語境——畢竟共產黨的革命策略是從農村開始的。將「啟蒙／救亡／革命「融入」農村社會「這個大背景的〈藍牛〉，實際上反映了中國左翼文學在救亡的大背景語境」所呈現出歷史轉折的趨勢。

因此〈藍牛〉所攜帶的內涵意義，大大超越了其敘事技巧。長期以來，我們關注中國左翼文學多半在於這兩個方面——一建構在工業文化、都市文明、社會分層之上的批判，或對於「階級革命」的單純性、口號性的文學表達。而夜鶯所刊發的這篇〈藍牛〉，卻超越了這兩個簡單的層面，深層次地反映了中國左翼文學在抗戰前期在對象上的內涵性轉變。

其次，《夜鶯》月刊反映了左翼文學在抗戰前期這一特殊時期所扮演的文化角色與所承擔的歷史責任，尤其是作為主編的方之

[76] 葛琴：〈藍牛〉，《夜鶯》，第1卷第4期，1936年6月10日。

中，有著自身的獨特個性。

正如前文所述，《夜鶯》月刊奉命推出「民族革命戰爭的大眾文學特輯」，曾為「兩個口號」之爭推波助瀾，但這也洩露出了一個不容忽視的史實：魯迅與「大眾文學」之間並無什麼關係，並不是後來研究者依據馮雪峰那篇文章所記述的那樣，認為這個口號是魯迅提出來的，並且魯迅還站在「大眾文學」的陣營裡裡反對「國防文學」。

而且，儘管涉及「兩個口號」之爭，但《夜鶯》月刊還在一定層面上保留了自己獨特的品格。作為「左聯」體系刊物的《夜鶯》，主編方之中不能違抗命令，只有按照「左聯」黨團的指示。因此，方之中屬於名副其實「戴著鐐銬跳舞」的編輯者。最終，方之中還是放棄了自己為之奮鬥的文壇，重新投身軍界，他一度從將軍到文人最後又回歸將軍的身分。在上海灘主編《夜鶯》月刊的歲月成為了方之中生命中的一段意味深長的插曲，或許，經歷了「兩個口號」論爭的方之中真的對權力傾軋、爾虞我詐的「左翼」文壇幾乎已近乎絕望？

綜上所述，通過對《夜鶯》月刊的重讀，結合如上兩點歷史意義，本節所得出之結論亦有兩點。

首先，通過對《夜鶯》月刊的重讀可以發現，「左聯」這一文學體制引起爭權奪利的內訌，對中國左翼文學創作的傷害確實很大。中共黨內早期根深蒂固的山頭主義、宗派主義所導致的內訌，實質是致使「左聯文學」缺乏佳作的重要原因。但保持相對「獨立性」的《夜鶯》月刊中所刊載的一些小說、詩歌、散文與評論，從歷史的眼光看，其實都是現代文學史上非常優秀的作品。

其次，《夜鶯》所刊發的文章實際上是對「五四」新文學傳統的賡續與發揚，這見證了「左聯」文學並非全然是「口號文學」，而是因為其權力分配不均導致的輪番內鬥以及優秀創作者的不斷流失，使得「口號」之爭甚囂塵上，但是在這種混亂之下，仍有值得關注、好評的文學作品與創作思想存在，而且恰恰是符合「五四精神」的。作為「左聯」晚期刊物之一的《夜鶯》，不但推出了一批好作品，更發表了數篇優秀的譯著，無疑這些也應算是「左聯」文學期刊體系的重要組成之一。

值得一提的是，史料證明，《夜鶯》月刊的停刊，其實毫無先兆，就在第四期方之中還刊登了「約稿規約」，在規約中明確表示「千字概以一元至五元之筆金，但不得事先約定」。但旋即停刊方之中卻無法預料，[77]在《夜鶯》停刊之後，方之中又約上尹庚——這位《夜鶯》月刊的老作者，重新創刊了與《夜鶯》風格一脈相承的《現實文學》，但這份刊物最後也不幸只維持了兩個月就草草夭折了。

[77] 在方之中唯一的一篇關於《夜鶯》的回憶錄中，他如是回憶《夜鶯》的停刊，緣故是他本人受到「政治上的壓迫與生活上的困難」，其停刊屬於「內外交迫的情況」。見方之中：〈記《夜鶯》月刊〉，《新文學史料》，1982年第1期。

第四章　官辦文學期刊的文化策略

——《越風》月刊研究

由黃萍蓀主編，1935年10月創刊於杭州仁和路乙一號（今杭州市解放路131號「東方金座」附近），至1937年4月（第二卷第四期）停刊的《越風》月刊（第一卷為半月刊，自第二卷改月刊，期間曾斷續停刊多次，故本著統稱為《越風》月刊），在抗戰前期現代文學史、思想史上有著頗為重要的研究意義，它雖辦刊於浙江杭州一地，卻造成了短暫的全國性影響。

該刊雖在杭州出版、印刷，但卻在第十期至第二十一期交由「上海雜誌公司」總經銷，其餘各刊期均自辦發行。在發行上，該刊運用新的促銷方式，堪稱當時期刊發行界一大創舉。在第十二期上刊登的「本刊優待訂戶辦法」中，就有這樣三條：

一、凡一讀者介紹常年訂戶五人本人可免費閱讀本刊一年。

二、凡在同一地方學校、機關、團體、黨部訂閱本刊十五份以上者九折，卅份以上者八折，五十份以上者七折。

三、曾訂閱本刊半年之讀者如已滿期而仍將原訂單寄至本社續訂者，一律八折優待。[1]

[1] 越風社：〈本刊優待訂戶辦法〉，《越風》，第12期，1936年4月30日。

這樣一份有著獨特個性的刊物，「發行方式」只是其表，其內涵當有更為深刻的研究意義。因此本章擬從《越風》月刊全二十八期（自第一卷第一期至第二卷第四期）[2]出發並以其為研究核心，試圖審理三個問題並予以回答：一，若是還原文學現場，《越風》月刊的本質究竟是一個什麼樣的期刊雜誌？二，在抗戰前期創辦並停刊的《越風》月刊如何在「民族主義」之文化背景下，用「借古諷今」之策略來完成「國難」語境中的「救亡」意義？三，《越風》月刊在文學史、社會史與學術史上，應具有何種地位？

第一節　「以浙為主」與「昌明國粹」

中國研究界對《越風》月刊的關注，多半圍繞著魯迅而開展，提《越風》月刊幾乎必提魯迅，成為了關於《越風》月刊研究的一個特點。筆者認為此有失偏頗。因為魯迅生前並未在該刊發表過任何一篇文章，只是在魯迅逝世後不久，主編黃萍蓀曾在第二十一期的封面上刊登了魯迅的手跡並轉載了他的遺稿，然後自己又在第五期上化名「冬藏老人」刊登了〈雪夜訪魯迅翁記〉，這篇文章主要描寫自己冒雪匆訪魯迅，但約稿未遂一事——有學者認為這是黃萍

2　由沈雲龍主編，臺灣文海出版社出版的「近代中國史料叢刊續編第六十六輯」中，曾影印了《越風》月刊第一卷，並未影印第二卷第二卷共出四期。筆者在此所研究系含第二卷的全套《越風》月刊，但不含該刊的《西湖》增刊。

蓀杜撰的，因為魯迅與黃萍蓀根本未曾有過見面，只有通信。[3]

所以，對於《越風》月刊的研究必須要超越「魯學」的範疇，拋卻魯迅、許廣平與黃萍蓀的私人恩怨進行史料性的探賾。只有這樣才有可能獲得對於《越風》月刊的真實理解。《越風》月刊創刊伊始並沒有創刊詞來顯示該刊特色，唯在第一卷第一期有兩個「跡象」，可以表明這個刊物的辦刊特徵。

一是在版權頁上的「本刊贊助人題名」，名單包括人口學家馬寅初、[4]地方官員方青儒、[5]篆刻名家陳伯衡、[6]浙江省主席黃紹

[3] 在1981年版的《魯迅全集》中，對於黃萍蓀有這樣的描述「1902年生，浙江杭州人。1933年通過郁達夫向魯迅索題詞，魯迅為之書五絕一首。1935年編輯《越風》月刊時將此詩手跡刊登於該刊封面，進行招搖撞騙。1936年又多次寫信向魯迅約稿，為魯迅拒絕。」而這又是基於許廣平對黃萍蓀的斥責：「我告訴他，那小子（黃萍蓀）自稱是青年，請求魯迅給他寫字。凡有青年要求，魯迅是盡可能替他們辦的。待寄出不久，魯迅的字就被製版作雜誌的封面了，而這雜誌是替蔣介石賣力的。當時魯迅看到如此下流的人，這樣利用他的字來矇騙讀者，非常之忿恨，這忿恨之情，至今還深深印在我的腦海。」（許廣平：〈魯迅在日本〉，《上海文藝》，1956年第10期）但事實上，刊登手跡時魯迅已經病逝，不可能有見刊的「忿恨」之情，許廣平在此為誣陷黃萍蓀無疑。

[4] 馬寅初（1882-1982）浙江嵊縣（今嵊州市）人，中國當代經濟學家、教育學家、人口學家。1949年之後，他曾擔任中央財經委員會副主任、華東軍政委員會副主任、北京大學校長等職。1957年因發表「新人口論」方面的學說而被打成右派，中共十一屆三中全會後得以平反。

[5] 方青儒（1907-1984）浙江浦江人，1931年5月起當選為中國國民黨第三、四、五、六、七屆全國代表大會浙江省代表。後任國民黨浙江省黨部第二至七屆黨部執行委員兼常委、書記長，並曾任中國政治大學教授。1945年5月當選為國民黨第六屆中央執行委員，1946年當選制憲國民大會代表。1949年去臺灣，任臺灣省政府顧問。

[6] 陳伯衡（1880-1961）字錫鈞。江蘇淮陰人，篆刻家。兩江法政學堂畢業，曾任清江蘇淮揚海道漕運、總督兩署河工文牘，民國時期歷任淮安、上海、

竑、[7]國民黨中央委員陳布雷、[8]與著名報人胡健中[9]等浙江名流，由此可知，該刊在辦刊方式上基本上是一份「鄉黨刊物」，因為辦刊地與贊助人的籍貫（或工作地點），均為浙江。

二則是在這份「贊助人題名」左邊的一份「越風社同人信條」，信條有四：「不張幽默惑眾」、「不以巧言欺世」、「不倡異說鳴高」與「惟持真憑實據和世人相見」。

「真憑實據」與「不張幽默惑眾」其實已經昭示了這份刊物的

北京、江寧、鄞縣、杭縣等審判廳民庭推事、杭、嘉等縣煙酒稅差，西湖博物館歷史文化專門委員、浙江省通志館通纂，1949年之後為民革成員。任浙江省文管會常務委員。

[7] 黃紹竑（1895-1966）字季寬。廣西容縣人。辛亥革命時參加廣西學生軍北伐敢死隊。1927年後歷任廣西省政府主席兼留桂軍軍長、國民政府內政部長、浙江省主席、湖北省主席。抗日戰爭期間歷任軍事委員會作戰部長、第二戰區副司令長官。1947年任國民政府監察院副院長、立法委員。1949年作為國民政府和平談判代表團成員赴北平參加國共談判。談判破裂後去香港，發表聲明脫離國民黨，旋出席中國人民政治協商會議第一屆全體會議。中華人民共和國成立後，歷任政務院政務委員、全國人大常委會委員、政協全國委員會委員、民革中央常委等職。文革期間不堪淩辱，悲憤自殺。

[8] 陳布雷（1890-1948）原名陳訓恩，號畏壘，字彥及，浙江慈溪人。1912年3月加入同盟會，1927年加入國民黨。歷任浙江省政府秘書長、省政府委員兼教育廳長、國民黨中央黨部秘書長、國民政府教育部副部長、國民黨中央宣傳部副部長等職，1948年11月13日在南京自殺。

[9] 胡健中（1906-1993），原名經亞，字絜若，筆名蘅子。浙江余杭（今屬杭州市）人，著名報人。1927年畢業於上海復旦大學新聞系。翌年起任《杭州民國日報》總編輯。1934年6月起主持杭州《東南日報》，成立東南日報股份有限公司，任常務董事兼該報社長。以民間報紙姿態，為國民黨作宣傳，被當時新聞界譽為「南北二胡」（北為《大公報》的胡政之）。抗戰全面爆發後，繼續在浙江省金華、麗水、雲和等地主持報紙工作。1943年秋到重慶接任《中央日報》總社社長兼任《東南日報》社長。1949年4月攜妻去臺灣，曾任《中央日報》發行人、社長，中央電影公司董事長。1993年9月26日逝世於臺灣。

身分——並非是純粹的文學期刊，所以《越風》月刊的思想性更大於其文學性。用純粹的「文學雜誌」來概括《越風》月刊其實並不一定準確。從《越風》月刊的另一個「跡象」來看，似乎也更能說明這個問題，那就是《越風》月刊第一期的「後記」，其實這應該算是《越風》月刊的辦刊宗旨了，現將全篇（共兩段）的第一段摘錄如下：

> 近歲以還，雲系中國出版界不振之年，各書局除翻刻大批古籍外，當推那些彷彿是應運而生的雜誌小報了。雜誌之中，尤以半月刊為是風行，若《論語》《太白》《人間世》以及新刊之《宇宙風》等，都為一般人所熟知，今本刊與世人相見，在外形上看來，也許有人要誤會我們和《論語》《人間世》同軌，實則不然。本社同人，學德俱薄，斷不敢張幽默以惑眾，立巧言以欺世。若我們能力所及，只想介紹幾篇不是徒托空言的文章給讀者辨辨滋味。雖然，這當中隔昨的與新鮮的都有，但隔昨的絕非毫無依據，新鮮的也未敢故甚其詞。好在讀者自有眼力，操觚者可毋庸在此多贅。[10]

這一段話實際上寫得非常之巧妙，它不但抬高了自己，而且還把同時代有著歐美留學生背景的文學期刊狠狠地諷刺了一頓，無

[10] 〈後記〉，《越風》，第1卷第1期，1935年10月16日。

論是《論語》《太白》還是《人間世》，在他們看來，都是「巧言幽默」、「欺世惑眾」甚至「徒托空言」的「雜誌小報」。《越風》月刊究竟要走哪一種路線，我們也就不難得知了。畢竟在《越風》月刊總共二十八期中，所發表的文章總量不少，在當時能夠連續出版二十八期的同人刊物，確也比較少見。且這些文章基本上都是以文史考據、古體詩詞為主。基本上與創刊時聲稱的辦刊宗旨相吻合。（具體情況見下表。每一期有刊登舊體詩詞的專欄「湖上文苑」，作者較多且雜，故下表不收在內，亦不含「選輯」之類）：

刊期與該期發稿量	後面括弧內為作者的筆名、真名或連載期號，作者真名系筆者考證所得，一些廣為人知的筆名不做注釋，部分難以考證的筆名則不再注明第一次筆者注真名之後，其後皆以原刊文前署名為主，若一篇文章在不同期中多次出現，則為連載之文。
第一期，十一篇	胡健中〈李清照在金華〉、胡懷琛〈南社的始末〉、郁達夫〈記曾孟朴〉、曾朴〈哀文〉、黃萍蓀〈越縵堂日記的作者李慈銘〉（至第二期）、高乃同〈談蔡元培的啓事〉、余紹宋〈歸硯樓記〉、金東雷〈燕雙樓詩話〉、黃華〈鄒汝成之風波相〉、陳萬里〈越蕃之史的研究〉、黃萍蓀〈後記〉
第二期，八篇	陳訓慈〈談四明範氏天一閣〉（至第三期）、徐一士〈私訪〉、余紹宋〈黃晦聞先生最後之詩〉、項士元〈慈圓叢譚〉、陳大慈〈憶羅浮〉、秋宗章〈庚子拳禍與浙江三忠〉（至第四期）、冬藏老人〈今古樓談薈〉（黃萍蓀）、黃萍蓀〈後記〉
第三期，九篇	胡寄塵〈幾社與複社〉、黃萍蓀〈賈似道與葛嶺半閑堂〉、徐一士〈再談私訪〉、郁達夫〈王二南先生傳〉、陸丹林〈光宣詩壇劊子手之二方〉、冬藏老人〈今古樓談薈〉、陳馥潤〈秋雪庵〉、胡行之〈關於保俶塔〉、黃萍蓀〈後記〉

第四期，十一篇	章太炎〈黃晦聞墓誌銘〉、黃季剛〈薑西溟文稿跋〉（黃侃）、陸光宇〈兩晉士大夫清談誤國〉、徐一士〈談徐世昌〉、陸丹林〈記康南海的老師〉、求幸福齋主〈夏禹的神話〉（何海鳴）、郁達夫〈王二南先生傳〉、胡行之〈說西湖〉、王冠青〈浙江的人物與文獻中之三王〉、李樸園〈人藝戲劇專門學校〉、嬰甯老人〈後湖感十首〉（陳屺懷）
第五期，十一篇	余紹宋〈瞿兌之方志考序〉、陸丹林〈亡國之音哀且思〉、胡倫清〈刺客施全〉、陳小蝶〈湖上散記〉、徐一士〈談徐世昌〉、秋宗章〈辛醜回鑾記〉、孫正容〈海燕樓隨筆〉、忍廬〈葛槐傳〉（包卓人）、自在〈南社史料——驅朱鴛雛經過〉（陸丹林）、唐玉虬〈春池館詩話〉、冬藏老人〈雪夜訪魯迅翁記〉
第六期，十六篇	柳亞子〈成立以前的南社——我和南社的關係第一章〉、周作人〈越中文獻雜錄〉、謝興堯〈南宋時水滸傳與忠義軍〉、童振藻〈中法戰役中之丁槐〉、黃華〈揚州十日與嘉定三屠〉、胡懷琛〈月泉吟社及其他〉、陸丹林〈侯承祖父子金山衛抗清記〉、郁達夫〈浙江的今古〉、張天疇〈明末的燈市〉、徐一士〈談徐世昌〉、淩霄漢閣主〈關於杭州〉（徐淩霄）、董世禎〈紀明末鄞五君子之禍〉、許寶駒〈西湖梅品〉、陳小蝶〈湖上散記〉、白蕉〈春池館詩話〉、柳亞子〈讀南社補記後〉
第七期，十二篇	柳亞子〈我和朱鴛雛的公案〉、陳子展〈遺民的悲憤〉、陳萬里〈越器圖錄自敘〉、徐一士〈談徐世昌〉（至第八期）、求幸福齋主〈民元報壇識小錄〉、淩霄漢閣〈文祥曾國藩之外交〉（徐淩霄）、黃華〈揚州十日與嘉定三屠〉、唐玉虬〈春池館詩話〉、陳小蝶〈湖上三記〉、陳蝶野〈三國索隱〉（至第十一期）、李樸園〈北平的衣食住行〉、白蕉〈四山一研齋隨筆〉（至第十一期停，十四期、十九期複）
第八期，九篇	柳亞子〈虎丘雅集前後的南社〉、胡行之〈清之禁書譚〉、秋宗章〈大通學堂黨案〉、王夫凡〈龍山雜憶〉、淩霄漢閣〈三次覃恩中之不幸者〉、陸丹林〈柳亞子秣陵悲秋圖本事〉、高越天〈憶秦瑣記〉（至第九期）、唐玉虬〈春池館詩話〉、陳小蝶〈湖上散記〉

第九期，十一篇	柳亞子〈南社大事記〉、薑丹書〈記弘一上人〉、夏丏尊〈我的畏友弘一和尚〉、忍廬〈臺灣戰史之又一頁〉、自在〈清兵屠十八甫〉、秋宗章〈大通學堂黨案〉、戚墨緣〈夢餘拾鋪〉、瞿兌之〈蘇小小〉、一士〈杭州旗營之陳跡〉（徐一士）、陳小蝶〈貢院話舊〉、曾士莪〈談林文公〉
第十期，十篇	陸樹枬〈雪苑社和望社〉、黃季剛〈夢謁母墳圖題記〉、曾嘯宇〈杭州與汴州〉、豐子愷〈生機〉、申石伽〈譚晚清金石大師吳大澂〉、金石壽〈溫元帥的出身考〉、瞿兌之〈夢餘拾鋪〉、金梁〈杭州新市場古跡志異〉、秋宗章〈大通學堂黨案〉、鄭際雲〈西台慟哭記的作者謝皋羽〉
第十一期，十三篇	柳亞子〈南社紀念會聚餐記〉、徐彬彬〈庚子之忠臣〉、邵元沖〈曼殊遺載〉、張默君〈讀曼殊遺載後〉、張天疇〈晚明人的茶癖〉、宜廬〈雞鳴狗叫之官〉（胡行之）、盧冀野〈「黑劉五體」〉、項士元〈慈圓叢譚〉、餘小可〈閒話花塢〉（陳大悲）、姚民哀〈姑蘇來鴻〉、陸樹枬〈吳江仙子葉瓊章〉、唐玉虯〈春池館詩話〉、郭子韶〈關於太平話〉
第十二期，十二篇	馬小進〈香江之革命樓臺〉、徐彬彬〈庚子之忠臣〉、吳召宣〈清末浙江之哥老會〉、郭子韶〈和珅〉、程鳳鳴〈文藝萃於一門的趙吳興〉、高越天〈庚子拳禍之史詩〉、楊濟元〈記浙西詩人厲樊榭〉、金梁〈旂下異俗〉、陸費鋆〈蘇小小墓〉、胡行之〈王冕與梅花歌〉、何鵬〈雪濤小書〉、項士元〈慈圓叢譚〉
第十三期，十九篇	白蕉〈史事檢討〉、謝興堯〈宋朝的外交和外交家〉、味辛〈五月史話〉（何公超）、淩霄漢閣〈恭讀秘諭記〉、徐蔚南〈明代覆亡時上海的變動〉、張慧劍〈「不肯剃頭」之下的犧牲者〉、章文甸〈讀激昂慷慨悲壯淒涼之作〉、王和之〈金兵渡江屠明州〉、陳訓慈〈四明萬氏之民族精神〉、胡行之〈朱舜水之海外因緣〉、黃華〈記明末殉節之王思任〉、陸丹林〈王鼎翁生祭文文山〉、張天疇〈南宋時高斯得的氣節及其作品〉、董貞柯〈張蒼水革命始末〉、弘一法師〈惜福勞習持戒自尊〉、周作人〈關於童二樹〉、郁達夫〈記富陽周雲皋先生〉、忍廬〈崇禎之子與宏光之妻〉、葉聖陶〈記遊洞庭西山〉

第十四期，十八篇	本期為「柳（亞子）壽特輯」；嚴既澄〈景山憑弔錄〉（至十四期）、高越天〈紀念浙江的幾個遺民〉、胡懷琛〈西湖八社與廣東的詩社〉、董卿雲〈編印浙江新志的緣起〉、張破浪〈以身殉國的陳化成〉、馬小進〈張麗人死因及生日考〉、吳原〈記尤少紈〉、金石壽〈題北魏神麚四年舍利塔磚硯〉；張汶祥〈刺馬別聞〉（程鳳鳴）、戴傳賢〈序浙南遊草〉（戴季陶）、冬藏老人〈瓜圃述異與金梁〉、編者〈越風和柳亞子先生的因緣〉（〈越風〉月刊編輯部）、蔣慎吾〈我所知道的柳亞子先生〉、徐蔚南〈鄭佩宜夫人〉、白蕉〈談到柳亞子先生〉、胡懷琛〈聊且偷閒學少年〉、陸丹林〈柳亞子先生〉、吉光〈柳壽紀聞〉
第十五期，十二篇	高越天〈錢塘江上一幕悲壯劇〉、城南〈談諛墓〉、味辛〈崇禎朝的「官」與「匪」〉、錢時言〈醇酒婦人的陳老蓮〉、瞿兌之〈約園舊事〉、阿英〈書畫緣小傳〉、天虛我生〈杭諺雋談〉（陳蝶仙）、孫正容〈畏外心理〉、一士〈徐樹銘與俞樾〉（十六期無，第十八期）、沈逋翁〈憶袁爽秋先生〉、張人權〈李漁意中緣兩女畫師〉（至第十六期）、郭子韶〈譚古人的姓名〉
第十六期，十篇	張天疇〈宋狂生的四書五論〉、章文甸〈獨松關在南宋之史跡〉、高越天〈浙中祠墓史跡〉、徐一士〈關於章太炎〉、陳豪楚〈浙中結社考〉（至第十七期）、周劭〈杭世駿與全謝山〉、王沉〈跋〈德安守城錄〉〉、戚墨緣〈再談蘇小小墓〉、陳子展〈搖櫓與背纖〉、何鵬〈記〈晦村初集〉〉、二陵〈二陵談薈〉（真名不詳，第廿期無，至第廿一、廿六、廿七、期複）
第十七期，九篇	高越天〈貳臣漢奸的醜史與惡果〉、馬小進〈留學生鼻祖容閎博士〉、黃華〈明末諸王興替記略〉（至第十八期）、曾士莪〈談左文襄〉（至第十八期）、鄭際雲〈畫林兩軼事〉、李鼎芳〈訪陳武帝故宅下箬寺記〉、王業〈繼朱舜水乞師海外之張非文〉、弘一法師〈論目集〉（十八、廿期無，至十九、廿一期）、金石壽〈紀奇才李傃〉

第十八期，十一篇	張天疇〈宋朝的傀儡戲〉、冬藏〈章太炎與曼殊和尚〉、蘇子涵〈沈子淩〉、洛卿〈西湖佳話〉（真名不詳，為轉載之文）；馬小進〈淩雲海日樓詩鈔〉、陳友琹〈過剡谿〉、文廷式〈知過軒隨錄〉、陳豪楚〈兩浙結社考〉（至第十九期）、汪民持〈唐玉潛遷葬宋六陵的故事〉、錢時言〈譚剿襲〉、忍廬〈介紹碧血錄〉
第十九期，八篇	袁昶〈袁爽秋致龍松岑書〉、徐一士〈談段祺瑞〉（第廿五期無，至第廿六、廿八期複）、錢時言〈紀晚清權臣榮祿〉、周作人〈關於邵無恙〉、蔣大沂〈周元吃肥皂的來源〉、童振藻〈讀倪文正公詩有感〉、黃布衣〈嘉定屠城中的兩個民族英雄〉、陸費鋆〈再談蘇小小〉
第廿期，二十三篇	本期為「辛亥革命特號」；蔡元培〈辛亥那一年〉、柳亞子〈辛亥光復憶語〉、葉遐庵〈辛亥宣布共和前北京的幾段軼聞〉蔣維喬〈武昌起義前後之余與黃克強先生〉、馮自由〈辛亥開國時之張季直先生〉、胡以曾〈記逃督瑞澂·上〉、徐一士〈辛亥革命與馮段〉、白蕉〈辛亥革命史回顧〉、忍廬〈辛亥革命在貴陽〉、鄭螺生〈武昌舉義與南洋黨人之行動〉、求幸福齋主〈武昌首義的由來〉、歐陽瑞驊〈武昌科學補習所革命運動始末記〉、馬小進〈廣州光復與周劍公〉、二陵〈清室滅亡前夕〉、徐淩霄〈從辛亥革命說到乾隆朝的侮辱漢人〉、孫伏園〈辛亥革命時的青年服飾〉、茅盾〈辛亥年的光頭教員與剪辮運動〉、宣閣〈絕城小記〉（劉麟生）、甘霖〈半個月的民軍營長生活〉、黃萍蓀〈亡國士大夫葉昌熾日記所見〉、謝興堯〈辛亥革命各省光復紀略〉、吳原〈辛亥革命在浙江〉、瞿兌之〈長沙城內〉、林庚白〈辛亥的回憶〉
第廿一期，十一篇	黃萍蓀〈魯迅是怎樣的一個人〉、魯迅〈魯迅雜文選〉、張破浪〈評話家柳敬亭考證錄〉、蔣大沂〈撒豆成兵〉、右升〈記榮登「二臣傳」乙編之錢謙益〉；蔣慎吾〈讀不共書〉、汪民持〈戊戌政變之劉裴村〉、高越天〈入蜀記〉、馬小進〈談余固卿先生〉、叔范〈憶西谿〉（施叔范）、胡以曾〈記逃督瑞澂·下〉

第廿二至廿四期，九篇	黃萍蓀〈西安事變與明代之覆亡〉、邵元沖〈邵元沖先生絕筆詩〉、胡懷琛〈中國文社的性質〉、胡行之〈二百年前一篇排除天主教的重要史料〉、秋宗章〈紀庚子西狩首先迎駕之吳永〉、王汶萊〈清末民初的上海新聞界〉、施叔范〈宋詩人高菊磵〉、陳萬里〈唐代越器專輯引言〉、趙景深〈沈采的千金記〉、匏夫〈說元室逑聞〉（真名不詳，至第廿六期）
第廿五期，十五篇	葉溯中〈中山先生之先世〉、鄭螺生〈華僑革命之前因後果〉、吳晗〈後金之崛起〉（至廿六期）、朱希祖〈明海鹽小瀛洲詩社考〉、曹經沅〈在龍場驛丞任內的王陽明〉、周作人〈記章太炎先生學梵文事〉、二陵〈袁世凱稱帝與馮國璋〉、邵潭秋〈公祭陳獨漉先生生朝記〉、經亨頤〈杭州回憶〉、董丹書〈浙江第一師範回憶錄〉、田叟〈紀所謂「博學宏詞科」〉、弘一法師〈惠安宏法日記〉、施曉湘〈宋藝人鄭所南之風骨〉、兌之〈庚申雜記〉（瞿蛻園）、周棄子〈龍門紀游〉、石曾〈滿洲名士貽穀失官記〉（李石曾）、秋霞〈與葉譽虎先生一席談〉
第廿六期，十五篇	陸自在〈中華銀行與革命党〉、許壽裳〈章太炎先生革命文獻的一斑〉、徐彥〈元正故事記〉、田叟〈咸豐時合州冤案始末記〉（田叟口述、孟容記錄）、汪民持〈明末唐棲三沈〉、戚墨緣〈記平倭健將戚繼光〉、高越天〈錦城片羽〉、劉宣閣〈燕居脞語〉（劉麟生）、忍廬〈說閑〉、陸費鎣〈南湖采風錄〉、徐淩霄〈「乾隆」與「老康」〉、鄒可權與袁思永合著〈題目屏記〉、勝進〈我也來談弘一法師〉、曾嘯宇〈杏山草堂詩話〉、冬藏〈明人筆記中之女騙局〉
第廿七期，十三篇	陳大法〈陸放翁的民族思想〉、張江裁〈汪精衛先生庚戌蒙難實錄〉（至第廿八期）、戚墨緣〈明末浙江殉國烈士錄〉、吳稚暉〈談「殺頭」與「討好」〉、馬小進〈黃花崗七十二烈士成仁別記〉、蔣愼吾〈庚子正氣會案的餘波〉、章文甸〈紀錢塘詩人汪水雲〉、陳無咎〈西湖與我的駘蕩〉、王猩酋〈野況〉、雪庵〈清代的尚書房〉、施叔范〈南宋詩人高菊磵的孤憤〉、闕仲瑤〈琵琶考〉、陳柱尊〈變風變雅詩話〉（至第廿八期）

第廿八期，十三篇	蔣慎吾〈京東國民報提要〉、劉盼遂〈中華人種西來新證〉、翁春雲〈四庫全書的錯誤與疏忽〉、周作人〈關於陶筠廠〉、劉厚滋〈紀史閣部死節事〉、黃吉甫〈清代福建狀元譚〉、王猩酋〈曲阜泰山濟南遊記〉、陳無咎〈從獅子寫到撼猻〉、汪民持〈呂水山〉、俞陛雲〈西湖雅言〉、林世堂〈中法戰役中之鎮海炮手英吉人〉、陳蝶野〈東遊詩草〉、抑齋主人〈清代後妃之位元號與等級〉（於志學）

通過此表我們可以看出，《越風》月刊有兩個大的特點，一是「以浙為主」，二是「昌明國粹」。

首先，「以浙為主」主要體現在其描述內容以浙江風物為主，而非作者盡為浙江人。通過上表我們可以看到，除了章太炎曾給「湖上文苑」投給詩作之外，在撰稿者方面幾乎雲集了中國頂級的學者與作家——黃侃、葉恭綽、蔡元培、柳亞子、周作人、茅盾、吳稚暉、弘一法師、夏丏尊與郁達夫。這樣強大的寫稿陣容，當時其他刊物幾乎是很難與之匹敵的。

發稿最多的幾位如柳亞子（江蘇蘇州人，曾在浙江杭州發起「南社」，共發稿七篇，並有「柳壽」專號）、陸丹林（發稿八篇，廣東三水人，「南社」成員）、白蕉（發稿五篇，上海人，曾長期在浙江生活，系柳亞子的門生）、秋宗章（發稿六篇，浙江紹興人，秋瑾之弟），以及徐一士（發稿十一篇，山東人）、徐淩霄（發稿六篇）兄弟等等，他們並均是浙江本地人，有的只是在浙江生活過或者參與過一些浙江的歷史事件。因此，魯迅曾感歎「近年的期刊有《越風》月刊，撰人既非全是越人，所談也非盡屬越事，殊不知其命名之所以然」。[11]

「撰人既非全是越人」確實屬實，但「所談也非盡屬越事」則有些苛刻了。當然這份刊物確實也刊載了一些「非越事」的稿子，但在總計318篇文章中，涉及浙江風土、人情、歷史與文化的文章如〈李清照在金華〉〈越器圖錄自敘〉與〈明末浙江殉國烈士錄〉等等則占到了256篇，占到了總發稿量的80.50%。過八成文章與「越風」有關，「以浙為主」的《越風》月刊亦不虛此名。

在這裡，筆者順帶著提及一下「魯迅與黃萍蓀」的文壇公案。其實根據上表我們就可以看出，黃萍蓀向魯迅約稿，乃因魯迅與茅盾、周作人等人一樣，屬於浙籍知名文人。但魯迅卻予以嚴詞拒絕，其實這並算不得黃萍蓀是「拉大旗作虎皮」，因為論影響來講，魯迅在當時的影響並不見得比戴季陶、章太炎、黃侃等《越風》月刊其他作者要大很多。而且，黃萍蓀在魯迅病逝之後，還將魯迅的手跡印在封面上，並寫了悼念文章以及轉載了魯迅的遺稿，算是對這位浙江文人的紀念。在〈魯迅是怎樣的一個人〉中，黃萍蓀並未記「拒稿之仇」，而是如此盛讚自己這位同鄉：

> 章士釗做官，現代派的唐有壬被刺死，徐志摩葬身雲霧間，高長虹、李初黎（引者按：應為李初梨，原文如此）、成仿吾等則不知去向；而他們的作品，也早被賣花生米的老闆

[11] 曉角（魯迅）：〈立此存照・四〉，《中流（半月刊）》，第1卷第3期，1936年10月5日。

> 拽的有影無蹤，這便是所謂「空頭文學家」的下場。唯魯迅，猶存一線之光，猶能在吾人筆下回憶其往事，記述其生平。[12]

我們可以看到，在每一期《越風》月刊的封面上，都有名流的手跡，在帶有追思魯迅意義的「專號」上，封面也設置為魯迅的手跡，其實根本算不得「招搖撞騙」，我們在這裡看到的是許廣平的小題大做——而且，魯迅生前不也說過麼？「既然說了，就不怕發表。」[13]那麼筆者相信，若魯迅地下有知，或許也不會苛責黃萍蓀吧。

其次，作為該刊辦刊宗旨之一的「昌明國粹」，顯然有著自身特色與可研究價值。在20世紀三十年代中葉，作為絲毫不涉及西學譯作、現代小說與新詩的「國粹」類文史刊物，能保證雲集中國一流的作家學者，並爭取較大的發行量與贊助，這相當難得。我們可以看到，《越風》月刊在「昌明國粹」與「爭取影響」上，走出了一條在當時堪稱獨闢蹊徑的路子。

正如上表所示，儘管當時學界、文壇「歐風美雨」，但在《越風》月刊所刊發的文章中，卻無一篇譯介文章、無一篇對於西方風土人情的介紹的文字。雖然如此，它還可以邀約到柳亞子、茅盾與

---

12 黃萍蓀：〈魯迅是怎樣的一個人〉，《越風》，第1卷第21期，1936年10月31日。

13 魯迅：《魯迅選集・第10卷》，中國文史出版社，2002年，第423頁。

周作人等一流文人的稿件。除此之外，我們還看到，在《越風》月刊中，經常可以看到浙江名醫、律師的「名錄」、各大銀行的「攬儲」宣傳、商務印書館的新書預告，以及杭州農商銀行、交通銀行、浙江實業銀行與「胡慶餘堂藥號」的廣告，這足以見得該刊的影響與檔次了。

需要注意的是，「昌明國粹」與「頑固守舊」在這裡並不是一回事，雖然從表面上看，《越風》月刊談論的是文史掌故、史料鉤沉，但《越風》月刊所雲集的一批寫作者們卻有著一定的前瞻性的視野與「借古諷今」的表達範式——這種視野與表達範式在國難當頭的救亡時期顯得尤其重要，關於這一問題，筆者將在後文予以詳述。

第二節　借古諷今：返祖民族主義、國難與救亡

在討論《越風》月刊的「民族主義」大背景時，筆者意圖先簡要梳理一下「民族主義」這一思潮自晚清以來的嬗變過程：

> 中國民族國家的空間性和主體性，並不一定與西方所謂的「近代性」有關……而在宋代以後逐漸凸現出來的以漢族區域為中心的國家領土與國家意識，則使得「民族國家」相對早熟地形成了自己認同的基礎……因此，這個幾乎不言而喻

> 的「國家」反過來會成為漢族中國人對歷史回憶、論述空間和對民族、國家的認同基礎。[14]

前文是葛兆光先生對於晚近中國「民族國家」這一概念形成的概述，在論述中國人傳統觀念中的「民族國家」關係時，葛兆光先生一針見血指出了中國人長期以來的觀念：用「漢族」代替「民族」，而「民族」又可以代替「國家」，這是因宋代以降逐漸凸現出來的以漢族區域為中心的國家領土、國家意識所決定的。

因此，中國歷史上的漢族甚至中原政權人士與少數民族甚至邊疆政權相鬥爭的史事，很容易被賦予「愛國英雄」或「民族英雄」的事蹟而進行歌頌宣傳。但實際上這仍是對「忠君愛國」這一觀點的弘揚，而非現代意義上的愛國主義或民族主義。

鴉片戰爭之後，與「滿清」政權相對立的「外國」這一概念被直接引入到中國，朝野上下顛覆了先前「反清復明」、「驅逐韃靼」的觀念，在「華夷之辨」中，中國知識分子階層在民族觀的層面上步履蹣跚地完成了「民族國家」（nation-sate）的現代性進化。這使得中國古代史中除了戚繼光之外的「愛國英雄」如岳飛、文天祥等更是在官方的論說存在著「愛國」、「愛民族」的合法性爭議[15]——儘管如此，但他們的事蹟一直為民間所傳誦。

[14] 葛兆光：《宅茲中國：重建有關「中國」的歷史論述》，中華書局，2011年，第26頁。

[15] 在1949年之前，對於岳飛、文天祥等人是否為「愛國英雄」或「民族英雄」的爭議其實並不多，孫中山儘管提出了「五族共和」的大民族觀，但由於抗

劉禾（Lydia H.Liu）曾以「夷」字為例，來分析近代中國「民族國家」觀念的形成與變遷。在鴉片戰爭爆發之前，「夷」曾長期是中原封建政權對周邊少數民族的蔑稱，但到了鴉片戰爭之後，「夷」卻成為了對於歐美國家的代名詞。[16]而許倬雲先生則認為，「在這一時期，中國的文化『他—我』，經歷了極為吊詭的幾度反復……『滿人』事實上不再是一個可見的族群共同體時，漢人的『我』，相對於西方的『他』，遂擴大為『五族共和』，甚至將古

日的需要，岳飛、文天祥等人的事蹟又重新被提上日程。筆者在此僅以對岳飛的評價為例：1928年，國民政府頒布廟宇存廢標準，在十二個官方受封的歷史人物中，抗擊侵略的武將僅岳飛一人，抗戰期間，關於岳飛的話劇、戲曲與傳記不勝枚舉，毛澤東在《論持久戰》中亦誇讚岳飛之貢獻，但岳飛受到普遍爭議卻是在1949年之後不久的1951年，隨著新政權的建立與新的民族政策的推行，大量文章對「岳飛是否是民族英雄」進行了廣泛的爭議。其中代表論文有邢漢三的〈論岳飛到底算不算民族英雄〉（《歷史教學》，1951年第1期）與〈論岳飛是不是民族英雄〉（《歷史教學》，1951年第7期）、秦文兮的〈岳飛到底算不算民族英雄〉（《歷史教學》，1951年第5期）、元真的〈岳飛是民族英雄〉（《歷史教學》，1951年第1期）、陳天啟的〈岳飛的民族英雄本色〉（《歷史教學》，1951年第9期）以及艾思奇的〈岳飛是不是一個愛國者？〉（《歷史教學》，1951年第6期）等等。參與者有河南大學教授邢漢三、歷史學家秦文兮、著名教育家陳天啟與哲學家艾思奇等人，在一年的時期內，如此大規模、高水準地討論「岳飛是不是『民族英雄／愛國者』」的問題，這在之前是沒有過的，可見新政權的民族政策的影響性與強制力。但這些文章對於岳飛的批評，多半集中在其「愚忠」的態度與捍衛沒落封建王朝等行為上。但真正對岳飛、文天祥的「民族英雄」身分進行質疑批評則是在50年後的2002年，《北京青年報》刊載〈岳飛不是「民族英雄」〉一文，稱岳飛、文天祥的「民族英雄」身分或將從中小學歷史教學大綱抽掉，文章登出後輿論譁然，社會各界紛紛批評此舉，教育部迫於壓力，改在官頒《學習指導》中稱「有學者提出岳飛為民族英雄是否會影響到某些民族的情感」。但這一事件後來亦不了了之。

[16] [美]劉禾：《帝國的話語政治：從近代中西衝突看現代世界秩序的形成》，生活・讀書・新知三聯書店，2009年，第38頁。

代凝鑄華夏共同體觀念的炎黃始祖傳說，搬來界定一個多族群的中華民族。」[17]

許倬雲所指出的「這一時期」，便是鴉片戰爭至一九四九年這一百年，在這百年中國裡，「民族」這一概念曾有過現代性的進化，亦有過返祖性的退化。但無論如何我們必須關注的是，晚清七十年中，國家政策的制定仍然奉行「自強」、「求富」與「變法改良」等治標不治本、非根本性的原則。但在這些假像下，清政府一直缺乏深入靈魂「亡國滅種」的憂患意識。但自「辛亥革命」以降尤其「五四」以來，隨著民主、平等思潮的影響，中國積貧積弱、任人宰割的現實問題成為了當時現代知識分子的普遍心病。「救亡圖存」遂成為國人的一個念茲在茲的口號。[18]

---

[17] 許倬雲，《我者與他者：中國歷史上的內外分際》，生活・讀書・新知三聯書店，2010年，第125頁。

[18] 實際上，中國的知識分子始終比官方在「救亡圖存」這一問題上更具先知先覺。一次次的「先知」與「後知」之辨構成了中國近代史上無數次的「維新」與「守舊」之爭。縱觀自鴉片戰爭至1949年，幾乎每一次抵禦外侮的戰爭之後，都會出現一批知識分子精英，他們敏銳地發現了戰爭所形成的民族危亡感，而這些問題都被官方所故意忽視。譬如第一次鴉片戰爭之後，《南京條約》簽訂，林則徐、魏源等人就提出了「商戰救國」的策略，但未被官方所採納；第二次鴉片戰爭之後又導致《天津條約》簽訂，馮桂芬、華蘅芳、徐壽等一批有西學背景的知識分子亦提出要培養人才、引進西方政治制度，但這些想法只是被中央政府、洋務派官員所部分採納後，才發揮一定的意義，其餘未被採納的部分只是知識分子的空談；中日甲午戰爭之後，中日簽訂《馬關條約》，這一事件直接引發了改良派知識分子的「戊戌變法」與「百日維新」，但由於侵犯到了官僚體制的既得利益，從而受到了官方的鎮壓；「庚子國變」之後的1901年，中國與十一國列強簽訂《北京議定書》，又稱《辛丑合約》，一部分曾經意圖維新的知識分子如孫中山、章太炎、陳天華等人，已看透了清政府的本質，放棄了對清政府的幻想，遂自行主張進

「九一八」事變之後，國民政府的綏靖、縱容使得日本侵略者從東北、華北一路強佔中國領土、屠殺中國民眾，並扶持多個偽政權的建立，這不得不促使國民政府將如何解決「亡國滅種」之憂提上日程。

因此，在抗戰前期這一特殊的歷史關頭，無論是代表官方的中央政府，還是代表精英的知識分子，抑或是來自於民間的普通民眾，他們都普遍性地需要開始尋求一種戰勝對手的精神動力。這種動力必然來自於中國歷史上以「民族氣節」而「戰勝」之先例。但無論是「大破金軍」的岳飛、韓世忠，還是寧死不屈的文天祥、夏完淳，他們都並非面對船堅炮利的「外侮」而是金戈鐵馬的「內寇」。但這些人卻可以為抗戰時期的中國知識分子提供有實際意義的精神武器——儘管這並不那麼符合「中華民族」這個大民族觀的一些準則。

之所以中國官方與知識分子會在抗戰前期臨時偷換「民族／國家」的概念，形成了在民族觀上「返祖」性轉折，其中很重要的原因乃是國民政府總裁蔣介石曾說過這樣一段話：

> 總理曾說，美國只有一個華盛頓，但是這一個華盛頓，是要以無數的無名華盛頓來造成的。現在我們處在這一個內外夾攻，重重困難之中，我們唯有不顧成敗利鈍，秉我們的赤

行政治體制的革命。

> 誠，為救亡禦侮而犧牲。我們要以無數的無名岳武穆，來造成一個中華民國的岳武穆，我們對黨國今日無他可恃，只有拿一片赤心，如諸葛武侯所說鞠躬盡瘁，死而後已的決心，來報答國家和我們的總理，和全國國民。[19]

這是1931年11月23日蔣介石在「國民黨南京四全大會閉幕式」的講話。[20]但正是這個講話，卻暴露出了一個本質性的變化——在國難之際提出了「岳武穆」的精神，而且，不知道是蔣介石記憶有誤，還是借孫中山先生之名作勢，至少在孫中山先生有案可查的文章中，並無「華盛頓」更無「岳武穆」這段文字。但據筆者考證，蔣介石所引用的這個說法來自於與孫中山曾並肩作戰的另一位國民黨元老、英年早逝的革命家鄒容。

那麼，鄒容的原話又是怎麼說的呢？

> 若華盛頓，若拿破崙，此地球人種所推尊為大豪傑者也，然

[19] 蔣中正：〈在國民四全大會閉幕式上的講話〉，見於榮孟源、孫彩霞：《中國國民黨歷次代表大會及中央全會資料，第2卷》，光明日報出版社，1985年，第60頁。

[20] 在「四全大會」上，國民黨中央執行委員會通過決定設立「對日問題專門委員會」、「九一八」為中國國難日、訓令蔣介石立即北上收復失地，並設立「國難會議」共籌救國方略，確認馬占山抗日為正當防衛等具體政策，並通過了〈對日侵略暴行之決議〉、〈為日本侵略東三省時間對全世界宣言〉等文告，但由於胡漢民、陳濟棠與汪精衛等國民黨內部派系的爭權奪利，導致了這個大會所制定的一切成為了「口頭抗戰」，而且蔣介石在次月還迫於壓力不得不選擇「下野」。

一華盛頓，一拿破崙倡之，而無百千萬億兆華盛頓、拿破崙和之，一華盛頓何如？一拿破崙何如？[21]

在鄒容的原話裡，是「華盛頓」與「拿破崙」，一位是美利堅的民族英雄，一位是法蘭西的民族英雄，這是與孫中山的大民族觀相吻合的。但蔣介石卻抽掉了拿破崙，換上了「岳武穆」。這個細微的變化反映了蔣介石在「訓政」期間對「三民主義」的詮釋——直接提出「三民主義」中的「民族主義」並加以重新定義，強調「民族」在「三民」中的重要地位，這一問題筆者已在「導論」中有過詳細的敘述，在此遂不再重複。

須知這又與1930年由國民黨中央宣傳部所推行的「民族主義文藝」政策是緊密相連的，這一文藝政策最初用來對抗「弘揚階級鬥爭」的「左翼」文學運動，孰料「九一八」事變之後，「救亡」逐漸壓倒「革命」，「民族主義文藝」隨之改為「本位文化建設運動」[22]隨著抗戰的全面化以及「本位文化」運動的進一步發展，甚

[21] 鄒容：〈革命軍〉，見於中國史學會：《辛亥革命資料叢刊》，上海人民出版社，1957年，第14頁。

[22] 1934年3月，國民黨中央委員會發起中國文化建設運動，成立中國文化建設協會，由陳立夫任理事長。10月出版《文化建設》月刊，在創刊號上發表陳立夫〈中國文化建設論〉，提出所謂發揚固有文化，吸收西方文化來建設一新的文化體系。本位文化建設派呼籲「以文化養成民族性」、造成「自信心」。在此基礎上的1935年，以王新命等十教授發起了中國本位文化的建設運動。他們在〈中國本位的文化建設宣言〉中宣示：要使中國能在文化的領域中抬頭，要使中國的政治、社會和思想都具有中國的特徵，必須從事於中國本位的文化建設。「本位文化建設運動」是「民族主義文藝運動」的精神

至一些原屬於中國左翼文學陣營的作家甚至改換門庭，轉而開始「民族主義文藝」的文學創作，這點在前文已有敘述。當然，其中最具代表性的作者便是其中一批早已成名的劇作家，他們在抗戰前期的創作多半「別求新聲於古典」，以新歷史主義的手段，創作出了一批「借古諷今」的作品。對這一問題，耿德華（Edward M. Gunn）認為「這是一個國家生死存亡問題比其社會問題更為重要的時期，劇作家們發現，他們能夠通過歷史劇來反映這兩個問題，能夠穿戴他們祖先的服裝來擺脫上海的複雜局面和統一戰線問題……1936年，戰爭顯然已無法避免，國民黨政府發起了『本位文化』運動（引者按：即『本位文化建設運動』），並且公布了被准許用於藝術作品的中國歷代英雄人物名單。左翼作家和共產黨作家也對利用傳統的創作素材感興趣，因為它對於中國社會各階層都具有天生的感染力」。[23]

之所以會形成這樣的「民族主義」——在此筆者在此暫稱其為「返祖民族主義」（reve-nationalism），[24]乃是有著多方面原因，

賡續。

[23] [美]耿德華：《被冷落的繆斯：中國淪陷區文學史（1937-1945）》，張泉譯，新星出版社，2006年，第120-121頁。

[24] 「返祖民族主義」中的「返祖」（reve）即英文的「reversion」一詞，該詞在英文中有「逆轉、倒退」的意思。關於這一名詞及其涉及的概念內涵，學界尚無準確定義與相關研究。筆者認為，這一政治現象在中國、西亞與中東等國家或地區中尤為明顯。在這些國家或地區中，無論是哪種社會階層，在民意表達、執政理念的過程裡總會有在「民族主義」概念在使用上的反復與暫時性倒退。即會無意識地在先前狹隘的民族主義歷史敘事中尋求「救亡」「自強」的精神寄託，進而形成一種對自身歷史的重構。

既為了在國難之際為救亡圖存提供精神武器，又可以保存本民族的精神文化遺產，而且還可以在不同的黨派甚至外國殖民者的權力之間形成一種平衡，在這樣的多重精神動因下，一批文學作品如周貽白的《蘇武牧羊》、顧仲彝的《梁紅玉》與阿英的《明末遺恨》等劇作均領軍於後期「民族主義文藝運動」。而且，由秦腔名角耿善民主演的《還我河山》、由「四大名旦」之一梅蘭芳與「四大鬚生」之一奚嘯伯連袂排演的抗戰大戲《生死恨》等取材於經典故事的戲曲作品大大鼓舞了戰時的人心，形成了全國性的文化影響。藉此，以「返祖民族主義」為核心的「新三民主義」之「民族主義」思潮在抗戰前期中國的影響之大，可見一斑。

筆者之所以用如此多的筆墨審理「民族情結」在抗戰前期的演變過程，乃是為了釐清國民政府緣何會突然在抗戰前期重提岳飛、文天祥等「民族英雄」並形成「返祖民族主義」的深層次歷史動因。一方面，從發展的眼光看，這是對孫中山「五族共和」現代民族觀的反動，明顯曲解了孫中山〈三民主義〉中的「民族主義」；[25]另一方面，它又成為了抗戰前期這一國難時刻鼓舞民心、

[25] 縱觀孫中山的一生，他的「民族主義觀」經歷了三個階段的進化，第一個階段為最初級的形態：以「排異」為主導，即所謂「非我族類，其心必異」，一切以本民族為依歸，對其他民族採取排斥主義，作為革命黨的領袖孫中山，在醞釀推翻清政權這一時期，他的民族主義思想核心就是排滿。1905年8月，中國同盟會成立，便以「驅除韃虜，恢復中華，創立民國，平均地權」為宗旨。十六個字中，有八個字是講反滿的民族主義；第二個階段是孫中山民族主義思想演變的過渡形態：以民族權利為主導，即以建立近代民族國家為目標的民族主義，在同盟會成立以後，孫中山的民族主義已經開始具有近代民族主義的性質，但卻很長時間未能完全擺脫反滿的狹隘民族主義。

救亡圖存的有效精神武器。

在抗戰前期這一特定時刻，「返祖民族主義」一旦奏響了全民族的共同心聲，就會在社會意識形態的各個方面產生影響，除卻上文所述的文學創作、藝術創作之外，在學術理論、文史研究這些層面上，也有著不可忽視的意義，一批有著一定官方背景的刊物在這一特定的歷史時刻開始尋求新的著手點，《越風》月刊便是其代表之一。

《越風》月刊雖「昌明國粹」，但既不「頑固守舊」，更不做「冬烘孑遺」，我們可以看到，該刊與抗戰前期中國所發生的一系列大事以及重要思潮，堪稱聯繫緊密，可謂積極出世，成為了知識分子刊物進入社會時政話語的典範之一。筆者認為，在風起雲湧的抗戰前期，《越風》月刊積極地參與了「救亡」這個社會思潮主題話語的建構，尤其是對於「國難」的話語表述，使得對該刊的研究有瞭解讀社會思潮史的意義。

我們可以把從同盟會成立到辛亥革命這段時間，看成是孫中山民族主義思想演變的過渡期；第三個階段則是他的「民族主義觀」的成熟期，即「三民主義時期」，主張以建立各民族平等的世界新秩序為主旨的民族主義，這是歷史上最高形態的民族主義。孫中山在其就任臨時大總統的宣言書中說：「國家之本，在於人民。合漢、滿、蒙、回、藏諸地為一國，即合漢、滿、蒙、回、藏諸族為一人。是曰民族之統一」民族統一的意思，照孫中山的說法，就是不分畛域，合漢、滿、蒙、回、藏為一個統一的中華民族。他在不同場合談到這個問題。1924年1月，孫中山發表〈關於建立反帝聯合戰線宣言〉，其中說：「我等同在弱小民族之中，我等當共同奮鬥，反抗帝國主義國家之掠奪與壓迫」。見耿雲志：〈怎樣認識孫中山的民族主義〉，《北京日報》，2006年11月21日。

1936至1937年，全面抗戰一觸即發。《越風》月刊停刊不到三個月，盧溝橋事變爆發，次月「淞滬保衛戰」又打響。因此把《越風》月刊看作「早期抗戰文學期刊」理所應當。但在第二卷第四期的封底，卻已刊登了第五期、第六期的預告，絲毫看不出要停刊的兆頭。

但自「九一八」事變以來，「國難」成為了中國人念茲在茲的一個社會主題。《越風》月刊雖「昌明國粹」，但是卻沒有忘記知識分子「載道」的職責，而且作為一個當時有官方背景，又雲集一大批先進知識分子的文史期刊，它不可能「躲進小樓」，而必然有著明確的入世情懷。

正如上表所顯示的那樣，《越風》月刊刊載了一批抗金、抗元、抗清甚至抗八國聯軍的「驅逐異族」稿件，並發表了〈貳臣漢奸的醜史與惡果〉這一名文，該文作者高越天，1904年出生，系浙江本地人，曾是《民國日報》主筆，且做過浙江地區的縣長與專員，後赴台擔任「中華紡織建設總公司」的董事長，1992年病逝。

〈貳〉文雖是恥笑並批判投降清朝的洪承疇、吳三桂等人，但卻在當時卻明顯有著時效性，並獲得了魯迅的首肯。在〈立此存照・四〉中，魯迅引用了高越天的原文，並談到了自己的觀點：

> （《越風》月刊）十七期中，有高越天先生作的〈貳臣漢奸的醜史與惡果〉，第一節之末雲：「明朝頗崇氣節，所以亡國之際，忠臣義烈，殉節不屈的多不勝計，實為我漢族生色。但是同時漢奸貳臣，卻也不少，最大漢奸吳三桂，貳臣

> 洪承疇，這兩個沒廉恥的東西，我們今日聞名，還須掩鼻。其實他們在當時昧了良心努力討好清廷，結果還是『鳥盡弓藏，兔死狗烹』，真是愚不可及，大漢奸的下場尚且如此，許多次等漢奸，結果自更屬可慘。」……凡一班吃裡爬外，槍口向內的狼鼠之輩，讀此亦當憬然而悟矣。[26]

一向批判性強、看文章挑剔的魯迅都首肯定這篇文章的警醒意義，可見《越風》月刊刊文之力度，決非一班老派書生的自說自話，而是有著振聾發聵的現實穿透力。當時全面抗戰尚未爆發，《越風》月刊能有此洞見，實際上是針對「華北事變」中的漢奸殷汝耕、簽訂《何梅協定》的何應欽等人有感而發。在〈貳〉文的最後，高越天如是感歎：

> 現在外患嚴重之至，貳臣漢奸已發現不少，在他們何嘗不自以為聰明，其實等於自殺，我想若黃帝有靈，應該救救這一群蠢人吧！[27]

當然，如〈貳〉文的「借古諷今」的共紓國難、弘揚氣節的文章在《越風》月刊中屢屢可見，如〈刺客施全〉、〈亡國之音

[26] 曉角（魯迅）：〈立此存照・四〉，《中流（半月刊）》，第1卷第3期，1936年10月5日。
[27] 高越天：〈貳臣漢奸的醜史與惡果〉，《越風》，第17期，1936年7月30日。

哀且思〉、〈侯承祖父子金山衛抗清記〉、〈揚州十日與嘉定三屠〉、〈臺灣戰史之又一頁〉、〈「不肯剃頭」之下的犧牲者〉、〈金兵渡江屠明州〉、〈四明萬氏之民族精神〉、〈記明末殉節之王思任》、〈以身殉國的陳化成〉、〈陸放翁的民族思想〉與〈紀史閣部死節事〉等等，堪稱不勝枚舉。據筆者統計，以「國難」為主題或涉及「救亡」的文章計共有三十篇，幾乎占到了所有刊發文章的十分之一，並以散點狀均勻地分散在不同期號當中。值得注意的是，這些文章並非是簡單的列舉史實，而是一針見血，直斥投日的漢奸走狗，且不像同時代的《夜鶯》月刊般「戴著鐐銬跳舞」，在文中含混地將日本以「××」代之，《越風》月刊基本上都是直接點名，毫不留情面，句句堪稱擲地有聲：胡倫清在〈刺客施全〉中，雖是讚揚宋代刺殺秦檜的抗金將領施全，但卻是對當時暗殺日偽的刺客進行讚賞：

> 那為公的，就和此不同了。他底動機很純潔。他底行為，是站在民族和民眾底公意立場上的。那當前所要暗殺的對象，其地位權勢都是絕對優越，橫暴恣肆，法律不能制裁，武力不能屈服，於大家敢怒而不敢言的時候，他竟能基於義憤，奮不顧身，幹那轟轟烈烈的事情出來，這是很可敬佩而值得頌贊的……漢奸究竟是萬萬做不得的。[28]

[28] 胡倫清：〈刺客施全〉，《越風》，第5期，1935年11月16日。

由此可知，該文所提倡的暗殺，屬於愛國的「政治暗殺」，這在日後的「孤島上海」成為了普遍且受到世人讚賞的愛國行為，但當時上海並未成為孤島，暗殺之風尚未流行，該文的前瞻性可見一斑。確實，流行於「孤島上海」的愛國性「政治暗殺」不但摧毀著駐滬甚至全國地區日偽的意志，更是以一種中國人最為傳統的形式蔑視著代表外國租界的「工部局」之管轄權力，很快它成為一種頗受歡迎的反日形式，並風靡了全上海，一批著名刺客如王亞樵、林德福等成為當時中國青年們的偶像，而傅筱庵、唐有壬等高層偽公職人員正是在那一時刻遭到了愛國者們的正義暗殺。

這一切正如魏斐德（Frederic Wakeman，Jr.）在《上海歹土：戰時恐怖活動與城市犯罪（1937-1941年）》所描述的那樣「青年愛國者們放下麻將牌，離開位於市中心的旅館，在馬路上襲擊一個又一個高級通敵分子，無意之中促使美國陷入了一場以美國深深捲入中國內戰而告終的戰爭……在這場爭鬥中，上海的恐怖分子是第一個擲下骰子的」，[29]久而久之，「政治暗殺在上海很快成為一種生、死方式，到處流傳著殺人的消息」。[30]

除了頌揚刺客之外，《越風》月刊還刊登了一系列涉及其他抗日內容但也借古諷今的文章，一一直刺漢奸行為，堪稱擲地有聲，譬如在〈亡國之音哀且思〉一文中，陸丹林這樣說：

---

[29] [美]魏斐德：《上海歹土：戰時恐怖活動與城市犯罪（1937-1941年）》，芮傳明譯，上海古籍出版社，2003年，第296頁。

[30] 同上，第8頁。

年來奔走關內外蛇行鼠伏之漢奸，如過江之鯽，恬不為恥，為虎作倀，其居心如何，非吾人所能深知。[31]

黃華在〈揚州十日與嘉定三屠〉中亦直接斥責日軍屠殺國人的暴行，號召人民復仇：

蓋雖越時三百年，事過境遷，而掩卷唏噓，猶有餘悸焉！因念今日科學昌明，新式殺人利器，月異而歲不同，毀滅城市，一舉手，一投足，即可勝任愉快，無俟「十日」、「三屠」。往事如彼，今又如此。我國人各怵惕儆備，急起直追，合全民族之力以奮鬥圖存，今茲為三百年前揚州嘉定哀……[32]

在〈侯承祖父子金山衛抗清記〉一文中，陸丹林咬牙切齒之感歎令讀者振聾發聵：

然其能殺者，為漢人之身，不能殺者，為漢人之心，心不死，則吾民族國魂即不死，終必有報仇雪恥一日也！[33]

---

[31] 陸丹林：〈亡國之音哀且思〉，《越風》，第5期，1935年11月16日。
[32] 黃華：〈揚州十日與嘉定三屠〉，《越風》，第6期，1936年1月16日。
[33] 陸丹林：〈侯承祖父子金山衛抗清記〉，《越風》，第6期，1936年1月16日。

陳子展在〈遺民的悲憤〉中索性將諷刺的矛頭對準了中國的「不抵抗者」們：

> 你想，如今生這個白晝鬼魅橫行的國度，喝苦茶，扯清淡的大名流小名士，還有念及關外拼命的義勇軍而流愧汗的麼？[34]

上述這類文字在《越風》月刊中幾乎每期可見，筆者在此只是略具數例，意圖管窺其辦刊指導思想。由此可知，《越風》月刊所刊登的部分文章，絕非是「清談」的國粹小品文，而是融入「時代精神」與「民族精神」的宏大敘事代言人。以「借古諷今」的方式來介入到「國難」話語體系，《越風》月刊堪稱前無古人。一份刊物短期內刊登這樣多的歷史小品文、研究論文來參與共紓「國難」這一公共話語，在當時堪稱獨樹一幟，這應為《越風》月刊的創舉。除此之外，紀念「建國二十五周年」的「辛亥革命特號」則是該被注意的另一點，這個特號顯示了《越風》月刊在國難之際對「革命」的重新認識，再次彰顯出了其「借古諷今」的思想特點。

與同時代一批守舊國故類刊物不同，《越風》月刊的贊助者、辦刊者與撰稿者絕大多數都有著官方背景，其中很多都是辛亥革命或浙江光復的主要參與者，如章太炎、黃紹竑、戴季陶與葉恭綽等

[34] 陳子展：〈遺民的悲憤〉，《越風》，第7期，1936年2月2日。

人，在當時軍界、政界均享有極高威望。該「特號」的刊名便由葉恭綽題寫，扉頁還印上了孫中山與黎元洪的合影。所收錄之文，基本上都是開國元勳或當事人的回憶文章，這些文章在當下有著較大的歷史價值，應被學界所重視。

而且，當時的文史類期刊鮮有介入到對官方活動的紀念，譬如與之同處於抗戰前期的《吶喊（烽火）》《夜鶯》與《絜茜》等刊物，雖也參與「文藝抗敵」，但卻不涉及官方活動的紀念。《越風》月刊有一定的官方「贊助」，所以會推出「辛亥革命」的紀念特刊，這也不足為奇。值得注意的是，在宣傳「革命」的同時，《越風》月刊並未忘記對「國難」的強調。

在黃萍蓀的〈不入目錄篇〉（即第二十期的卷首語）一文中，開篇是這樣一段話：

> 二十五年前的今日，吾人與滿洲民族搏鬥！為什麼？為爭取自由平等；二十五年後的今日，吾人與列強帝國主義搏鬥！為什麼？為爭取自由平等！足見二十五年來，吾人不再被壓迫下掙扎。雖然把大清皇帝趕跑了，但仍然不得安閒快樂的日子；且國際間不平等的待遇和不自由的束縛，尤甚往昔！[35]

[35] 黃萍蓀：〈不入目錄篇〉，《越風》，第20期，1936年10月10日。

這樣一段話，看似紀念辛亥革命，但卻是在「借古諷今」，感歎當下時局艱難，國難深重。對於國粹的捍衛，實際上反映了當時主流知識分子的共同心理，一在借古諷今，二在對於「民族精神」的保護。而且，《越風》月刊中最隱藏但卻最不可忽視的一篇文稿亦反映了其以「借古諷今」之策略表達民族主義之觀念——即對「非基運動」的聲援。這篇文章就是胡行之的〈二百年前一篇排除天主教的重要史料〉。

在即將抗戰軍興的1936年，當時的一般知識分子已經不太關注「非基運動」。但《越風》月刊卻可以刊登這樣一篇文章，可見其用心之良苦，入世之敏銳。作者胡行之，為民國時期著名學者、詩人，系浙江奉化人，二十年代留學日本，曾出版有《中國文學史講話》《文學概論》與《宜廬詩稿》等著作。曾任上虞春暉中學教師、浙江省圖書館館員、中國農業銀行經理與浙江西湖博物館歷史文化部主任等職，其子為當代著名曲學家胡忌。

在這篇文章中，胡行之審理了天主教在明代傳入時被驅逐的經過，尤其是對於「天主堂改天後宮經過」這一碑記進行了重新整理挖掘並照抄在文中，使得整篇論稿有了獨一無二的史料價值。在文中，胡行之認為天主教、基督教乃是「經濟侵略、文化侵略之先鋒也」，屬於「反科學」的舉動，並且在文後認為，自己發現的這塊碑文乃是「一篇排除基督教的絕妙檄文」，[36]其聲援「非基運動」

[36] 胡行之：〈兩百年前一篇排除天主教的重要史料〉，《越風》，第22-24期，1936年12月25日。

之民族主義情懷，溢於全文當中。

雖然「非基運動」影響大，但筆者尚未發現當時有學者以「借古諷今」的方式，借明清之際「驅基」之史實，來為當時的「非基運動」張目。由此可見，《越風》月刊雖「昌明國粹」但其隱藏在背後的目的卻是「借古諷今」的入世情懷——並且在「國難」之際未曾落於人後，相反為當時中國知識分子參與社會公共話語，以文藝、學術進行「救亡」的形式打開了一扇新的視窗。

第三節　《越風》月刊之文學史、社會史與學術史地位

從辦刊內容上看，活躍在抗戰前期的文藝刊物，一般有三種，一為官辦或黨派刊物，即官方或黨派的揚聲器，為主流意識形態或黨派之見搖旗吶喊；二為知識分子刊物，即走精英化的路線，強調同人雜誌辦刊的意義，不黨不私，昌明學術或針砭時弊；其三便是通俗刊物，對市場關注較多，主要在新興社會階層產生反響，擁有較廣泛的影響。

這三種刊物實際上代表了近代中國以來的三重社會意識形態——官方、精英與民間，這三重意識形態往往既會以互不干涉的形式存在，亦會以其中任意兩種之「合謀」，來與第三種抗衡，這三種意識形態通常會以期刊這一形式來表現。筆者認為，能夠同時在

三者之間均獲得一定平衡的刊物，在當時的中國社會中並不多見。就此而言，《越風》月刊在一定意義上顯示了其平衡三者的獨特之處。因此，對《越風》月刊的研究，也有利於重新審理這三種意識形態力量在當時中國的博弈。

根據上文審理，筆者認為，從《越風》月刊在抗戰前期中國文學史、社會史與學術史的地位出發，應該有三點研究意義。

其一是文學史的意義，作為有官方背景的《越風》月刊，它並非狹義上上的「知識分子刊物」，而是一份有著官方背景的期刊，但這並未削弱其文化價值，研究界從子虛烏有的「魯黃之爭」出發，進而否定《越風》月刊的積極貢獻，這是不應該的。

誠然，《越風》月刊的贊助人如黃紹竑、陳布雷與許紹棣等人，在當時政壇確是大名鼎鼎的人物，也是當時國民黨內的實權派。[37]魯迅拒絕給《越風》月刊寫稿，很大一部分原因並非是仇恨這份刊物，而是仇恨這些贊助者。魯迅曾這樣說：

> 有黃萍蓀者，又伏許、葉嗾使，辦一小報，約每月必詆我兩次，則得薪金三十，黃竟以此起家，為教育廳小官，遂編《越風》月刊，函約名人撰稿，談忠烈遺聞，名人逸事，自

[37] 如黃紹竑在1927年「四一二」事變之後，在廣西率先「清黨」，成為堅定的國民黨右派；而陳布雷早在1926年就撰文抨擊中國共產黨，斷言中國是「最不適於試行共產之國家」，中國革命「舍國民黨莫屬」，而受到蔣介石的重用；許紹棣為國民黨CC派核心人物，20世紀20年代曾任浙江省黨部委員兼宣傳部長。這些人在20世紀30年代均為國民黨當中的實權派。

忘其本來面目矣。會稽乃報仇雪恥之鄉，然一遇叭兒，亦複途窮道盡。[38]

「許」是許紹棣，而「葉」則是另一位浙籍官員葉溯中，魯迅「恨屋及烏」，因為黃萍蓀辦《越風》月刊拿了這兩個人的鈔票，所以黃萍蓀也被連帶進來。這與前文所述魯迅稱讚《越風》刊登抗日之文判若兩人之論，可見魯迅所恨仍是許紹棣與葉溯中兩人。那麼，魯迅為何恨許紹棣與葉溯中呢？

魯迅在另一篇文章中曾這樣評價這兩個人：

當我加入自由大同盟時，浙江台州人許紹棣、溫州人葉溯中首先獻媚，呈請南京政府下令通緝，二人果漸騰達。許官至浙江教育廳長，葉為官辦之正中書局大員。[39]

列舉兩段文字，原因不言自明，因為許、葉兩人「舉報」魯迅加入「自由大同盟」，因此魯迅與許、葉兩人結下不可調和的私仇，魯迅恨兩人順帶著厭惡其「贊助」的《越風》月刊，這也倒符合魯迅一向「不寬恕」的個性。筆者在此引用魯迅「公報私仇」的原因一則為了闡明魯迅與《越風》月刊結怨之文壇公案並非是《越風》月刊之緣故，而是因為許、葉兩人贊助了《越風》月刊，若是《越

[38] 魯迅：《魯迅文集・第8卷》，人民文學出版社，2005年，第1頁。
[39] 同上，第450頁。

風》月刊贊助名單中無這兩人，魯迅或為之寫稿亦未可知——前文也提到過，魯迅在另一篇文章中也對《越風》月刊所刊載的文字頗多讚譽；二則證明《越風》月刊與當時官方實權派來往之密切。

但這並未影響到《越風》月刊的辦刊檔次與知識分子操守，正如前文所述，《越風》月刊雲集了當時中國一大批主流中堅學者、作家，並以整理國故、昌明國粹的形式、借古諷今的目的進入到「國難」、「救亡」這一公共領域當中，形成了「民族主義」思潮在抗戰前期文學界的一個值得關注的反映亮點；而且《越風》月刊幾乎在每一期都有銀行、錢莊與藥鋪的整版廣告，這從另一個側面反映了《越風》月刊在新興社會階層尤其新貴階層中的影響力，因為僅憑這些「贊助人」，《越風》月刊就算沒有廣告也可以維持下去，但是事實上《越風》月刊卻有本事拉來這麼多廣告，並騰出版面供廣告刊登，這足以見得其發行量與影響在當時還算不錯。因此，《越風》月刊在官方、精英與民間三者之間，畫出了一道道優美的弧線，使得這一刊物成為早期抗戰文學期刊中的一道亮麗風景線。

其次，是從《越風》月刊的社會史地位對其價值的認識。作為一份有官方背景的文學期刊，在特定歷史背景下所參與的社會話語實踐，實際上反映了抗戰前期這一歷史時期中國思想界、文藝界所呈現出的話語權力平衡。

這一切誠如前文所引耿德華之言，當時文學界有一批作家「穿戴他們祖先的服裝來擺脫上海的複雜局面和統一戰線問題」，而這種策略投射到政治、社會領域，便是在思想上「穿戴他們祖先的服裝」，即《越風》月刊所關注的文史領域。該刊也知曉，這些問題確實「對於中國社會各階層都具有天生的感染力」。[40]

通過對《越風》月刊的研究，我們不難發現，官方推行「民族主義文藝運動」發展到了後期變成「本位文化建設運動」乃是有著多重原因的，亦有著多種表現形式。這些原因既包括在國民黨、共產黨與其他在野黨派中尋求一種話語平衡，也包括官方意圖尋求一種朝野上下均喜聞樂見的形式，來在戰時推廣其「民族主義」思想，意圖獲得一種全民性的思想統一。

作為陳布雷、黃紹竑等國民政府要員贊助並有著強勢官方背景的一份期刊，《越風》月刊勢必在相當的程度上反映了國民政府在抗戰前期的文化政策，這是不爭的事實。但《越風》月刊卻利用「穿戴祖先服裝」的策略，捐棄了黨派、階級之爭，轉而將主要精力放在了對於「民族」存亡這一歷史性問題的關注上。在文學創作、學術探賾中古為今用，積極共紓「國難」、投身「救亡」。這說明了「民族主義文藝運動」以及其後期的「本位文化建設運動」在相當程度上為抗戰前期的文化建設起到了積極的作用，這是值得肯定的。

最後即《越風》月刊的學術史意義，若是深究下去，還有一點值得我們深思的是，《越風》月刊中對部分歷史問題研究，採取的是「中體西用」的範式，即顛覆了清代為「學術而學術」的、以訓

[40] [美]耿德華：《被冷落的繆斯：中國淪陷區文學史（1937-1945）》，張泉譯，新星出版社，2006年，第120-121頁。

詁考據、校勘為主的歷史學研究，採用當時頗為前沿的研究範式，來研究中國史料中的新問題，他們所探究的問題與方法，在現的史學界在來看甚至都有一定的啟示意義。[41]

在此，筆者僅舉三例，一文為黃萍蓀的〈西安事變與明代之覆亡〉，一文為張天疇的〈晚明人的茶癖〉，一文為劉盼遂[42]的〈中華人種西來新證〉，這三篇文章在歷史研究上各具特色：一文用明亡的史實反思「西安事變」，另一文從晚明時代文人的「茶癖」入手，來從「私人領域」與「日常生活」來解讀明代覆亡的歷史原因，最後一篇則是用語言學的新證來論證拉克伯裡的「中國人種西來說」，這三篇論文在研究方式上均具備一定的前瞻性眼光。劉盼遂一文還被收入到了2002年由北京師範大學出版社出版的《劉盼遂

41 中國傳統史學研究源遠流長，簡而言之是從宋明以來的「金石之學」衍變而來的考據、校勘之「辨章學術、考鏡源流」，即單純強調新發現史料與具體某件史實的關聯與意義，這一研究範式最大的問題是忽視大歷史的全域觀，弱化了政治、文化甚至自然環境對於歷史自身的影響，提倡純粹的歷史研究。如章太炎便是此傳統方法的沿用、發展者，侯外廬曾說：「（章）太炎繼承了清代學者的諸子研究，融會貫通，卓然成一家之言。最有價值的部分，在於他能考鏡源流。」陳寅恪在章太炎之後提出了「詩史互證」的研究範式，將文學研究引入歷史研究，與章太炎相比這又進了一步，而顧頡剛將地理學引入歷史學研究，形成了新的歷史研究範式。在《越風》月刊中，筆者發現一批學者已經開始用比較先進的研究方式研究、解讀歷史，這在當時是難能可貴的。

42 劉盼遂（1896-1966），河南淮濱人，早年畢業於清華研究院，為著名文獻學家、歷史學家，1946年起任北京師範大學中文系教授，1966年「文革」爆發時，康生為霸佔劉盼遂家中的文物古籍，竟指使紅衛兵在家中將其毆打致死，並將遺體投入水缸中偽裝自殺假像，成為第一批在「文革」中冤逝的著名知識分子。

文集》當中。

在〈西安事變與明代之覆亡〉（此為目錄標題，正文標題為「明代之覆亡」）中，黃萍蓀開篇這樣感歎：

> 要知世間最慘之事，莫過於自殘，這種愚蠢的行為，既見於敵人，在今日，避免之不暇，又豈可從效？難道三百年後，我們的智慧識見，依然一點沒有長進？仍須受所謂「歷史迴圈」之說的支配，而不能加以控制？[43]

黃萍蓀劍指中國傳統史學研究的核心——「歷史迴圈說」，這實際上也反映了他自己的歷史觀。他不相信明亡之教訓竟會在三百年後重演，因此他斷然也不相信西安事變會導致中國滅亡。根據黃萍蓀的理解，明亡的原因乃是有二，一是崇禎帝用人有誤，二是地方軍閥擁兵自重，導致國家有難誰也不肯「勤王」。但「西安事變」之後，國民黨內確實出現了兩股與當時明末政局很相似的政治勢力——即主張轟炸西安、激化矛盾的「何應欽派」與主張自保、說風涼話的「閻錫山派」，黃萍蓀認為，他們一方面勾結日本人，一方面擁兵自重，兩邊都屬於造成中國社會的「不穩定因素」，這是極需要警惕的。

在文末，黃萍蓀這樣說：

---

[43] 黃萍蓀：〈西安事變與明代的覆亡〉，《越風》，第20至22期合刊，1936年12月25日。

> 執筆者之中也出了不肖的漢奸，他們一面私通外邦，一面結歡盜寇，下筆每以煽惑暴動，鼓倡自殘為能，陷害祖國於萬劫不復之地。另有一幫，比較消沉，喜歡站在不是中國人的地位上說風涼話，寫俏皮文章，那挑巧輕浮的文風，頗有當年阮大鋮輩寫《桃花扇》的風氣。若輩不是為虎作倀，就是使民氣趨於澆薄，其為惡與盜賊國賊，同著一例。[44]

雖然套路還是「借古諷今」，而且這種研究範式也只能算是「歷史比較研究」（Comparative study of history）而離當時在西方正為興盛的「比較史學」（Comparative history）尚有一定距離，但在當時看來，這種比較性的歷史研究範式仍然有著其自身的積極性。

而張天疇的〈晚明人的茶癖〉則是一篇從「日常生活史」入手，來解讀一個宏大歷史課題的論稿。「日常生活史」是目前海內外社會史學界最為熱門的一種研究範式。當下學界一般認為「日常生活史學於20世紀七十年代中期興起於德國和義大利」。[45]實際上通過對〈晚明人的茶癖〉這篇文章的解讀，我們就顯而易見地發現，張天疇其實不自覺地使用了「日常生活史」研究法。

當然，張天疇並無出國留洋背景，且此文寫成的1936年，西方尚無「日常生活史」這一研究方式，但這篇文章卻符合「日常生活

[44] 黃萍蓀：〈西安事變與明代的覆亡〉，《越風》，第20至22期合刊，1936年12月25日。

[45] 劉新成：〈日常生活史：一個新的研究領域〉，《光明日報》，2006年2月14日。

史」的研究準則則是不爭的事實：「日常生活史『要求』研究對象微觀化」——這篇文章恰恰從晚明文人對於「茶」的愛好這一微觀問題而入手的；「日常生活史」要求研究內容「包羅萬象」——張天疇以「茶癖」這一新奇的問題入手，堪稱獨闢蹊徑；「日常生活史」的研究旨在「重建全面史」——該文雖從「茶癖」入手，但旨在闡述「明亡」這一宏大歷史課題，無疑是對「全面史」的重建；而「日常生活史」的研究原則是基於史料的「『他者』立場」——張天疇確實憑藉深厚的史料基礎，客觀地進行闡釋，做到了「研究歷史最重要的是理解，理解了古人也就理解了自己」。[46]

〈晚明人的茶癖〉一文通過對一手史料——明代文學家、曲學家張之長（即張大復）的《筆記》（即《梅花草堂筆談》）的解析，認為晚明士大夫對於品茶的過分講究、追求，已經到了「神經質」的地步。結合史料分析認為，「中國古來士大夫階級的私生活是最會享樂的」，並進一步分析，「此種私生活，若是從好的方面說，是懂得生活趣味」、「倘若從壞的方面來講，這顯然是充分地暴露著自私的小我之表現，覺得個人以外無宇宙。」[47]且該文並不

[46] 如上引用來自於劉新成的《日常生活史：一個新的研究領域》，但「日常生活史」這一具體理論體系則是來自於哈貝馬斯（Jüergen Habermas）的「私人／公共領域」理論、亨利・列伏斐爾（Henri Lefebvre）的「日常生活審美化」理論、約翰・斯道雷（John Storey）的「文化消費／日常生活」理論與英國伯明罕學派「文化研究」等理論集結之後，並在新興的法國的年鑒學派、義大利的微觀史學派與英國的個案史學派影響下融合而成，其代表人物有格茨（Goetz）、蜜雪兒・德塞圖（Michel De Certeau）等等。筆者所引之理論準則，正是來源於構建「日常生活史學」這一框架中的若干理論。

[47] 張天疇：〈晚明人的茶癖〉，《越風》，第11期，1936年4月2日。

只是就事論事，而是主動地將這一問題進行史學層面的比較：「這種現狀乃是世紀末的流行症，古今中外相同，如法國馬賽革命和蘇聯十月革命之前夕」。最後得出結論，「於是玩物喪志，寄壯志於茗碗之間，自然國事則更不堪設想矣！」[48]

在「九一八」爆發的前幾個月，張天疇撰寫此文無疑有著諷刺當局沉溺於聲色犬馬的時政意味，但我們也應該看到該文在「日常生活史」上的獨特研究範式。筆者在此並非牽強附會、認為這一當下主流史學研究法在中國便「古已有之」，而是為了證明：在抗戰前期這樣動亂的時局下，一批人文社科學者仍可以不畏炮火，且還能爬梳史料、運用一些在當下看來都不過時的研究方法來進行學術探索，充分反映了前輩史學家們扎實的學術功底與敏銳的前瞻性視野，這不得不說是《越風》月刊作者群賦予當下的一個重要啟迪。

除上述兩文之外，劉盼遂的〈中華人種西來新證〉則在另一層意義上為法國人類學家拉克伯里（Terrien de Lacouperie，1844-1894）的「中華人種來自巴比倫說」提供了佐證，拉氏的說法當時深受梁啟超、章太炎等「維新」學者贊同。[49]

---

[48] 同上。

[49] 拉克伯里認為，西元前23世紀左右，原居西亞巴比倫及愛雷姆（Elam）一帶已有高度文明之迦克底亞—巴克民族（Bak tribes），在其酋長奈亨台（Kudur Nakhunte）率領下大舉東遷，自土耳其斯坦，循喀什噶爾，沿塔里木河以達昆侖山脈，輾轉入今甘肅、陝西一帶，又經長期征戰，征服附近原有之野蠻土著部落，勢力深入黃河流域，遂於此建國。奈亨台即中國古史傳說中的黃帝（Huang Di），Huang Di是Nakhunte的訛音；巴克族中的Sargon即神農，Dunkit即蒼頡，這便是拉氏認為中華人種西來的實證。該書以《早期中國文明的西方起源》書名在1894年出版後，旋即由日本學者白河次郎、

劉盼遂與當時其他學者如劉師培、繆鳳林與何炳松[50]等人不同，他沒有運用民俗研究、史料考證等方式來研究，而是別出心裁地從自己熟悉的文字學入手，以古文字中的偏旁部首為出發點，認為中華人種來自西方。

簡而言之，《中》文核心的觀點就是：根據對上古文字偏旁部首的考證，就有「西方」招魂的說法，人死了「歸西」，而此時佛教尚未傳入中國，不存在「西天極樂世界」一說，為什麼要歸「西」呢——因此「歸西」也就可以理解為「回老家」——中華民族來自西方，在此不言自明。並且，他還反駁了顏師古的西方為佛教所言之西方的觀點。

因此，在文末就有了這樣令人絕倒的一段：

> 按西征亦即歸西、西遷之意，是時佛乘未入中土，故知非西方接引一事，賦文據實陳詞，未假況譬。故知顏（顏師古）

國府種德改寫為《支那文明史》由東京博文館於1900年在日本出版，1903年，《支那文明史》被上海競化書局譯為中文出版。同年，蔣智由開始在《新民叢報》上連載〈中國人種考〉，其中的一節〈中國人種西來之說〉用了相當的篇幅，介紹拉氏學說。至此，拉氏之學說，在中國廣泛傳播。

[50] 繆鳳林的〈中國民族西來辨〉（《學衡》第37期，1925年1月）、何炳松的〈中華民族起源之新神話〉（《東方雜誌》，第26卷第2號，1929年1月25日）與劉師培在《中國民族志》《攘書》《論中國對外思想之變遷》《思祖國篇》《古政原始論》《論孔子無改制之事》《中國歷史教科書》等論著發表的觀點一道，構成了當時宣揚中華人種西來最為知名的一批中國學者的研究成果。部分內容參見李帆：〈中國人種、文明自巴比倫而來的學說〉（《西南民族大學學報（人文社科版）》，2008年第2期）。

氏，日喻之釋，亦非諦也。[51]

筆者在此舉上述三篇文章為例，實則為證明《越風》月刊所採取的學術研究範式及其學術眼光，是值得讚賞的。現在看來他們的觀點或許有些過時甚至可笑，但事實上，在20世紀三十年代，他們已經是學術界「先行一步」的先驅者了。

因為近似子虛烏有的「魯黃之爭」，《越風》月刊被打入現代文學研究界的「另冊」，進而被否定、被遺忘，直至近年來對其的「重新發現」都無法走出「魯學」的影子，這不得不說是《越風》月刊以及其所刊載的一批優秀文稿之悲哀。藉此，筆者只想通過對該刊的整體性研究，力圖「還原文學現場」並重新審理《越風》月刊的內容、貢獻及其可思考之處，這也是筆者將《越風》月刊納入到本論中的初衷。

「越風東南清，楚日瀟湘明。試逐伯鸞去，還作靈均行。」這是唐代詩人孟郊的〈下第東南行〉，黃萍蓀是否因為這首詩而將刊物命名為「越風」，筆者尚未可知。但通過上文的分析，我們可以清晰地看到，《越風》月刊確實不但是抗戰前期中國期刊界的一朵「東南清」的奇葩，更是百年中國文學史中一個不可忽視且有著重新發現價值的研究個案。所以，對《越風》月刊的重讀，也許還有著更加深遠的意義。

---

[51] 劉盼遂，〈中華人種西來說新證〉《越風》，第28期，1937年4月30日。

第五章　人道主義文學期刊的文化立場

——《吶喊（烽火）》週刊研究

《吶喊》是茅盾、巴金於1937年8月25日在上海聯合創立的文學期刊，這份刊物出刊兩期後旋即更名為《烽火》，第十三期改由廣州出刊，終刊於1938年10月11日，期間曾因戰亂先後以週刊、旬刊的形式出版過。該刊曾因銷量不錯，一度同時在重慶再版印刷。

作為一份有著人道主義知識分子背景的文學期刊，《吶喊（烽火）》週刊對於「國難」的書寫集中反映了中國進步知識分子在抗戰前期這一特定時刻的精神追求。這種精神追求既有別於強調階級鬥爭「左聯作家」們的文學主張，也不同於「第三黨」人士的政治功利主義，當然與官方的「民族主義」策略亦不盡相同。簡單地說，《吶喊（烽火）》週刊對於「國難」這一問題的書寫，集中反映了當時中國進步知識分子的現代社會批判意識與「天下興亡、匹夫有責」的傳統士大夫精神之結合。

本章的主旨在於，借胡風對於《吶喊（烽火）》週刊的偏見，從客觀、具體的史料出發，以《吶喊（烽火）》週刊為支點，試圖審理其在「抗戰文學」中的獨特價值與文化貢獻，澄清現代文學界對於這一刊物的偏見與誤解，從而進一步審理人道主義知識分子所辦的文學期刊在抗戰前期文學界的歷史意義。

因此，在本章中，筆者力圖解讀三個問題：首先，《吶喊（烽火）》週刊是否如胡風所批判的那樣，是一份「縮小」、「觀念性」、「內容比較空洞」甚至「不符合時代要求」的刊物？其次，作為「人道主義知識分子」集合的「《吶喊》作者群」究竟有什麼樣的特點？最後，《吶喊（烽火）》週刊所刊載的內容又具備什麼樣的特色？

第一節　一份真實的《吶喊（烽火）》週刊

在本節中，筆者主要從第一章中所論及胡風的那段話為引子，來從三個方面初論《吶喊（烽火）》週刊的特徵。

這一切正如「創刊號」所顯示，《吶喊（烽火）》週刊創刊於1937年8月25日，在創刊前的十二天，日本海軍陸戰隊登陸上海寶山並截斷淞滬鐵路，發動震驚世界的「八一三」事變，淞滬戰爭爆發。炮火喧天的戰爭持續了三個多月。其中，最猛烈的一次便是8月23日清晨日軍上海派遣軍第三、第十一師在強大火力的掩護下，於川沙河口、獅子林、吳淞一帶強行登陸的「吳淞登陸戰」，由於中國守軍人少裝備差，使得日軍強行進入上海境內，「孤島上海」失守。為挽救危局，次日由陳誠、羅卓英、薛岳、關麟征、何柱國與李仙洲等組成前敵總指揮部的國民革命軍第十五集團軍先後分批趕至上海，向登陸入城之敵發起猛烈反擊。由於上海是由街道、弄堂組成的城市，兩軍無法進行炮戰與空戰，只有進行巷戰與白刃戰，戰爭持續竟達半月。

由於馳援的國民革命軍來自於武漢、四川等地，不熟悉上海地形，因此並不擅長巷戰。為了解決這個問題，在「上海各界抗敵後援會籌募委員會主任」杜月笙的組織下，上海「青幫」、總工會與學生團體臨時組成了由戴笠、杜月笙聯合領導的「蘇浙行動委員會別動隊」，這支數千人的民間武裝為馳援主力部隊起到嚮導的作用，並在淞滬保衛戰中幾乎全部犧牲，當中包括「上海南市救火會」的貨車司機胡阿毛，其事蹟被列入了中國大陸官方「人教版」的中學歷史課本。由是可知，中國軍民在這場戰役中均傷亡慘重。整個淞滬保衛戰也堪稱抗日正面戰場上犧牲最為壯烈的戰役之一[1]——正是在「吳淞登陸戰」之後的第三天，《吶喊（烽火）》週刊創刊了。

在1937年之前的上海，各類文學刊物可謂是蔚為大觀，隨著日軍的進犯，一批不願意投敵從事「和平運動」的作家與出版人

[1] 縱觀整個「吳淞登陸戰」戰局，其中發生於1937年10月26日的「大場防線保衛戰」尤為慘烈，即國民革命軍第88師524團副團長謝晉元指揮的「八百壯士死守四行倉庫」一役。該役成為當時整個亞洲、太平洋戰場當時最壯烈、最具國際影響的戰鬥之一，國軍在此役中的悲壯之舉震驚國際媒體。戰役爆發後，英文《大美晚報》發表社論：「吾人目睹閘北華軍之英勇抗戰精神，於吾人腦海中永留深刻之印象，華軍作戰之奮勇空前未有，足永垂青史。」英國倫敦《新聞紀事報》也指出：「華軍在滬抵抗日軍之成績，實為任何國家史記中最勇武的諸頁之一。」1941年，作為國際反法西斯英雄的謝晉元遭到日本特工的暗殺。遇難後，謝晉元被國民政府追授陸軍步兵少將軍銜。

遂開始從事「抵抗文學」，但這並不能從根本上阻止一批文學雜誌的被迫停刊甚至遭遇恐怖迫害，在創作上，「絕大多數雜文作家完全停止了寫作」，[2]一系列刊物相繼停刊、終刊，如黃源主編的《譯文》月刊（1937年6月停刊）、魯少飛主編的《時代漫畫》（1937年6月停刊）、卞之琳等主編的《新詩》（1937年7月10日停刊）、錢瘦鐵等主編的《美術生活》（1937年8月1日停刊）、朱光潛主編的《文學雜誌》（1937年8月1日停刊）、黎烈文主編的《中流》（1937年8月5日停刊）、洪深與沈起予主編的《光明》半月刊（1937年8月10日停刊）、傅東華主編的《文學》月刊（1937年11月10日停刊）尤其在1939年日本特務對於《大美晚報》文藝副刊《夜光》編輯朱惺公的暗殺，將軍事殖民統治對抵抗文學的迫害推向了高潮。

在這樣的語境下，《吶喊（烽火）》週刊的創刊顯然有著非同於一般的意義。拋開內容不談，其刊名亦是有著強烈的政治指向，甚至可以說是因為戰爭而成立的一個定向刊物。出刊的目的就是為了宣傳抵抗，而且就在日軍進犯之下的上海出刊。

在創刊號的發刊詞裡，「《吶喊》週報同人」這樣說：

---

2 本段部分引文與史料資料來源於Edward M， Gunn Jr.（耿德華）：*Unwelcome Muse: Chinese Literature in Shanghai and Peking, 1937-1945*，New York：Columbia University Press, 1980, Christian Henriot：*Shanghai 1927-1937: Elite locales et modernization dans la Chine nationaliste*，Boston：The Regents of the University of California, 1993。

滬戰發生，文學、文叢、中流、譯文等四刊物暫時不能出版，四社同人當此非常時期，思竭棉薄，為我前方忠勇之將士，後方義憤之民眾，奮其禿筆，吶喊助威，爰集群力，合組此小小刊物，倘蒙各方同仁，惠以文稿及木刻漫畫，無任歡迎，但本刊排印紙張等經費皆同人自籌，編輯寫稿，咸盡義務。對於外來投稿除贈本刊外，概不致酬，尚祈共鑒。[3]

而在鄭振鐸（署名「郭源新」）執筆的〈站在各自的崗位（創刊獻詞）〉中，有這樣一段話：

……我們一向從事與文化工作，在民族總動員的今日，我們應做的事，也還是離不了文化——不過，和民族獨立自由的神聖戰爭緊緊地配合起來的文化工作；我們的武器是一支筆，我們用我們的筆，曾經描下漢奸們的醜臉譜，也曾經喊出了在日本帝國主義鐵蹄下的同胞的憤怒，也曾經申訴著四萬萬同胞保衛祖國的決心和急不可待的熱誠……我們的能力有限，我們不敢說我們能夠做得好，但我們相信我們工作的方向沒有錯誤！[4]

由是可知，《吶喊（烽火）》週刊決非是胡風所言「剩下來」的刊

3　〈發刊詞〉，《吶喊》（創刊號），1937年8月25日。
4　郭源新：〈站在各自的崗位〉，《吶喊》（創刊號），1937年8月25日。

物。就史實而論，茅盾始終是抗戰期間「抵抗文學」中的重要活動家，無論重慶的《文藝陣地》雜誌，或上海的《吶喊（烽火）》週刊，以及後來香港的《筆談》雜誌，若無茅盾的鼎力相助與親力親為，這些刊物斷然不可能出現。尤其在魯迅逝世之後，茅盾在當時左翼文學界的影響力，除郭沫若之外，幾乎無人可堪匹敵。而在《吶喊（烽火）》週刊的辦刊過程中，具體負責編務工作的又是人道主義作家巴金，這使得《吶喊（烽火）》週刊真正地捐棄了黨派之見、階級之爭與狹隘的民族之恨，從而在戰爭洋溢著人道主義的光澤。

由此可知，《吶喊（烽火）》週刊之所以能夠出刊，並非是「剩下來」的緣故，也不是「縮小的刊物」。須知此刊乃是由巴金和靳以主持的「文季社」、黎烈文主持的「中流社」、黃源主持的「譯文社」與鄭振鐸主持的「文學社」「四社合併」辦刊的結果。這四個文學社在當時的「孤島文壇」都有著自己獨立發行數年的刊物與固定的讀者群體，已然是頗具規模的文學機構。而且巴金、鄭振鐸等人在當時文壇的影響力，亦非一般作家所能匹敵，而茅盾作為「總盟主」形成的「四刊合一」的期刊出版業「康拜恩」，乃實至名歸的強強聯合。

在發刊詞中，刊物的立意說的很明確。為「忠勇之將士」與「義憤之民眾」「吶喊助威」，這乃是《吶喊（烽火）》週刊創刊的緣由所在，而且「四社合併」系人力資源合併，在當時經濟崩潰的上海，根本無法有多餘的資金為作者發放稿酬，這在發刊詞中也說得很明瞭。

在辦刊內容上，《吶喊（烽火）》週刊體現了出了多樣化的一面，除了小說、詩歌、論文、時評、散文、報告文學等不同文體均存在之外，甚至在每一期還有木刻作品——自第二期開始，每一期的封面都是不同風格但均具震撼力、號召力的抗戰人物木刻，這顯示出了作為文學期刊的《吶喊（烽火）》週刊，既起到了宣傳抗戰、鼓舞士氣的作用，又真正地做到了「以文藝為本」的文學實踐。

說到底，這種擯棄狹隘的仇隙、以文藝為本的辦刊方式，恰是人道主義知識分子在民族存亡關頭的必然選擇。自「五四」新文化運動以來，吸收了西方自由主義、人道主義思潮的中國的知識分子便開始了積極在社會公共生活尋求角色扮演的實踐。以巴金為代表的人道主義作家，對於戰爭的痛恨、在烽火中的吶喊，顯示出了他們對於文學事業、國家、民族與全人類的深沉熱愛：

> 幾年前，在一九三二年的「一二八」事變中，住在閘北的巴金就親身遭受了外敵入侵的災難。那時，他去南京看望吳克剛、衛惠林、繆崇群等幾位朋友，就在他離開上海的那幾天，爆發了「一二八」事變，他在閘北的家被燒毀，他回到上海時，從被日軍炸毀的住宅裡搶回了一些殘餘的書籍，只好暫住在亞爾培路（今陝西南路）步高裡五十二號朋友家中，他在那裡寫完了中篇小說《海的夢》。現在，他再一次遭受到了帝國主義給中國人民（包括他自己）造成的禍害。

> 他的心被一團憤怒的火燃燒著……他又同茅盾一起主持了《吶喊》和《烽火》這兩個抗戰刊物（引者按：此處敘述有誤，《吶喊》為《烽火》為一個刊物的兩個不同階段的名字）……從八月到十二月，他寫了許多散文、雜文和詩……巴金從拉都路（今襄陽南路）敦和裡遷到霞飛路（今淮海中路）霞飛坊五十九號友人索菲（引者按：即胡適的外甥索非）家三樓，他在這裡繼續寫作在戰前就開始寫的「激流三部曲」之二《春》……[5]

上述這段話反映了處於抗戰前期巴金的兩面：作家與編輯家。在這樣危急的局面下，巴金不但沒有停止創作，而且還創辦並主持了一份刊物，這殊非易得。事實上，我們在《吶喊（烽火）》週刊中所看到的史實也是如此——巴金在這一階段創作的「許多散文、雜文和詩」一共有十六篇，其中九篇發表於《吶喊（烽火）》週刊上，占到了總量的56.25%的絕大多數，並且在1937年11月，由《吶喊（烽火）》週刊的主辦方「烽火社」出版了自己的雜文集《控訴》。作為一位元愛惜自己作品的作家，只有真正地熱愛這份刊物，才會將自己的文字貢獻給它。因此，我們完全有理由相信，巴金對於《吶喊（烽火）》週刊所傾之心力，決非敷衍了事，胡風僅是基於與茅盾的私仇便批判該刊「不符合時代的要求」，這對於以

[5] 馬嘶：《1937年的中國知識界》，北京圖書館出版社，2005年，第150-151頁。

巴金為代表的人道主義作家以及該刊所刊發的這些作品來講，無疑非常不公平。

因此，作為有代表性的早期抗戰文學期刊，《吶喊（烽火）》週刊有著非常特殊的意義，在大批刊物停刊的環境下，它創刊了——而且是「吳淞登陸戰」期間創立於上海一份抗日期刊。值得一提的是，胡風的《七月》雜誌創刊於同年的九月十一日，其時不但晚於《吶喊（烽火）》週刊，甚至比《烽火》還要晚六天，此時「吳淞登陸戰」已經基本結束，國民政府國防部已開始向上海開始大量增兵，蔣介石親自擔任負責滬杭地區的第三戰區總司令，並將顧祝同、朱紹良、張發奎與劉建緒等部悉數調往上海，戰爭進入到了相持階段，上海本地的局勢也有所穩定。

第二節　「《吶喊（烽火）》作者群」

在整個三十年代，在日本侵略的日益危險日益加深的情況下，備受困擾的政府似乎更著意於平息內部的批評，而不是面對外部的敵人，許多中國學生，大量學者，這個國家最有威望和才華的人，比如魯迅，都逐漸「左傾」。從那時開始的知識和文化生活的持續集化，在整個抗戰時期和後來的內戰中，繼續聚集著力量……實際上，所有人都在西方或日本受過教育，或至少是有西方教育背景者的學生，許多人對英美政治、社會、教育觀念和理想的直接或間接的影響都很重視。[6]

賈祖麟（Jerome B. Grieder）所言中國知識分子在抗戰前期的「左傾」，恰恰是「《吶喊（烽火）》作者群」所反映出的一個大趨勢。因此，該論在這裡有著較強的借鑑意義並反映了關於當時中國知識分子在身分轉型時的三個問題，這其實也是「《吶喊》作者群」所集中表現的特點：第一，因為時局的變動、戰爭的發生而導致進步知識分子——其中主要包括人道主義、自由主義知識分子在思想上的「左傾」，這種「左傾」不但會影響到當時一批從「五四」走來的知識分子，更會滲透到下一代當中，從而形成梯隊性的效應，但這種「左傾」的本質仍未脫離人道主義；第二，《吶喊（烽火）》週刊所雲集的一大批的寫作者，包含先前的各個思想陣營、政治派別，因為全民族的抗戰，都雲集到了人道主義的旗號下，這種「空前團結」的時代景觀反映了國難當頭之際中國知識分子的大局觀；第三，《吶喊（烽火）》週刊在用稿時儘量避免「近親繁殖」而是最廣泛地邀約社會稿件，使得不同的作者在雜誌上都有刊登自己文章的機會，從而形成儘量廣泛的、持續性發展的作者梯隊，這使得該刊在後來爆發出強大的後勁，這也是當時一批進步知識分子期刊所熱衷於使用的約稿範式，這種範式還有一個最大的

[6] [美]賈祖麟（Jerome B. Grieder）：《知識分子與現代中國》，單正平譯，南開大學出版社，2002年，第392頁。

好處就是可以儘量地使得具備公共性的知識分子在特定的區域與時間段裡可以獲得進一步擴大影響力的機會。而且《吶喊》乃是真正在最艱苦、最危險的時日裡創辦的一份抗戰文學期刊，這是其他刊物所不能比擬的，《吶喊（烽火）》週刊輾轉多個城市辦刊並體現出極強的時效性與影響力，恰恰為這三點因素起到了鋪墊性的作用。

首先是作者群的「名家雲集」以及對下一代青年作家的培養，既傳遞了抵抗的思想，亦將左翼文藝思潮在抗戰前期這一歷史階段完成了代際相傳，這在主觀上為「抗戰文學」提供了新鮮血液，在客觀上起到了健全1949年之後中國文學創作者梯隊的意義。

雖然每期文章不多，看似薄薄一冊——《吶喊》創刊號僅為小三十二開本，十五頁，且均不給付稿費，但其中每一個作者都是在當時中國文壇具備極高知名度的人物，如第一期裡的文章全部由鄭振鐸、巴金、蕭乾、王統照、靳以、黎烈文、黃源、胡風與茅盾這九人所寫。其中，黃源是當時翻譯屠格涅夫的著名翻譯家，亦是1949年中國作家協會的創始人之一；而黎烈文則是《申報》副刊「自由談」的主編，其餘的作者的知名度更是不用贅述。

這樣由名家主辦且由其他名家一起撰稿的刊物，在當時烽火連天的上海非常鮮見。且撰稿作家群相對固定，在第二期中，亦還是同樣一批作者（除胡風之外，其中巴金用筆名「餘一」）。我們可以毫不懷疑地說，只有人道主義作家巴金才有這樣的影響力，且僅在抗日救亡這樣戰爭語境下，大多數作家才可以這樣團結起來——

包括已經和茅盾有了不愉快回憶的胡風。

在其後的《烽火》雜誌中，文學名家、青年才俊們更是層出不窮、競相來稿——許廣平、郁達夫、郭沫若、豐子愷（漫畫稿）、葉聖陶、端木蕻良、劉白羽、蘆焚、駱賓基、田間、陸蠡、蔡若虹、艾蕪、魯彥、趙家璧、施蟄存、碧野、唐弢、阿壟（署名「SM「）、蹇先艾、楊朔等等與《吶喊》的發起人茅盾、蕭乾、靳以、巴金及王統照等人一同構成了「《吶喊》作者群」，如此龐大、如此豪華的陣容，在抗戰前期的文學期刊中當是風頭正健，決非胡風所稱的「縮小的刊物」。

這些作家都很重要，但更應該看到的是，雖處於戰爭，但《吶喊（烽火）》並非放棄對於文學創作多元化的重視與青年作家的培養，其中既有豐子愷、郭沫若、茅盾、巴金、施蟄存與葉聖陶這樣早已成就斐然的作家，亦有魯彥、駱賓基、王統照與蹇先艾這樣的「文壇邊緣人」，其中更重要的是，像碧野、劉白羽、楊朔、施繼仕與鄒荻帆這樣剛剛二十歲左右的年輕作家，[7]亦在《吶喊（烽火）》雜誌上獲得了發稿的機會——在戰爭動盪的三十年代末，伴隨著大量文學雜誌的停刊，「和平主義」附逆雜誌的盛行，一批熱

[7] 劉白羽於1938年12月參加中國共產黨，碧野雖然在1980年才加入中國共產黨，但他卻是在抗戰爆發之後就投身中共領導的文藝運動；而楊朔在1937年底已經抵達延安；施繼仕在1946年英年早逝，但其遺言是「不去上海，到蘇區去」；鄒荻帆在抗戰伊始時就投身中共領導的抗戰文學運動，可見《吶喊（烽火）》的相當一批青年作者在當時都是與中國共產黨有密切聯繫並且認同其抗戰主張的。

血文學青年亟待獲得培養與平臺——《吶喊（烽火）》為碧野、劉白羽等人提供了一個走上文壇與名家一起亮相的平臺。正因此，劉白羽的小說、碧野的詩歌與楊朔的散文，恰恰成為1949年之後中國大陸新文學在主流創作題材在風格上的典範之作，[8]這從一個相當重要的角度反映了：在全面抗戰爆發之後，中國共產黨對於抗戰文學乃至抗戰文藝的影響與干預已經相當成熟。

正如王德威對何其芳與馮至的分析一樣，抗戰使得一批人道主義、自由主義知識分子開始認同並傾向中國共產黨領導的左翼政治。[9]《吶喊（烽火）》雖非由中共直接領導，但其主編與主力撰稿人一大半成為1949年之後中國文藝界的領導者。從這一點來看，該刊雖是人道主義期刊，但證明了中國共產黨及其主張在抗戰時期對文藝界的影響不容忽視，見證了中國共產黨及其政治宣傳在抗戰時期所扮演的重要角色。

其次，是這份雜誌本身的發展與影響，見證了「抵抗文學」在上海一地甚至全民抗日戰爭中所作出的抗爭與努力，體現出了人道主義的包容性與人道主義知識分子的大局觀。

上海淪陷之後，包括巴金等一批人道主義作家並未選擇第一時

---

[8] 當然，因為戰爭而導致的左翼思潮還反映《吶喊》與「左翼文學」的淵源關係上，但是它的意義更在於對於中國新文學作家作品的培育，值得注意的是，該刊物與當時的中共組織也有著一定的直接聯繫。譬如在第十七期曾出現了署名「易河」的一篇報告文學〈隴海東行〉，而「易河」正是新四軍文化幹部楊仲康的筆名，楊於1945年遭日軍殺害。

[9] David Der-wei Wang：*The Lyrical in Epic Time: Modern Chinese Intellectuals and Artists through the 1949 Crisis*, Columbia University Press, 2014, p.96.

間撤出上海。就當時中國的整個大局而言，他們在上海的短暫性堅守，客觀上卻為上海一地的抗戰文學起到了播撒火種、賡續文脈的重要意義——縱然《吶喊（烽火）》週刊最終不得已南遷廣州，但仍然有一批作家留駐上海繼續創作，並為改名後的《吶喊》——即《烽火》雜誌撰稿。

在史景遷（Jonathan D. Spence）看來，這種「堅守」的決定原因有兩個，一個是作為主觀原因的「思想傾向」，一個是作為客觀原因的「從屬關係」：

> 當然，對許多人來說，落腳點是由個人的從屬關係或思想傾向所決定的……雖然南京幾乎被毀了，但上海仍是許多作家和藝術家的天然避風港……這個城市仍是活躍的知識分子基地，一批有才華的作家生活在這裡，為熱心的讀者們寫作。[10]

由是可知，《吶喊》作者群一開始之所以集中在上海，有著兩重原因，一是作家們自身的選擇，無論是巴金，還是郁達夫、趙家璧或王統照等人，這些作家的「從屬關係」或「思想傾向」儘管有一定「左傾」，但在當時看來都是無黨派的人道主義作家，他們並無任何黨派與政治背景，因此「堅守」在上海不是受迫或是基於某種利

[10] [美]史景遷：《天安門：知識分子與中國革命》，尹慶軍譯，中央編譯出版社，1998年，第278頁。

益，而是純粹性的思想指使。因此，對於這一批人道主義作家們「堅守」的選擇，我們完全可以看作是一種基於民族感情、自發的文化選擇。[11]

當然，我們在這裡還可以舉另外一例以作說明，即當時「堅守」在上海並被日偽特工暗殺的著名人道主義知識分子劉湛恩（Herman C. E. Liu）。劉湛恩是一名虔誠的基督教徒，自哥倫比亞大學獲得教育學院哲學博士學位後被滬江大學校董會主席、校長魏馥蘭（F.J White）提名為接班人，遂成為滬江大學首位華人校長。期間因他曾一度履行國民政府禁止學生遊行的命令而受到學生的批評。但隨著上海淪陷，奉行人道主義的劉湛恩積極投身抗日救亡運動，被推選為「上海各界救亡協會主席」。由於他的激進行為與社會影響，在1938年4月就遭到日軍暗殺。但吊詭的是，沒有任何政治身分的劉湛恩在遇難後先後受到兩個對立政權的褒獎——國民政府賜予其「國葬」，1949年之後中華人民共和國民政部又追認其為「烈士」，但事實上劉湛恩生前卻不屬於任何黨派，甚至沒有任何政治頭銜，他唯一的身分就是受到美北浸禮會（American Baptist Missionary Union）所指派、任命的基督教滬江大學校長，但作為

[11] 傅葆石曾以王統照為研究中心，認為「《吶喊（烽火）》作者群」是「自由人道主義團體，他們視抗戰為正義之戰，這符合『五四』的傳統，因為抗戰的終極目標是自由和解放」、「此戰的終極目的，是要激起日本人民推翻軍國主義專政。」從歷史角度來說，本論之觀點與傅論殊途同歸（[美]傅葆石：《灰色上海，1937-1945：中國文人的隱退、反抗與合作》，張霖譯，生活・讀書・新知三聯書店，2012年，第34頁）。

人道主義者的他卻受到了當時社會各界的公推，成為戰時上海抵抗日軍侵略的主要社會活動家之一。

通過對劉湛恩事蹟的粗略介紹可以看出，人道主義知識分子及其刊物在戰時上海的影響力與現實意義是被全民族所公認的，而且無論是國民黨，還是共產黨都會認可這種身分——但這種身分很容易成為「國民黨眼裡的左傾，共產黨眼裡的右派」。[12]這也是《吶喊（烽火）》週刊一度被大陸研究者視作「左傾」刊物的原因所在。但事實上，《吶喊（烽火）》週刊培養出劉白羽、碧野與楊朔等在「十七年文學」中獲得名聲的作家並非是其辦刊的主觀意圖，而恰由抗戰的「全民族性」這一宏大的歷史語境及其所產生的強大民族凝聚力所決定。

最後，《吶喊（烽火）》週刊之所以「越辦越大」的原因乃是在於用稿時儘量集中各階層的優秀作家——包括曾經有過「左聯」背景的作家，也包括與官方有關係的「民族主義」作家，同時亦囊括了其他擁護各類中間思潮的作家。這種包容性由他們「左派謂之右傾，右派謂之左傾」的獨立性所決定，更為該刊日益發展壯大提供了強大的後勁。

---

[12] 人道主義知識分子在賈祖麟看來是「左傾」的，這當然是站在國民政府的立場上，認為這些知識分子有「親共」的嫌疑，譬如李公朴、聞一多等人就曾遭到國民政府暗殺，但是在1949年之後，這些人道主義知識分子如羅隆基、巴金、儲安平等人卻又被當時官方認為是「右傾」而被打成右派或是在「文革」中受到殘酷迫害，其中甚至株連包括劉湛恩的遺孀劉王立明。人道主義知識分子陷入「左派謂之右，右派謂之左」的尷尬局面固然可悲，但卻顯示了他們自身在思想、政治與社會批判上的獨立性。

在解析這個問題之前，筆者意圖初步審理《吶喊（烽火）》週刊從無到有、日益發展壯大的全過程，藉此才可以總結出上述結論。《吶喊》創刊號雖然名家雲集，但從裝幀上看僅僅十五頁，八張紙。由文化生活出版社、上海雜誌公司、開明書店與立報館四家書店代售，定價每冊兩分。無怪乎胡風要說這是一份「縮小」的雜誌。但到了第二期，由藺五洲主持的「五洲書報社」與鄒韜奮主持的「生活書店」也參與到「代售」即分銷的書店當中；及至更名《烽火》後，「分銷」與「代售」均獨立出來，成立了自己的發行部門——這是一份報刊從「同人」走向「市場」的顯著標誌。其發行處為「上海城內西倉橋街三號」（今上海市黃浦區西倉橋街近河南南路與復興東路交界處），這是上海自開埠以來至今的鬧市區，可見其辦刊規模已經擴大。且「代售處」也不是之前的區區六家，而是「全國各書店各報販」；到了《烽火》第四期，已經有了「杭州總經售東南圖書公司」與「重慶總經售文化生活社重慶分社」，這種蒸蒸日上的趨勢一直持續到南遷廣州的第十三期。

該刊於1938年5月1日南遷廣州之後，改為旬刊，但其影響力有增無減，始由巴金主持的「文化生活出版社總經售」，在「上海漢口廣州重慶」均有分售，並且開明書店、生活書店與上海雜誌公司均有「代售」，定價也由兩分漲到了五分。

在南遷廣州之前，該刊沒有稿費制度，採取的是「歡迎投稿，暫以本刊為酬」這一「樣刊抵酬」的方式，但南遷廣州之後，在〈本刊啟事〉中，有這樣的兩條：

> 一，本刊自第十三期起移在廣州發行……又本刊並未委託外埠書店翻印，倘有此類情事發生，當提出嚴重交涉，希各地書業注意。
>
> 二，本刊為文學社、文季社、譯文社、中流社聯合刊物，經費亦由同人自籌……外稿一經刊載，當略付薄酬……[13]

這個啟事說明了兩個問題，第一，這是南遷廣州的第一份刊物，但是已經提出了對於盜版者的抨擊，這說明在上海辦刊時，雖然條件艱苦，卻出現了盜版，這足以說明其銷量與影響力是相當大的；第二，《烽火》開始實行稿費制度，證明了該刊的經濟狀況已經好轉，不再是之前那份在資金上捉襟見肘的刊物了。

《烽火》第十三期的〈復刊獻詞〉這樣寫道：

> ……國軍退出淞滬大上海完全淪陷以後，我們還竭力使我們的「烽火」燃燒在敵人的陣地，但我們的發行處卻已經成為灰燼了。接下來的禁止和封鎖斷絕了我們和許多作者讀者的關係，我們不能夠在中立區域裡自由地揚起我們的呼聲，但我們也不願讓敵人永遠窒息了他。現在經了一些時日努力的結果，我們又在自己的土地上重燃起我們的「烽火」……[14]

[13] 〈本刊啟事〉，《烽火》，第13期，1938年5月1日。
[14] 〈復刊獻詞〉，《烽火》，第13期，1938年5月1日。

〈復刊獻詞〉所表現的是，雖然辦刊地點變了，但是其主旨、核心沒變，還是之前的那個《烽火》，甚至在這篇〈復刊獻詞〉的後面，還加上了當時鄭振鐸所寫的《吶喊》發刊詞〈站在各自的崗位〉，以表現兩種刊物的一脈相承性。但是毋庸置疑的是，此時的《烽火》，雖不說是「財大氣粗」但至少日子也好過許多，二十五頁的頁碼，加上從未有過的書刊廣告，隨著該刊南遷廣州，也順利地完成了從「同人雜誌」向「商業雜誌」的基本轉型，其影響力的擴大亦不言而喻。

如上可充分說明，該刊的不斷發展壯大，已經吸引更多的作家尤其是青年作家與社會評論家的積極回應，由之前「群賢畢至」的「群英會」，變成了「少長雲集」的「百花園」，而且越到後面幾期，廣告越多，若是沒有足夠的發行量，是決然不會騰出版面刊載廣告，也不會有商家願意在上面投放廣告的。

上述史實印證了《吶喊（烽火）》週刊崛起的全過程，從無錢支付稿酬的「同人刊物」到可以支付稿酬的「商業刊物」，《吶喊（烽火）》週刊的作者群實際上不斷擴大。從一開始利用巴金、茅盾的私人關係約稿到後來可以靠自然來稿來豐富稿源，這恰也說明了《吶喊（烽火）》週刊的壯大其實是自身稿源與影響力從「賣方市場」向「買方市場」順利過渡的發展必然。

一份刊物，從戰火紛飛的上海創刊，到最後移師廣州，成為一份日益壯大、影響深遠的文學期刊，它在國難當頭之際，不但集中了郭沫若、茅盾、巴金與郁達夫等當時中國最優秀的作家的優秀稿件，更培養了劉白羽、碧野、楊朔等青年作家，若是說他是「剩下一個」、「日益縮小」的刊物卻是是有違史實的。正因此，對於《吶喊（烽火）》週刊的重新挖掘與研究，不但有了「辨章學術」的史學價值，更亦有著「考鏡源流」的正本清源之意義。

第三節　《吶喊（烽火）》週刊所刊發文章之特色

保羅·詹森（Paul Johnson）曾如是評價二戰前期的「知識分子」階層：

> 三十年代是一個充滿大大小小謊言的時代，比本世紀任何一個年代都更多。納粹和蘇維埃政府利用巨大的財政資源，並雇用成千上萬的知識分子，說了無數謊話。那些曾經獻身於真理而被人讚頌和崇敬的機構，現在在處心積慮地壓制真理。[15]

此論對於抗戰前期的中國知識分子界，亦有著借鑑性意義。就當時而言，確實充斥著大量的「謊言」——即投靠於政治並陷入政治權力之爭的語言，這是與先前「獻身真理」的「五四」精神相

[15] [英]保羅·詹森：《知識分子》，楊正潤等譯，江蘇人民出版社，2000年，第379頁。

違背的。尤其是隨著日本軍隊對於中國東北、華北的侵佔，中國共產黨控制的「解放區」勢力範圍逐漸強大，先前一批信奉人道主義的自由知識分子開始慢慢地向當時中國「三權分立」政治權力陣營分流——一是投靠日偽政權即「附逆」；二是主動親近官方即成為「御用文人」，三則是走向中共中央所在地延安變身為「文藝工作者」，這種「三岔路口」的選擇甚至會使得原本處於同一思想領域知識分子走向分道揚鑣。

因此，人道主義作家如果選擇抵抗，則會不由自主地成為官方或是左翼的陣營一員，這是無可厚非的慣性選擇。如何避免自身陷入政治漩渦當中而不能自拔？這也是擺在當時許多知識分子面前的問題。藉此，當時許多屬於「抵抗文藝」的期刊，要麼有著官方的背景，屬於後期民族主義文藝或「文化本位運動」之成果，抑或就是選擇與中國共產黨靠攏，形成一種近似於在野黨性質的左翼抵抗文藝——這兩者便是即前文所述的《越風》與《夜鶯》，因兩者儘管都屬於「抵抗文藝」，但卻在政治背景上有所不同。但是，若是能夠辦一份兩者兼顧，並跨越黨派之爭、門戶之見的文學期刊，則是一件殊非易得之事。從這個層面上看，《吶喊（烽火）》週刊便成為了這類期刊中的佼佼者。

藉此，本節擬從《吶喊（烽火）》週刊所刊發的文章內容之特色出發，試圖審理《吶喊（烽火）》週刊的辦刊特色。筆者認為，《吶喊（烽火）》週刊所刊發文章的內容具備三個鮮明的特點，一是「以戰為主」，另一為「左而不偏」，其三則是「體裁全面」。

首先是「以戰為主」。《吶喊（烽火）》週刊創刊伊始，確實看似內容片面，幾乎每篇文章都是宣傳抗戰之論，及至後來在廣州辦刊，亦顯示出了關心戰事、以戰為主的內容，但這卻不是「陷入」了某種境地，而是主編有意而為之。

期刊雜誌作為現代主義文學與現代傳播媒介的文本載體，其本身還有著除了文學之外的社會、政治與意識形態因素。尤其是在都市文化勃興的上海，這一點尤為明顯。當「八一三」事變爆發以後，日軍對於上海的報館、雜誌社所採取的辦法是「收買」加「封殺」，利用雜誌尤其是文學雜誌成為鼓吹「大東亞共存共榮」謊言的工具，並命名為「和平文學」運動（在華北淪陷區則命名為「新民文藝」運動）。偽政權配合日本佔領軍在淪陷區範圍內發行的一系列雜誌如上海的《新世紀》《中國與東亞》《眾論》《新申報》《遠東月刊》《國民新聞》，北京的《中國文藝》《朔風》以及南京的《同聲》等等，堪稱臭名昭彰。

在抗日與親日二元對立的政治語境下，此時的文藝刊物很難超然二者而存在。看一份刊物究竟是否片面，除了觀察其內容之外，更要審理其辦刊人、辦刊宗旨與主要作者究竟為何，作為之前有過豐富辦刊經驗的茅盾與巴金，決然不是政治吹鼓手，也不是初出茅廬的文學青年，之所以在《吶喊》中，茅盾和巴金將「抗日」當作主旋律來對待，甚至招致「片面性」的置喙。

稱《吶喊（烽火）》週刊乃是「以戰為主」毫不過分，在共計二十二期《吶喊（烽火）》週刊中，抗戰宣傳性文章如下：

《吶喊（烽火）》週刊所刊載作品總表

涉及抗敵宣傳性文章 刊期 與該期發稿量 （含美術品）	後面括弧內為作者真名、體裁與連載時間，作者真名系筆者考證所得，一些廣為人知的筆名不做注釋，第一次筆者注真名之後，其後皆以原刊文前署名為主，若一篇文章在不同期中多次出現，則為連載之文。此處「抗敵」特指反法西斯的「第二次世界大戰」。
總第一期，九篇	編輯部〈站在各自的崗位（創刊獻詞）〉、郭源新（鄭振鐸）〈我翱翔在天空〉、巴金〈一點感想〉、蕭乾〈不會扳搶的幹什麼好？〉、靳以〈夜深沉（上海抗戰之前夕）〉、黎烈文〈偉大的抗戰〉、黃源〈空軍的處女戰〉、胡風〈「做正經事的機會」〉、茅盾〈寫於神聖的炮聲中〉
總第二期，十一篇	巴金〈給死者〉、王統照〈衝動與鎮定〉、靳以〈我們的血〉、鄭振鐸〈為士兵們做的文藝工作〉、黃源〈俘虜〉、黎烈文〈略談慰勞工作〉、蕭乾〈莫怪外國報紙〉、郭源新〈雜感〉、餘一〈應該認清敵人〉（巴金）、必時〈「精神勝利」〉、茅盾〈「恐日症」時不易斷根〉
總第三期，九篇 （〈烽火〉第一期算作總第三期）	王統照〈上海戰歌〉、劉白羽〈家鄉〉、巴金〈所謂日本空軍的威力〉、蔡若虹〈血的哺養〉（漫畫）、端木蕻良〈青島之夜〉、蘆焚〈戰兒行〉、周文〈說和做〉、茅盾〈戰神在歎氣〉、謝挺宇〈決心〉
總第四期，六篇	巴金〈摩娜・裡莎〉、陳煙橋〈全民一致〉（木刻）、胡風〈同志〉、靳以〈集中與分散〉、駱賓基〈救護車裡的血〉、端木蕻良〈中國的命運〉
總第五期，九篇	靳以〈失去爹媽的根子〉、王統照〈死與生〉、茅盾〈今年的「九一八」〉、田間〈我詛咒〉、巫蓬〈我們能任敵人屠殺麼？〉（木刻）、黃源〈西站行〉、駱賓基〈「我有右胳膊就行」〉（報告）、沈自在〈謠言與毒面〉（雜感）、葉陶聖（原文如此，應為「葉聖陶」之筆誤）〈花木蘭〉（原文如此，應為「木蘭花」）

	（補白）[16]
總第六期，六篇	巴金〈給山川均先生〉、陸蠡〈覆巢〉、夏蕾〈八月的風暴〉、蔡若虹〈「我的牲口，我的牲口！」〉（漫畫）、黎烈文〈三個傷兵〉（速寫）、駱賓基〈在夜的交通線上〉（報告）
總第七期，七篇	王統照〈阿利曼的墜落〉、周文〈京滬途中〉（報告文學）、靳以〈他們是五百個〉、巴金〈給山川均先生〉、艾蕪〈我懷念寶山的原野〉、蘆焚〈事實如此〉（雜感）、佚名〈突破〉（木刻）
總第八期，八篇	王統照〈她只有二十六年〉、魯彥〈今年的雙十節〉、趙家璧〈明年的雙十節〉、靳以〈雙十節〉、駱賓基〈阿毛〉（報告）、摘梅〈在湖南〉（真名不詳，通訊）、佘茶〈掘戰壕的行列〉（報告文學）、佚名〈在投奔前線的途中〉
總第九期（「魯迅先生周年祭」專號），十篇	同人〈紀念魯迅先生〉、王統照〈又一年了〉、景宋（許廣平）〈周年祭〉、鄭振鐸〈悼魯迅先生〉、孟十還〈念魯迅先生〉、克夫〈沒有做成的「二三事」〉、黃源〈「魯迅先生紀念集」〉、方之中〈魯迅先生還沒有死〉、靳以〈告中國的友人〉、駱賓基〈拿槍去〉（報告文學）
總第十期，六篇	陸蠡〈秋稼〉、王統照〈徐家匯所見〉、周文〈慰勞〉（報告）、蔡若虹〈火山口〉（漫畫）、力群〈從湖州歸來〉（郝立群，報告文學）、劉白羽〈戰爭已經展開了〉（雜感）
總第十一期，六篇	鄭振鐸〈失書記〉、孫鈿〈給敏子〉（郁鐘瑞，長詩）、徐晴〈在傷兵醫院〉（報告文學）、慧珠〈在傷兵醫院中〉（報告文學）、鄂鶚〈事實果真如此嗎〉（雜感）、蕭無〈古城通信〉（劉蕭無）

[16] 目錄的作者名與文章名均出現了筆誤，但是在正文中，卻是署名「聖陶」的《木蘭花》的小令，並注明是「葉聖陶先生寄示王統照先生的」。

總第十二期，八篇	靳以〈火中的孤軍〉、蔡儀亭〈一個苦力的日記〉、陳煙橋〈戰士的雄姿〉（木刻）、巴金〈給日本友人（一）〉、林玨〈老骨頭〉、蘆焚〈但願如彼〉（雜感）、佘荼〈轟炸中旅行〉（通信）、力群〈透過死神的羅網〉（通信）
總第十三期，八篇	碧野〈夜行軍〉、唐弢〈中國在鬥爭著〉、田間〈詩二首〉、王統照〈憶金絲娘橋〉、孫鈿〈沒有忘掉〉（散文）、鄒荻帆〈死之頌〉、力群〈被炸掉的難民〉（木刻）、王斯琴〈敵機威脅下的杭州〉（內地通信）
總第十四期，六篇	駱賓基〈大上海的一日〉、茅盾〈非常時代（一）〉、蔡若虹〈火中的鳳凰〉、巴金〈給日本友人（二）〉、鄂鶚〈帶著期待的眼光的棄兒〉（報告）、方家達〈戰時的長沙〉（內地通信）
總第十五期，十一篇	〈復刊獻詞〉、駱賓基〈一星期零一天〉、茅盾〈蘇嘉路上〉、白曙〈我愛祖國的綠原〉（陳白曙）、靳以〈孤島的印象（一）〉、錢君匋〈倖免者〉、田間〈周圍〉、SM〈周圍〉（阿壟）、艾青〈最後的一課〉、王西彥〈給一個朋友〉、巴金〈一個西班牙戰士的死〉（譯文）
總第十六期，十一篇	劉火子〈熱情的祖國〉、黃鼎〈暴〉（漫畫）、孫陵〈從台兒莊來〉、靳以〈孤島的印象（二）〉、楊朔〈潼關之夜〉、黃源〈打回老家去〉、田間〈中國在射擊著〉、李偉濤〈我在俘虜中〉、鄒荻帆〈南風來了〉、朱信學〈東北兵〉
總第十七期，九篇	青萍〈中國的弟兄努力罷〉（施蟄存，譯文）、黃鼎〈我的家〉（漫畫）、佘一甫〈九委員〉、楊朔〈成仿吾先生〉、錢君匋〈轟炸中回故鄉〉、憾廬〈上海的一些現狀〉（林憾廬）、田間〈星期〉、征軍〈戰士底劍〉（施繼仕）、李若川〈戰爭在春天裡〉、方伯玉〈回鄉〉、巴金〈一個國際志願兵的日記〉（譯文）

總第十八期，八篇	吳風〈梵蘭特爾的原野〉（譯詩）、黃鼎〈為了自由〉（漫畫）、蕪軍〈搭車〉（方健鵬）、錢君匋〈流亡的開始〉、司馬文森〈祝福〉、鄒荻帆〈血的哺養〉、斐兒〈致晉南的友人〉[17]、駱方〈戰歌〉
總第十九期，十二篇	豐子愷〈敵馬〉（漫畫）、靳以〈關於國旗的話〉、郁達夫〈黃河南岸〉、郭沫若〈詩二章〉、白嘉〈祖母〉（田家）、孫用〈前線的後方〉、蕭乾〈忠告〉、易河〈隴海東行〉（楊仲康）、施穎洲〈海外的賣報童〉、一文〈血的記憶〉、朱雯〈第一顆炸彈〉、李偉濤〈櫻花票〉
總第二十期，十二篇	黃偉強〈紀念八一三〉（漫畫）、加斯特拉〈埋葬〉（西班牙漫畫）、鄒荻帆〈今天我站在潢川的城頭〉、茅盾〈也談談「周作人事件」〉、豐子愷〈大義滅親〉與〈有紙如牢〉、靳以〈轟炸之後〉、甘運衡〈戰鳥〉、雨田〈我懷念這城市〉（許粵華）、駱賓基〈失去了巢的人們〉、方霞光〈五月最末一天〉（日記）、童晴嵐〈風沙天〉
總第二十一期，十三篇	黃偉強〈慘痛的回憶——紀念九一八〉、呂亮耕〈兩半球上的烽火〉、李石鋒〈「自我救亡」〉、豐子愷〈警鐘〉、劉火子〈筆〉、齊同〈禁書雜感〉（高天行）、駱賓基〈夏忙〉、蹇先艾〈塘沽的三天〉、孫鈿〈奴隸〉、蕪軍〈廣州受難了〉、李育中〈戰鬥的廣州〉、容默〈空襲〉、巴金〈在轟炸中過的日子〉
總第二十二期，十篇	白曙〈旗〉、駱賓基〈落伍兵的話〉、靳以〈關於「血的故事」〉、楊朔〈征塵〉、向長青〈橫過湘黔滇的旅行〉、羅洪〈這個時代〉、一文〈一份報紙〉、黎彥節〈挽犧牲的戰士〉（譯文）、D.F.〈商城通信〉（鄒荻帆）、靳以〈紀念「九一八」十周年〉

[17] 抗戰前期，「斐兒」是一個很活躍的作家，曾發表了許多關於抗戰的小說與散文，其代表作為1936年第1卷第4期《永生》週刊上的〈給一九三六年誕生的兒子〉，在當時曾一度引起轟動。但「斐兒」究竟是誰，仍有待考證。譬

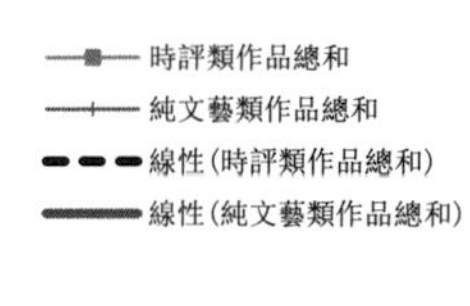

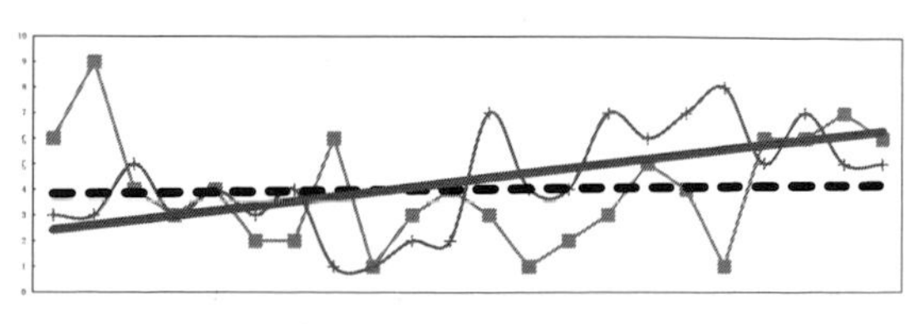

《吶喊（烽火）》週刊總二十二期所刊載文體分布趨勢圖

結合該刊總共二十二期中作品所占該期全部文不同文體比重的變化，筆者再將其根據時效性與文學意義這兩重指標分類為時評類作品、與純文藝類作品等兩大類（不含廣告、預告與魯迅逝世專號），特做了相關的統計（見圖一），左立軸為文章篇數，橫軸為從總第一期至總第二十二期的向量線。

透過表二、圖一不難看出，在《吶喊（烽火）》週刊辦刊的過程當中，一方面一直在矢志不移地在抗戰前期這一特殊的歷史時刻宣傳抗戰、呼籲禦敵，每一期所涉及的「抗戰題材」作品都幾乎達到該期發稿量的百分之百，「時評」作為最常用的範式一直在該刊諸多文體為理所應當的主流，因此，該刊發表的內容為「以戰為主」一說當不過分，但該刊在發展壯大的趨勢中亦不斷調整辦刊思路。

如唐弢曾在〈影印本申報・自由談序言〉（《新文學史料》，1981年3期）中談到《申報・自由談》上發表了許多「美麗的詩一樣的散文」時說：「我以為這方面首先應當提到的是艾蕪，他以岳萌、劉明、斐兒等筆名……」但毛文卻在〈「斐兒」不是艾蕪的筆名〉（《新文學史料》1982年第4期）一文中指出，斐兒並不是艾蕪的筆名。因此，「斐兒」究竟為誰，至今依然是現代文學研究界之謎。

正如上表依據SPSS V13.0統計軟體所自動產生的二階線性趨勢線所反映的那樣，從《吶喊（烽火）》週刊總二十二期的總趨勢來看，所刊載包含「雜感」、「速寫」、「報告」與「短論」等文體的「時評類作品」一直不多不少地保持基本主流性的定量，但包含「小說」、「詩歌」、「散文」與「信箚日記」等「純文藝類作品」的總量在所有文章比重中確實也在明顯地陸續增加，並且從總趨勢上看，後來也已經居上趕超、一舉越過「時評類作品」的數量。這一趨勢也正表明了《吶喊（烽火）》週刊的編輯者們的良苦用心——既沒有忽視對「抗戰」的宣傳、對民族救亡的時代性呼籲，又沒有忽視該刊的本質屬性乃是「文學期刊」，必須要遵循文藝的發展規律與路數，這也是緣何《吶喊（烽火）》週刊可以在讀者中不斷產生新影響力、銷量一路增加的另一個重要原因。

其次，「左而不偏」，是《吶喊（烽火）》週刊的辦刊精神。

1930年4月，茅盾曾當選為「左聯」執行書記，雖作為「左聯」乃至中共的早期主要成員，但茅盾一直沒有捲入黨內的路線鬥爭。1936年「左聯」自動解散之後，兩年後茅盾就主編《吶喊（烽火）》週刊，可他並未向當時的左聯核心作家約稿。所以，在整個《吶喊》以至於後期的《烽火》中，始終未曾見到周揚、馮雪峰、田漢、徐懋庸、樓適夷、陽翰笙、王任叔與阿英等人的名字。

儘管如前文所述，《吶喊（烽火）》週刊因為時代原因，在一定程度上有著「左傾」的一面，但上述這些早在20世紀三十年代初就已經揚名中國文壇的「左翼文學猛將」卻未在名家雲集、新人輩出的《吶喊（烽火）》週刊上露臉，按道理茅盾、巴金不會不認識他們，而且作為一份抗日刊物，沒有這些激進的「左聯文學家」也是說不過去的。但是事實上，整份雜誌雖然充滿了抗戰的激昂，但卻沒有「左聯」的黨派之爭，作者以巴金、郁達夫、黎烈文、孟十還、施蟄存與葉聖陶等無黨派人道主義作家、翻譯家為主，其中，孟十還還在1949年之後去了臺灣，成為臺灣著名比較文學專家。

當然，我們完全可以認為這一切皆拜《吶喊》的另一位主編、人道主義作家巴金所賜，因為巴金始終沒有進入到「左聯」體系的內部。中國的抗日戰爭作為一次全民甚至全人類的正義戰爭，既是救亡圖存的戰爭，也是第二次世界大戰反法西斯的主要戰場，其並不以某種意識形態、黨派的利益為出發點，這亦是《吶喊》創刊的緣由。

在全刊所發表的文章中，完全看不到階級鬥爭、對國民政府的辱罵與諷刺，取而代之的是對國民政府抗戰的大力支持，儘管在1937年至1938年間，中國軍隊在華東正面戰場上屢屢受挫，造成南京、上海的相繼失守，給作家們帶來了顛沛流離的深重災難，但我們在《吶喊（烽火）》週刊中，看不到牢騷，看不到「左翼文人」慣有的「不寬恕」立場與尖刻語句，更看不到對國民政府、中國軍隊丟城失地的抨擊——我們看到的是，他們始終站在國民政府這一邊，高度認同中國軍隊屢敗屢戰的精神並予以了強烈的鼓勵與支持。筆者相信，這不只是巴金、茅盾、葉聖陶等作家們的想法，更代表了當時一大批人道主義知識分子們的觀點。曾經是政府「反對派」、「在野黨」的他們，在全民族抗戰的歷史關鍵時刻，毅然捐棄前嫌，與曾經迫害、壓制過他們並在戰爭伊始表現得並不太積極的國民政府站到了同一邊，人道主義者的胸懷器量、知識分子的愛國情結，全在這一篇一句之間。

而且，他們還以一種國際主義的泛愛胸懷，將人道主義表現得淋漓盡致，這在《吶喊（烽火）》週刊的〈創刊獻詞〉裡被鄭振鐸寫得明明白白：

> 向前看！這裡有炮火，有血，有苦痛，有人類毀滅人類的悲劇；但在這炮火，這血，這苦痛，這悲劇之中，就有光明和快樂產生，中華民族的自由解放！只有採取獨立自由的中國，就能保障東亞的乃至世界的和平！同胞們，堅決地負起你們自己解放的任務！被壓迫的日本勞苦大眾和被驅遣到戰場上來的中國士兵們，也請認清了你們的地位，堅決地負起你們自己解放的任務。[18]

這段話的立場，在抗戰軍興的「抵抗文學」中其實頗為罕見。人道主義精神昭然於紙上，反日本政府不反大和民族，呼籲「被壓迫的日本勞苦大眾」甚至「被驅遣到戰場上來的中國士兵」一起投入到反法西斯的戰鬥當中，這種博大的胸懷，在民粹民族主義氾濫的當

[18] 郭源新：〈站在各自的崗位〉，《吶喊（創刊號）》，1937年8月25日。

下，理應有著超越文學史的現實意義。

但值得注意的是，《吶喊（烽火）》週刊又始終未刊登過蘇雪林、梁實秋、邵洵美、陳西瀅、淩叔華與林語堂等自由主義作家們的稿件。《吶喊（烽火）》週刊顯示了當時中國知識分子們積極的入世情懷，但又意圖以一種超越階級、超越國家的人道主義精神實現自己在政治選擇上的「中立」，我們可以說他們在政治立場上是中立的。但他們所表現出來的「抗日主旋律」恰恰又符合人道主義的立場，而非如之前的「左聯」文學那般片面、偏激並過分強調階級性。

最後，《吶喊》體裁全面，既考慮到了戰爭敘事的需要，亦照顧到了其辦刊的文學追求。

《吶喊（烽火）》週刊創刊，本是應戰爭之景，屬於「定向出刊」，這一點無可厚非。若是批評其「內容比較空洞」，比起一些政論刊物、生活雜誌來，《吶喊》位列文學期刊毫不遜色，尤其在其後出版的《烽火》雜誌，不但作家梯隊層級分明，而且體裁豐富，文體全面，純文學類作品不斷增加，且不說勝於抗戰期間的口號性、時政類刊物，縱然是「後五四」時期純文學刊物如《語絲》《新月》等刊物亦未必有此刊之文學追求。

在此順便說明一下，從文體上看，中國現代文學的主潮實際上是中國文學體制現代化進程的體現，而這個進程同時有三種形式存在：一種是以俄蘇、日本為師的左翼現實主義文學，其作品講求政治功利性，充滿了小林多喜二、契訶夫與果戈理的諷刺精神，在現代中國則以魯迅及其雜文為代表；而另一種則是以歐美為師的自由主義以及浪漫主義、唯美主義文學，其風格雅馴清麗，主張王爾德的「為藝術而藝術」，作家直接從美國南部文藝復興作家與毛姆（William Somerset Maugham，1874 -1965）、羅瑟蒂（Dante Gabriel Rossetti，1828-1882）等英國隨筆作家那裡吸取文體營養，在現代中國則以梁實秋、林語堂等人的美文為代表，而第三種則是從中國左翼文學發端，在延安得到豐富、以趙樹理、周立波為主的「延安派」文學，其創作實踐則是左翼文學思想與中國傳統的文學敘事，其理論則是來自於毛澤東的《在延安文藝座談會上的講話》。

魯迅及其雜文風格在中國左翼文學體系中有著不可撼動的地位，在魯迅之後，蕭軍、聶紺弩、巴人與王實味等人高揚「魯氏雜文」大旗——雖然他們在之後並未因為自己接過了魯迅的大旗而受到新政權的青睞，[19]但是在魯迅之後，雜文已然構成了左翼文學的「投槍匕首」，因為從論戰、筆談等方面來看，雜文語言確實有著不可替代的力量，在左翼刊物如《北斗》《朝花》中，雜文占了相當多的篇幅，但是在二十二期《吶喊（烽火）》週刊中，雜文（包括短論與雜感）平均下來卻只有區區46篇，占到總共187篇文章的24.6%，大約與詩歌、小說、散文（報告文學）等其他體裁的發稿

[19] 王實味在延安整風時被處死，聶紺弩在反右時被判處無期徒刑，而巴人與蕭軍在文革時也遭遇了不同程度的迫害。從廣義的文體上看，姚文元可勉強算是魯迅雜文的繼承者，但是他的結果也不好。

量持平，而這還是《吶喊（烽火）》週刊調整辦刊思路，積極增加純文學作品分量的結果。藉此從這點來看，《吶喊》並不是一個鬥爭味十足、「空洞」的口號性期刊。

由是可知，《吶喊》雖然誕生於炮聲隆隆的戰爭年代，作為一份旨在「吶喊助威」的期刊，但其並不失文學家辦刊的激情，亦有著一份文學刊物應該具備的文學精神，它不依靠任何黨派，不做任何政治勢力的傳聲筒，這是《吶喊（烽火）》週刊所傳遞的精神所在。但是，他對於抗戰的吶喊，對於人類和平的呼籲，這恰恰不是其「空洞」的表現，而是戰爭敘事的必然。

第四節　《吶喊（烽火）》週刊之歷史地位問題

作為建立在新文學重要史料上的研究，重審《吶喊（烽火）》週刊的歷史地位顯然有著較為重要的學術意義。但筆者認為，《吶喊》只是一個支點，研究者的力度不應該僅僅只是作用在具體的文本、史料之上，而是應該全面、客觀地把握「左傾文學」（並非單純意義上的左翼文學，而是被極左思潮所控制，以派系利益、山頭主義為核心的文學規制）與「抗日文學」（或曰抵抗文學）的關係，進而探索《吶喊（烽火）》週刊之歷史地位問題。

首先，「抗日文學」與「左傾文學」並無本質聯繫。

「抗日文學」，是一個特定時間下的語彙，即專指第二次世界大戰期間在中國地區以鼓舞全體國人士氣為主要目的的文學體系，而「左傾文學」，則是片面地以極左意識形態為主導的一種文學樣態。中國的「左傾文學」是中國左翼文學的畸形化，它最大的特徵就是強調階級鬥爭、以簡單的二元對立的思維方式與政治工具論這一原則來創作、評價文學作品。[20]縱觀中國新文學史，自20世紀二十年代以來，「左傾文學」不但未曾因為時代的推移而消亡，反而日漸壯大，甚至還在一定的歷史時期內形成了自己創作風格、

[20] 「左傾文學」早期的理論奠基人是郭沫若，1926年5月，他在《創造月刊》發表的〈革命與文學〉一文中，就曾這樣斷言：「文學的這個公名中包含著兩個範疇：一個是革命的文學，一個是反革命的文學」、「文學是永遠革命的，真正的文學是只有革命文學的一種。」在這次關於「革命文學」的論戰中，一些革命作家，往往習慣於從簡單的階級論視角出發，將其他大部分作家推到了自己的對立面，給予了激底否定。作為這場論爭的主要引發者的馮乃超，在1928年1月15日《文化批判》創刊號上發表的〈藝術與社會生活〉一文中，流露出來的便是一種橫掃一切、「唯我獨革」的「極左」情緒。文章指責葉聖陶「是中華民國的一個最典型的厭世家，他的筆尖只塗抹灰色的。『幻滅的悲哀』」是「非革命的傾向」；指責魯迅「常從幽暗的酒家的樓頭，醉眼陶然地眺望窗外的人生」，「反映的只是社會變革期中的落伍者的悲哀。」出於純然的革命動機，當時的一些「革命文學」論者，忽視或激底排斥了文學固有的藝術功能，而只是一味強調文學的政治鬥爭、階級鬥爭的工具作用。王獨清宣稱：「每個階級的文學家便是每個階級的代言人，而每個階級的文學便是每個階級保護自己的利器……我們的文學便是我們革命的一個戰野，文學家與戰士，筆與迫擊炮，可以說是一而二二而一的東西。」「左聯」成立後，不僅仍以「工具論」支配文學活動，而且進而發展到否定文學存在的程度。「左聯」本來是一個文藝團體，但卻正如周揚在晚年的回憶中所說，實際上「成了第二黨」。當時的「左聯」領導層，並沒有把主要精力用在文學藝術活動中，而是熱衷於組織發動示威遊行、飛行集會、寫標語、散傳單、到工廠鼓動工人罷工等各種激進的政治活動。相反，誰要是熱心在報刊上發表文章，就被說成是「作品主義」；誰要是熱心想做作家，就被說成是「作家主義」，就會被視為「右傾」。見楊守森：〈「極左」思潮與20世紀中國文學〉，《青年思想家》，1999年第2期。

理論體系、批評法則與風格流派。有學者認為，由於抗戰的爆發，「左傾文學」雖然沒有在中國文壇上再度形成大的聲勢，但實際上作為強硬的思想枷鎖，一直在匡拘著文學藝術的發展。[21]而且在早期抗日文學中，就有作家開始拋棄「左聯」文學中的教條主義，而將目光投向了泛人類意識下的戰爭敘事。[22]因此，《吶喊（烽火）》週刊雖為當時抗日文學雜誌之冠，但卻未曾陷入「左傾文學」之窠臼。

譬如曾任《夜鶯》月刊主編的方之中，在紀念魯迅時，對於抗戰殉國的國軍將領姚子青更是謳歌讚頌，並認為魯迅先生之偉大，堪與姚子青相比：

> 他（引者按：即魯迅）「打落水狗」，更打「爬山虎」，為了中華民族，「讓他們怨恨去，我一個都不寬恕」，這種堅毅不屈的精神，只有在寶山殉難的姚子青營長才能比並……誰說魯迅死了？並且死了一周年了？他沒有死，他或者，活在為民族解放而英勇抗戰的戰士的精神中！每個抗戰的人都

[21] 同上。

[22] 其中最有名的作品是葛琴的《總退卻》，魯迅曾為該書撰序，稱該書中「人物並非英雄」（見於趙家璧：《編輯生涯憶魯迅》，人民文學出版社，1981年）；而另一位女作家楊之華（筆名文君，1901-1973）的《豆腐阿姐》亦是另外一部出自左翼文學但主張泛人性論的「抵抗文學」，楊是中共早期領導人瞿秋白第二任妻子，在瞿秋白的推薦下，《豆腐阿姐》亦受到魯迅的關照，並在「當天下午便改妥，而且還改正了裡面的錯字，分別寫出楷體和草書。然後用紙包好送回。」見於陳鐵鍵：《從書生到領袖：瞿秋白》，上海人民出版社，1995。

> 是他的肉體，每顆抗戰的心都是他的靈魂！他像叢林中的夜鶯，他像池塘邊的怒蛙，含淚噴血，一刻不停地警告時代的兒女，現在他可以安息地等待勝利的消息到來了！[23]

姚子青是國民革命軍第十八軍九十八師五八三團第三營中校營長，9月7日的「寶山保衛戰」中姚子青及所部皆陣亡。中華民國中央軍事委員會追贈他為陸軍少將，時任上海市長俞鴻鈞將上海市寶山縣改名為「子青縣」。對於這樣一位國軍將領，方之中將其與左翼文壇的已故旗手魯迅相提並論，藉此亦可看出方之中自始至終的民族主義選擇，亦可窺得《吶喊（烽火）》週刊「左而不偏」的辦刊理念。

在《吶喊（烽火）》週刊中，有相當多的篇幅，歌頌正面戰場上中國軍隊的功績——儘管屢戰屢敗，但也一直堅持屢敗屢戰，堪稱雖敗猶榮。除上文之外，在《吶喊》第一期中，還有黃源的〈空軍的處女戰〉一文，在第二期裡，又有鄭振鐸的〈為士兵們做的文藝工作〉以及黎烈文的〈略談慰勞工作〉，充分反映了編者、作者捐棄黨派紛爭的胸襟。

此外，還有不少的文章歌頌日本民眾的勤勞，詛咒日本軍國主義對日本人民的愚弄與驅使，而且更重要在於，巴金還邀約了熱愛和平的日本詩人久能正一（Shoichi Kuno）為該刊撰寫反法西斯

[23] 方之中：〈魯迅先生沒有死〉，《吶喊（烽火）》，總第9期（即《烽火》，第7期），1937年10月17日。

的稿件——《吶喊（烽火）》週刊在此證明了：不但無論是中國人、日本人還是其他國家的民眾，只要是熱愛和平、反法西斯的，都是同一條戰線上的戰友，大家共同的敵人是代表法西斯軸心國的日、德、意與匈牙利、羅馬尼亞、保加利亞、芬蘭以及中國的偽滿政權與汪偽政權等僕從力量。這種「反法西斯」的鬥爭，已經超越了「中華民族」與「大和民族」之間的搏鬥，而是熱愛和平的人類與反人類的法西斯之間的較量。藉此，我們可以窺得「《吶喊》作者群」以全人類利益為重的人道主義視野，絲毫不見之前「左傾文學」中的偏激與狹隘。

在這裡，筆者在試圖釐清「戰爭」與「人道主義」的關係。眾所周知，「生存權」是最基本的人權之一，所以為生存權而進行鬥爭自然是建立在人道主義精神之上的。包括抗日戰爭的第二次世界大戰，本身就是為世界人民爭取生存權、反對法西斯帝國主義屠殺的一次人道主義戰爭，是人類第一次跨越階級、種族、民族與政治意識形態的人道主義合作。國際紅十字會主席、西班牙歷史學家蘇亞雷斯（Juan Manuel Sufirezdel Toro Rivero,1952-）就曾提出，「在世界任何地方，保護無辜百姓都構成發動正義戰爭的正當理由。」該觀點被西方學界稱之為「人道主義干預」理論。[24]

[24] 魏宗雷、邱桂榮、孫茹：《西方「人道主義干預」理論與實踐》，時事出版社，2003年，第6頁。除此之外，王若水也曾提出「革命人道主義」的觀點，革命人道主義，應當是以堅決維護和平、反對戰爭為基礎的，但我們進行的戰爭如果是革命的戰爭、正義的戰爭的話，那麼其目的是解放人民、拯救民族，其最後目的是消滅一切戰爭，達到人類的永久和平。見王若水：

在中國古代，就有「義戰」、「討不義」、「誅有罪」等樸素的人道主義軍事觀。在經歷「西學東漸」的思想歐化尤其是近代民族、國家這一系列概念被引入之後，這一人道主義軍事觀又重新獲得了定義與完善。據筆者考證，在現代中國，最早詮釋「人道主義」與「戰爭」之間關係的，是「中國社會黨」早期領袖、筆名為「馬二先生」的知名戲劇理論家馮叔鸞，在他看來，一個國家的「人道主義」便應「永無戰爭，既不侵略他國土地，他國亦無侮之」，但也不是簡單意義上的「中立」，換言之，所謂人道主義，一方面反對戰爭，一方面也不懼怕戰爭。[25]

但稍晚於馮叔鸞的早期人道主義學者蔡元培，對於這一問題則有著影響更大、也更細緻的詮釋。在他看來，戰爭是「人道主義」與「帝國主義」之間的衝突，那麼人道主義也可以大大超越民族與國家這兩重內涵的：

> 帝國主義國家以民族或國家為單位，故德惟知有日爾曼民族，有德意志國家，其宣言則曰世界有強權而無公理……蓋以強人即可淘汰弱種，將來全世界之人，不難以德國管領之。而行動之合於道德與否不顧也。人道主義以人為單位……不能以自己力圖生存之故，仇視國以外人之戰……總

《為人道主義辯護》，生活‧讀書‧新知三聯書店，1986年，第237頁。

[25] 馮叔鸞：〈社論：中國社會黨人語〉，《人道週報》，第5期，第2版，1931年3月2日。

> 而言之，德以帝國主義破壞人道主義者也，法以人道主義抵抗帝國主義者也。以公例言，法終當獲勝……夫使國際間政府與政府、人民與人民共抱此人道主義，互相聯合、互相提攜，則情意既合、猜嫌自泯。中國於此時，雖不致如歐所雲黃禍……然立於地球之上，而能不受人欺，巍然獨立為一大國，斯又人道主義之終戰勝已！[26]

蔡元培「主張以人道主義消滅軍國主義，使世界永久和平」[27]的理念，影響了「五四」一代知識分子，從蔡元培到茅盾、巴金，人道主義的信念彰顯出了作為「五四」兩代知識分子的共同精神理想，這是在他們面對戰爭時的崇高抉擇。

作為辦刊的主旋律，除了前文舉隅之鄭振鐸的〈創刊獻詞〉之外，茅盾的〈寫於神聖的炮聲〉顯示出了撰稿者人道主義的氣量與胸懷：

> 我讀過小泉八雲[28]的著作，我覺得日本和日本人有很多可愛之處。我在日本住過年半，我對於日本民眾的勤奮耐苦，有

[26] 蔡元培：《蔡元培全集・第18卷》，浙江教育出版社，1998年，第211-212頁。

[27] 蔡元培：《蔡元培全集・第3卷》，中華書局，1984年，第4頁。

[28] 小泉八雲（Koizumi Yakumo，1850-1904），原名帕切科・拉夫卡迪奧・何恩（Patrick Lafcadio Hearn）日籍希臘裔作家、學者，著有《怪談》《陰影》等作品。

> 組織，守秩序，更是由衷地讚美：但我也看清了日本的統治階級怎樣用軍國主義教育麻醉毒害那些良善的日本民眾，並且為了準備他們侵略的武力又怎樣壓迫榨取那些良善的日本民眾，我於是更加憎恨帝國主義的日本及其統治階層！[29]

在文章中，茅盾熱情對日本民眾予以人道主義的讚頌，但是也表示「但是為了爭取獨立自由，我無條件地擁護個人對環境的、民族對外來侵略的戰爭。中國民族現在被迫得對日本帝國主義作決死的鬥爭，我覺得是無上的光榮。」[30]

《吶喊（烽火）》週刊的主要編輯者茅盾、巴金在1949年之後身居中國大陸文藝界最高領導地位，但歷史地看，他們又是比較純粹的人道主義者。因此，他們一以貫之的人道主義情懷，在《吶喊（烽火）》週刊中便可窺得一二。

而且我們必須注意一點，在《吶喊（烽火）》週刊的封面上，時常可以看到「發行者茅盾、編輯者巴金」的字樣，由此我們可以得知，若是將《吶喊（烽火）》週刊社比喻為一個股份公司的話，茅盾是代表出資方的董事長，而巴金則是辦實事的總經理。因此，對這份刊物下最大氣力、最能代表自己思想的，並非是有著左翼文學家背景的茅盾，而是曾經的無政府主義者、現在的人道主義者巴金。

---

[29] 茅盾：〈寫於神聖的炮聲中〉，《吶喊》，第1期，1937年8月25日。
[30] 同上。

其二，「抵抗文學」更符合「時代的要求」，而這恰恰是「左傾文學」並不具備的。

筆者曾在前文中提到，左翼文學內部曾在抗戰前期分化為「國防文學」與「民族革命戰爭的大眾文學」兩大陣營，周揚認為，「（國防文學）將暴露帝國主義的侵略戰爭的猙獰面目，描寫各式各樣的民族革命戰爭的英勇事實……使它（中國）成為真正獨立的國家。」[31]但是，在另一位作家周立波心目中嶄新的「國防文學」是「幫助民族意識的健全成長，促成有著反抗意義的弱國的國家觀念，歌頌真正的民族英雄。」[32]

在本著的第三章筆者曾論述，在這場論爭中，所暴露出來的就是以馮雪峰、胡風等一批左翼文學作家對於「大眾文學」的推崇，甚至還意圖讓「大眾文學」作為一個總口號，來統領包括國防文學、救亡文學甚至抗日文學在內的所有文學，而周揚等人卻對「大眾文學」這個強調階級性的口號是不贊同的，他本人則更傾向於「國防文學」這個強調民族性的口號。歷史地看，這兩大口號的論爭，實際上是左翼文學內部宗派主義、山頭主義矛盾的總爆發。但是，在巴金、包天笑、林語堂、周瘦鵑、陳望道、郭沫若與魯迅共21位各派作家代表在1936年10月1日發表〈文藝界同仁為團結禦侮與言論自由宣言〉之後，這場論爭才真正在邏輯上宣告結束。自此

---

[31] 企（周揚）：〈「國防文學」，《大晚報・火炬》，1934年10月27日。

[32] 立波（周立波）：〈關於「國防文學」，《時事新報・每週文學》，1935年12月21日。

之後，「抗日文學」成為中國文藝界全民族性的主潮。

中國現代的「左翼文學」被迫讓位給「抗日文學」使其成為20世紀三十年代中期至四十年代中期中國文學的主潮，此為不爭的史實，實際上這也反映了「大眾文學」這一口號的失敗。這便是《吶喊（烽火）》週刊緣何會「低開高走」的外部原因。在移師廣州的《烽火》雜誌中，辦刊者始終在保持「抵抗性」的前提下不失時機地增加純文學作品的分量，譬如小說、散文的篇幅的遞增，甚至還推出了「烽火小叢書」，主要是以小說散文為主，其作者群為茅盾、巴金、靳以、王統照與茅盾等文學大家，「烽火」大有燎原之勢，這足以見得胡風貶低《吶喊（烽火）》「不符合時代要求」純粹是個人恩怨作祟，亦是「大眾文學」這一口號在敗給「國防文學」近半個世紀之後的「反戈一擊」，只是這一擊來得太遲，並且不惜歪曲史實，這不得不說是其人格的悲劇。

《吶喊（烽火）》週刊符合「時代的要求」還在於他們辦刊策略的先進性，之於絕大多數作家、學者而言，他們並不善於經營，若是沒有專門的贊助商，就常常會將一份刊物辦得入不敷出。在抗戰軍興時代，想創辦一份政治正確的刊物並在沒有任何資助的情況下將其辦大、辦好，並能贏利，這是相當困難的。《吶喊（烽火）》週刊之所以可以在後期變成一份「暢銷刊物」，從出版傳播學的角度看，這實際上又與其優秀的經營方式密切相關。

其實，通過對全刊的把握並不難發現，走進「《烽火》時代」的《吶喊》後期的暢銷與巴金經營的「文化藝術出版社」不無關係，在抗戰艱難環境下，一份刊物可以從發不出稿費，僅僅數頁的「同人刊物」發展為插有廣告、厚達數十頁並有較大銷量的市場類刊物，這也見得了《烽火》的生命力——同時，高喊「大眾文學」並帶有派系利益、山頭主義的「左傾文學」在這最為艱苦的時刻卻銷聲匿跡了。順應時代需求者是時代的先鋒，站在全民族利益之上的《吶喊（烽火）》週刊奏出了人道主義的最強音，這聲音不但可以消弭炮火之噪，還能洞穿歷史，顛覆一切來自於暗處的非議。

第六章　結語：超階級、民族救亡與人道主義

——論戰爭語境下的話語權力及其書寫範式

上文所述四種文學期刊，實際上反映了抗戰前期四種社會力量依靠辦刊這一形式對於自己所持意識形態的宣傳，其中既有政治黨派，亦有文學社團。我們看到的是，若無抗戰軍興這一語境，四種社會力量的宣傳勢必會自說自話，甚至互相傾軋。但因全民族的戰爭，使他們放棄了「眾聲喧嘩」而選擇了「統一戰線」。

宣傳自身意識形態的主張有多種方式，辦刊只是其中之一。從傳播學的角度看，辦刊者為資訊的施者，而讀者才是資訊的受者，當刊物上所刊載的資訊被受眾閱讀完畢之後，遂完成了一次資訊傳播。而且，上述四家文學期刊，又非只給特殊群體閱讀的機關內部刊物或專業性學術刊物，而是面向大眾、公開銷售的文藝刊物，其中《夜鶯》月刊與《吶喊（烽火）》週刊還在當時屬於頗為暢銷的期刊。

由是觀之，這幾份期刊的意義，便是憑藉大眾傳播的模式介入當時普羅大眾日常生活[1]，整個過程是通過資訊的傳播與接受來完

1　本章所稱的「日常生活」一般來說是英文「everyday life」，該片語與daily life 都可以翻譯為「日常生活」，但在西方學界這兩個英文片語卻指著兩個

成的。辦刊者目的很明確，為自己的意識形態在普羅大眾中贏得更多的席位，只因抗戰軍興緣故，使得他們的主張在更廣闊的維度上出現了趨同——即在話語表現上進行對於共紓國難、民族救亡的書寫。

但這種趨同並不能改變他們辦刊的初衷，即對受眾日常生活的干預。之於絕大多數辦刊者而言，儘管他們是在進行一種大眾傳播，但實際上由於其立場——尤其是上述四股力量中的三種政治力量，本身就是代表中國不同的利益階級。因此，它們所主導的資訊傳播變成了針對不同階層受眾的分眾傳播。畢竟，這些刊物在當時而言無一可代表社會各階層所有人的利益。

從本質上講，這幾種刊物的類屬基本上與當時上海、江浙一帶知識分子的分類又是吻合的。在許紀霖看來，當時上海一帶知識分子乃是「人以群分」：

> 三十年代的上海知識分子，因著各種不同的地緣、學緣、慣習和自身佔有的資源，構建起不同的交際網路，形成了相對

截然不同的概念，西美爾（Georg Simmel）、本雅明（Walter Benjamin）與列伏斐爾等人所沿襲的觀念認為，「everyday life」主要是指涉「都市生活」而「daily life」主要是「鄉村生活」，兩者的差異在於人類對時間與空間的認知也發生本質性的變化後，對實際生活的特殊經驗的結合。另一位歷史學家海默爾（Ben Highmore）則認為，everyday life一詞應該用來特指現代性情境中的生活文化，而不能當作一個可以跨越歷史差異，放之四海皆准的普遍範疇。見連玲玲：〈典範抑或危機？——日常生活在中國近代史研究的應用及其問題〉，《新史學》，14卷第7期，2006年12月。

> 穩定的知識團體，置身上海城市空間的這些知識團體，為著自身的生存並對社會發揮影響，通過各種管道將他們的聲音傳遞到社會。在此過程中，他們通過創辦刊物、出版書籍、組織團體等方式營造出許多新的表達空間，活躍了上海的文化氛圍，擴充了知識文化人生存的文化空間。與此同時，不同的知識群體因為自身交往網路不同，佔有資源及生存的物理空間和文化空間也因之不同，這些不同導致了他們能夠影響的民眾群體和對社會發生影響的作用模式以及因此導致的於上海社會的關係都存在根本區別。[2]

在此，許紀霖指出了如方之中、柔石、周揚等「左聯」作家的「漂泊者」身分、巴金、鄭振鐸、茅盾等「開明書店派」作家的「務實和寬容」、「不會將自身置於同政府和社會的直接對立面」，[3]以及黃萍蓀、柳亞子與徐一士等江浙地方文化名流與「學界、報界、政界、軍界和金融實業界的頭面人物」[4]的交往，而這種分類大致也應了《絜茜》《夜鶯》《越風》與《吶喊（烽火）》辦刊者的分類。儘管他們的立場不同，時代不同，來源不同，會導致他們的政見不同——他們同屬於早期抗戰文學期刊的編者，但他們卻是在「無序中探索有序」的「求同存異者」。在全民族戰爭爆發、全人

2　許紀霖：《近代中國知識分子的公共交往（1895-1949）》，上海人民出版社，2008年，第284頁。
3　同上，第285頁。
4　同上。

類團結一致反法西斯的特殊歷史語境下，他們自身的話語權力及其書寫範式無疑有著自身規律。這既是本著的結語，亦是本章所重點闡釋的內容。

藉此，筆者在本章擬結合前文所分析的內容，並從傳播學、社會學等相關理論來解讀《絜茜》《夜鶯》《越風》與《吶喊（烽火）》這四份早期抗戰文學期刊對於階級性、民族救亡與人道主義的表達方式，進一步審理早期抗戰文學期刊與中國現代社會思潮的具體關係，旨在歸納並回答戰爭語境下話語權力如何實現其書寫範式這一問題。

第一節　對「階級性」的超越

在全面抗戰爆發前，中國政治家幾乎普遍認為：中國最為尖銳的矛盾並非是帝國主義列強與中華民族之間的矛盾，而是代表底層民眾的中國共產黨與代表官僚、資本家的中國國民黨之間的矛盾，藉此，國共兩黨相繼提出了自己的口號：「全世界無產者，聯合起來」與「攘外必先安內」。

但事實上，階級矛盾的呈現，又與帝國主義的侵略不無關係，自1840年第一次鴉片戰爭以來，中國曾經既定的階級分層被打破，「自耕農」階層被逐步瓦解，形成了具備現代性的商業人員、技術人員與行政人員群體，即所謂買辦、產業工人、新型知識分子與政客官僚階層。這一新興階層首先萌芽於開埠通商的口岸城市，爾後在全國各大城市均有出現。他們使得中國原本固有的「士農工商」階級格局被重構，新的階級矛盾隨之被呈現。[5]

從「新階層」向「新階級」的過渡意味著新社會格局的誕生，隨著封建帝制的瓦解，不同的階級代言人組成了新的政黨與利益集團，他們都蓄謀在紛亂的政治格局中分得一杯羹。這便是民國初肇至20世紀四十年代之間中國政黨派系林立、軍閥混戰的深層次社會動因。因此，《絜茜》《夜鶯》《越風》與《吶喊（烽火）》這四家期刊，實質上也在一定程度上代表了當時中國四種不同「階級」的聲音。

正如前文所述，有著「第三黨」背景的《絜茜》月刊，刊登了大量底層勞苦工農的稿件，並提出了以「吶喊詩」為核心的「平民文藝」主張，當然從表面上看辦刊者乃至「第三黨」有意成為平民階層的代言人，但「第三黨」本身缺乏政治遠見，且又不吸收底層工農入黨，主政者、辦刊者皆為上流社會的官僚與知識分子。因此，《絜茜》所代表的階級是模糊的，這也是該刊以及該黨緣何一直在現代中國政治史、文學史領域中缺乏應有影響力的緣故。

與《絜茜》不同在於，《夜鶯》月刊儘管定位明確，立足左翼

[5] 階層（stratification）與階級（class）是社會學的兩個名詞，前者指一個社會透過社會階級、權力、財富等各種形式而造成的一個等級性差異，這種分層很多時都是依照個別社會的特質而形成，未必是穩定、規律性的；但後者則是在這種等級差異的基礎上所形成的制度性差異，相對於前者而言，後者要穩定、規律一些。

政治立場，關懷以產業工人為代表的底層階級（「左聯」許多作家都是產業工人出身，這點前文已有表述）。但由於整個「左翼文學運動」過於強調階級性，使得提倡民族救亡的《夜鶯》在左翼期刊陣營中成為「一枝獨秀」，這並不能改變20世紀三十年代中國左翼文學的整體格局，僅僅只展示了以魯迅、茅盾與方之中等人為代表的中國左翼文學家們在抗戰前期所做的努力——包括「國防文學」口號的提出。

前兩份期刊無疑都是有著「在野黨」的背景，但《越風》月刊顯然是站在「執政黨」的立場之上，即從階級上看，它有著官僚、資本家與階級背景——當然也包括一些有著社會地位與影響力的高級知識分子。雖然雲集了大量的知識分子與知名作家、學者，但該刊的政治背景使得了它與官方思潮密不可分的聯繫性。因此從一定程度上看，它是「後期民族文藝運動」尤其是「文化本位運動」的重要產物，但由於它誕生於抗戰軍興的1936年，它的出現也反映了當時官方對於全民抗日這一合理訴求的反應。

與上述三種刊物相比，《吶喊（烽火）》週刊並不受具體哪個黨派的領導，代表當時「進步知識分子」《吶喊（烽火）》週刊，實際上是當時一批具備獨立批判精神與「入世情懷」知識分子——包括大學教師、出版社編輯、自由撰稿人、青年學生這一新興階級為主力撰稿人的。因此甫一開始，該刊是主要面向知識分子階層的「同人刊物」，但到了後期則轉變為「全民刊物」，開始從分眾傳播進步為大眾傳播。

由是可知，這四家期刊一開始所代表的是不同的社會階級——官僚、產業工人與新興知識分子，這些階級與產業化出版、消費文化與政治黨派等一樣，都屬於新興的社會因素，他們構成了一個充滿矛盾的社會——因為在20世紀前半葉，錯綜複雜、重重疊疊的「階級矛盾」幾乎被中國社會各階層共同視作全社會的主要矛盾。

但我們必須也要發現一個問題，本著對於四份刊物的排列——《絜茜》《夜鶯》《越風》與《吶喊（烽火）》，乃是按照存在的時間順序進行線性排序的。1931年創刊的《絜茜》，時值抗戰前期的初期階段，而1936年創刊的《夜鶯》《越風》則已進入了抗戰前期的中後期，1937年創刊的《吶喊》已是「盧溝橋事變」甚至「八一三事變」發生之後的事情，從時間上看，處於抗戰前期的「後期階段」。

從縱向上看，這些刊物所代表的社會思潮，實際上是歷時性而非共時性的。雖然同為抗戰前期的文學期刊，但卻有著前後出現的時間差。在20世紀三十年代，每一年甚至每個月都會發生意想不到的政治變局。1931年，日軍只是侵佔東北，侵略上海，但到了1937年，日軍已經蠶食整個華北、山東，並且威脅到了中華民國的首都南京。因此必須注意到，儘管這些刊物的背景不同、所代言的階級也不同，但是從《絜茜》到《吶喊》，辦刊者的傳播策略、對象（即針對受眾）已然發生了變化——這便是本章所重點關注的一個問題：從《絜茜》《夜鶯》《越風》再到《吶喊》，雖是不同的四份刊物，但它們同為抗戰前期的文學期刊，從傳播學的角度看，在辦刊模式、表達範式上，會出現什麼樣的實質性變遷？

從1931年的「九一八」事變至1937年的「盧溝橋事變」，正處於「十四年抗戰」的前六年，但這並不意味著中國的期刊業萎縮與停頓，其中，恰經歷了中國期刊出版史最鼎盛的「雜誌年」即1934年。

有學者這樣評價這幾年光景之於中國出版史的重要意義：

> 中國期刊發展到三十年代，出現了一個「期刊熱」或「雜誌熱」。尤其是一九三二年上海「一二八」戰事以後，期刊數量猛增，一直發展到一九三四年有了「雜誌年」的稱謂。之後期刊的發展方興未艾，「（民國）二十三年之所謂雜誌年，不過是個開端，二十四年而大進，二十五年則漸將而進入安定狀態亦未可知。」（舒新城，《兩年來之出版界》，載《中國新論》第三卷，第四、五期合刊）事實就是這樣，當然，期刊的發展並非直線前進的，在二十年代末已露端倪，九一八事變後大小刊物如雨後春筍般茁起，中間經過「一二八」戰事的沉重打擊，然後在廢墟中迅速勃興，一九三五年是中國三十年代「雜誌熱」的巔峰，直到一九三六年，雜誌增長的勢頭才有所收斂。據統計，一九三三年，全國總計出版雜誌二百四十八種，上海出版一百七十八種，一九三五年，全國共計出版雜誌

一千五百一十八種，上海出版三百九十八種。[6]

戰爭刺激期刊的出版，這便是20世紀三十年代之所以會形成「期刊熱」的緣故，本著所涉及的四家期刊，就是「期刊熱」中具備代表性的產物。在下文中，筆者將依次從四家期刊入手，從宏觀格局上詳敘它們在話語權力書寫上的變遷。

就《絜茜》月刊而言，稱其「對象模糊」甚至不知道自己究竟該為哪個階級代言，毫不過分，乃是有著它自身的一些言論為證。譬如在該刊的創刊號中，有「通信」一欄，系張資平給一位名叫「作梅」的「社友」的回信，所謂「社友」便是《絜茜》月刊社自己發起的一個「讀者俱樂部」的成員，入社費用為銀元一塊。在這封信的開頭，便是這樣幾句話：

> 我始終沒有忘記你，也曾想為你設法，但現在的我個人是無能為力。介紹職業一層，會替你向各方面留心，但又多是於你的性質不合，故仍無頭緒……你切不要斤斤以你的那些未成熟的作品為念，你只當作你自己付了火算了。我勸你尤不可希望利用人情或友誼去發表那些不成熟的作品，或眼近地圖些微的報酬……[7]

[6] 李惠敏：《文學生產與文學傳播——商業化視境中的中國現代文學（一九二八—一九三七）》，河北人民出版社，2008年，第19頁。

[7] 張資平：〈通信〉，《絜茜》，第1期，1931年12月21日。

由是可知，《絜茜》月刊所針對的主要讀者，便是「作梅」這種尋不到工作但又有一定文化水準且熱愛文藝的失業青年。筆者相信，倘若這個「作梅」是真存在的活人而非張資平導演出來的雙簧，那麼他看到了張資平這封回信一定會氣的暈過去。因為從常理出發，若是不到萬不得已任何人一般都不會懇請一位素不相識的知名作家幫自己找工作的，「作梅」肯寫此信，可見確實走投無路。結果當時的「作家首富」且擔任「第三黨」中央宣傳委員的張資平卻在回信中稱「我個人是無能為力」——是否真的「無能為力」此處姑且不論，或許張資平確實不想幫忙。但一個正在貧窮中的青年，寫點文章換點稿費為謀生計，這豈又有可置喙之處？想來這位「作梅」的社友在來信中或許也曾提了第二個要求——請求張資平幫他推薦發表一些稿件，結果張資平竟然批評其不要「利用人情或友誼去發表那些不成熟的作品」甚至還諷刺人家初出茅廬寫的東西等於「付了火」，人家辛苦賣文謀生在張資平看來竟是「眼近地圖些微的報酬」。

不管是貧弱的文學青年，還是腰纏萬貫的富翁作家，《絜茜》月刊社都「童叟無欺」地收取「社友」一塊銀元作為「入社費」——一塊銀元在1931年可以購買什麼呢？根據相關資料記載，20世紀頭三十年的中國以銀元為本幣（一根金條為十兩，一兩黃金相當於大約一百塊銀元，一塊銀元大約等於0.7兩白銀），在這一歷史時期，以銀元為本幣（銀本位）的幣值是比較堅挺的。以上海一地而論，在抗戰之前的十年間的上海地區，大米平均為每市石（160

市斤）折合10.2塊銀元，也就是一塊銀元可以買16斤大米。除此之外，當時一塊銀元還可以請兩位客人吃西餐，或者可以買20張公園門票，而要看戲的話，一塊錢可以則買3張左右的平常入場券，或1張貴賓票。[8]

這筆費用之於當時「文壇富豪」張資平來說，不算什麼，但是對於一個沒有工作的失業青年來說，這確實是一筆省吃儉用的「天價」。「作梅」被逼到絕境，不得不低三下四向張資平求救，張資平非但不憐憫，還公開地對繳納「社費」的失業青年說出這樣尖酸刻薄的話，實在令人心寒。《絜茜》月刊是否真的在行為上做到了「平民文藝」？是否真的能爭取更多的底層青年來真心地擁戴它？這些問題，亦不難回答了。

與張資平的為人慳吝刻薄、辦刊導向模糊相比，《夜鶯》及其主編方之中明顯要成熟、清晰得多。在該刊第一期的〈編後〉中，有這樣一段話：

> 本刊是一把掃帚，在這民族垂亡的緊迫關頭，不管老的，新的，有形的，無形的垃圾磚塊障礙我們救亡的進路，他將無情地給以清除，如果遇著鐵樁石塊，我們也不惜以大刀板斧來迎擊，只要我們的能力許可的話。[9]

---

[8] 如上數據摘自鳳翰主編，胡文生、張林副主編，彤新春編著的《民國經濟》（中國大百科出版社，2010年）、熊月之的《上海通史・民國經濟卷》（上海人民出版社，1999年）。

[9] 編者：〈編後〉，《夜鶯》，第1期，1936年3月5日。

對於「障礙我們救亡的進路」的一切阻礙要堅決地予以清除，這是方之中辦《夜鶯》月刊之初衷，並非是為了捲入派系鬥爭，而是為了救亡需要。《夜鶯》月刊創刊於1936年，與《越風》幾乎是同時辦刊的。

作為「左聯」刊物之一的《夜鶯》月刊雖然未曾明文寫下該刊服務於何種階級，但作為「左翼」期刊其「底層意識」已經在刊登的作品與一以貫之的文學精神中有了明示，而且方之中辦《夜鶯》本身走的是商業化的路子，那麼主要受其影響的受眾自然是上海的市民階層——且看該刊的廣告，均為日用橡皮器物、結婚禮服、醫院、肥皂與平價旅店等等，多半系平民日常消費品，而上海的平民階層又主以底層的產業工人、貧苦知識分子為主，這些問題已在前文有了較為詳細的敘述，於此不再贅言。

作為官方背景的《越風》月刊無疑與「底層」關係不大，因為贊助人、辦刊背景，使得這份刊物的辦刊指導思想傾向於精英主義的路子。但從該刊所刊登的廣告看，則是以銀行投資、攬儲或聘請律師等等針對「有錢階層」的供求資訊為主，而不針對一般市民尤其是底層平民。而且，《越風》月刊從不刊登通俗小說，只刊登文史隨筆，這大大限制了讀者的文化水準，將未受過較高教育、水準一般的閱讀者擋在了該刊的讀者群之外。

而且值得注意的是，《越風》月刊的辦刊地並非是上海地區，而是在一個工業並不發達但金融業卻很發達的城市杭州。縱觀20世紀三十年代的杭州，其實貧富分化並不嚴重。由於浙江地域狹小，資源匱乏，除卻通商口岸寧波有少許工廠之外，其餘地區基本上無現代工業企業，大量浙商均在上海投資開工廠，而借貸放款這一套資金流通的程式則在以杭州為中心的浙江地區完成。當時以銀行、錢莊或票號為主的金融業在浙江極其發達，因此，該地並不似上海般有穩定、發展的新興底層平民階層。[10]故而《越風》月刊所意圖影響的，當是一批杭州地區的有閑有錢且有閱讀能力的高層人士。這樣一批人不但講究生活品質，更講究閱讀的品質。

若從受眾的角度來看，《吶喊（烽火）》週刊或許是最具變化性的一種。一開始屬於「知識分子辦刊」，又是「四社合併」的「同人辦刊」，起初主要針對的受眾是與編者、作者們一樣的進步知識分子。但由於是戰爭期間辦刊，既缺乏經費，又要鼓勵更多的人投身抗日救亡的洪流中，後期的《吶喊（烽火）》週刊不得不走商業化的路徑，即開始向大多數讀者的閱讀偏好「妥協」，但這又不意味著該放棄了應該堅守的原則，如對於民族獨立的呼籲、對於

[10] 本處所援引資料來自於陶水木：《浙商與中國近代工業化》（中國社會科學出版社，2009年）。值得注意的是，姚會元也認同「江浙財團」是指以上海為基地、以江浙籍資本家為主體的大資本集團，它不僅包括金融資本集團，還包括工商資本集團；它不只是單純的銀行資本，而是銀行資本、錢莊資本、商業資本、工業資本相互結合、相互滲透、相互融合的資本集團。因為「江浙財團」以上海為基地，支配著上海錢莊業、商業團體和各大商號、多數工業企業及主要航運公司、商業銀行及各類買辦和經紀人，成為影響上海政治、經濟生活的重要因素，為避免在「華洋雜居」的上海受到政治管制，這些財團首腦多半將銀行、票號設在浙江地區，當時聞名全國的「南三行」浙江興業銀行、浙江實業銀行和上海商業儲蓄銀行有兩個就是在浙江的興辦的（姚會元：〈「江浙金融財團」形成的標誌及其經濟、社會基礎〉，《中國經濟史研究》，1997年第3期）。

戰爭的譴責等等，辦刊者只是非常明智地增加了純文學作品的分量，使得該刊逐步更具備可讀性。

因此，這些刊物背後話語權力的所有者，在全民族抗戰爆發之前，亦是站在自身階級的立場上進行呼籲，力圖讓自身階級的意識形態有著更多的追隨者，但隨著全面抗戰的爆發，抗戰前期逐漸走向「抗戰中期」，大片國土隨之淪陷，這些政黨、階級都不得不重新修正自身的政治話語，開始逐漸超越自身的階級性，形成當時中國共產黨所主張「抗日統一戰線」的短暫性團結。這種對於自身階級性的超越，落實到辦刊的策略上，就是從「分眾傳播」向「大眾傳播」的變遷——即辦刊不再夫子自道或服務少數派。

從《絜茜》月刊的「對象模糊」到《吶喊（烽火）》週刊的「對象變遷」足以證明：一開始，辦刊者其實原本期望自己的刊物可以服務於自己的階級，這也是他們的話語習慣所決定的，但由於主客觀的因素，使得抗戰前期不同的辦刊者在辦刊過程中不得不服從於「超階級」的民族利益，即從在自身階級中尋找受眾逐步走向在全社會中尋找受眾，從「不知道自己為哪個階層代言」到為「全民族代言」。這種變遷明顯因戰爭的爆發而在辦刊的路數上超越了自己所屬的階級屬性。

第二節　實質性的變化：從「民族救亡」到「人道主義」

前文所陳述的史實，反映了早期抗戰文學期刊從「階級」到「超階級」進而形成大眾傳播式發展乃是全民族救亡運動使之然。包括熱衷於與政府「唱對臺戲」的現代知識分子階層，在抗戰軍興的時候都與國民政府站到了同一邊——儘管在抗戰勝利之後他們又不斷發起學潮、遊行等示威活動對抗政府，但在抗戰八年中，除了部分附逆文人外，絕大部分的中國知識分子都是與官方積極抗戰的精神保持一致的。

問題回到本章的開篇，無論以何種形式針對受眾，實際上都是辦刊者意圖憑藉所刊載文章的影響與期刊出版這一廣泛性的傳播形式介入到受眾的「日常生活」領域當中，進而影響更多的人。20世紀三十年代恰恰是民眾意識形態多元化、急需重新建立指導思想的大變革時期，這一切正如沈松僑所描述的那樣：

> 一九三〇年代，中國面臨內外交迫的深重國族危機，一般民眾的日常生活樣態，因而也成為各類知識權威進行凝視、論述與教化等文化實踐的目標；更成為各種意識形態迴異、利益與立場截然不同的政治力量，從事政治動員來形塑特定國族認同的重要場域……在這樣的社會氛圍與心理狀態下，如何針對中國社會大眾的生活樣貌提出一套完整的敘事，有效

> 解釋其所以陷入絕境的癥結禍源，指出可能的出路與努力方向，自然成為眾所矚目、亟待解決的重要課題。[11]

事實上，在戰事越來越緊迫的20世紀三十年代，旨在「形塑特定國族認同」[12]並對「一般民眾的日常生活樣態」的介入、改造的這一舉措逐漸成為不同階級知識分子的共同心聲。那麼，無論是《絜茜》還是《吶喊（烽火）》，他們對於抗戰文學作品的刊登與對侵略者的義憤，實際上並非是自說自話、文人牢騷，而是憑藉雜誌這一傳播形式，意圖影響到自己所屬階層的日常生活，從而盡可能地產生最大的影響力——完成自己作為知識分子在公共領域裡使用理性的社會職責。

只是，在民族矛盾尚不尖銳的1932年，中國的期刊業尚處於初創期，《絜茜》月刊連自身所代言的階級、受眾讀者群都判斷模

[11] 沈松僑：〈中國的一日，一日的中國——1930年代的日常生活敘事與國族想像〉，《新史學》，第20卷第1期，2009年3月。

[12] 所謂「國族認同」，是「民族」逐步「國家化」的現代性理念，即對先前狹隘的民族觀的揖棄，重新審視作為現代性產物的「國家」與自身「民族」的複合體——即「國族」（nation）的關係。學界一般認為，「國族化」應表述為民族的國族化。指不同的民族融合為統一的「大民族」——國族的過程。其實質是實現從民族認同到國族認同的轉變……國族化並不排斥各個民族的特性而是更注重在同一政治與地域空間單位內相互依存同生同榮的共性……國族化過程是一個不斷地增進權力共管、國家統一、政治文化同質的過程……民族認同是國族認同的起點，國族認同是國家利益的重要組成部分，從某種意義上說，是國家存在和延續的關鍵。實現從民族認同到國族認同的嬗變過程，也是民族的國族化過程（劉泓：〈國族與國族認同〉，《學習時報》，2006年12月19日）。

糊，更遑論強調民族救亡？到了《吶喊（烽火）》所處時代，中國的期刊業已經相對發達、成熟，中國知識分子已經可以熟練運用期刊這一工具進行意見表達——即進行媒介議程設置，兼之民族矛盾已然上升為主要矛盾，此時《吶喊（烽火）》週刊在傳播的范式上已然超越了《越風》與《夜鶯》，形成了真正意義的大眾傳播，這便是我們看到「實質性變化」之表象。

我們可以這樣初步總結這種實質性變化：從強調階級性但也對民族救亡有所覺醒的《絜茜》月刊，到力圖從階級性抽身，意圖回到民族救亡的《夜鶯》月刊，再到強調民族救亡的《越風》月刊，最後再到從民族救亡昇華到人道主義的《吶喊（烽火）》週刊，實質上反映了抗戰前期中國知識界思想主潮的變革走向。在這個過程中，作為知識分子的辦刊者亦在不斷地在超越自己所代言的階級——《絜茜》月刊意圖面向平民，但卻無法擺脫自己所處階級的精英本性，而《夜鶯》月刊與《越風》月刊都是立足於自己所處的階級試圖進行全民族的呼號，只有《吶喊（烽火）》週刊超越了自己的階級，進行了全民族的大眾傳播式輻射，實現了人道主義與民族救亡的歷史對接。

這種變遷是以民族救亡為核心的嬗變——即從「忽視民族救亡」到「超越民族救亡」的精神涅槃。充分反映了當時中國知識分子積極入世的責任意識與大局觀。藉此，筆者根據上述內容，結合前文的審理分析，初步回答前一節所提之核心問題：從傳播學的角度看，同為早期抗戰文學期刊的《絜茜》《夜鶯》《越風》與《吶喊（烽火）》，在辦刊模式、表達範式上出現實質性變化的因素究竟為何？

筆者認為，導致實質性變化的因素有二。首先是內因，這是作為辦刊者的知識分子們不斷覺醒、不斷探索的必然結果，這種變化與他們自身的批判意識、責任感息息相關。史實也證明了，人道主義是抗戰文學發展的必然選擇。

前文研究表明，《絜茜》月刊及其主編張資平應該算是「抗戰文學」的「先知先覺者」，但是這一刊物卻最短命、影響力最小。拋卻「第三黨」自身的侷限性不說，這也與當時知識分子如何進入「救亡」這一領域的手段生疏、缺乏經驗也有必然聯繫。當時上至「國聯」、國民政府，下至普通民眾，幾乎都未曾認為日本會成為未來中國的最大威脅，很少有人想到一場抗戰會打十四年。因此，「九一八」事變之後，國民政府甚至多次幻想用「調停」這一外交手段來化解衝突，譬如陶德曼[13]、高君武、孔祥熙等人先後都曾策劃過「中日調停」，但對於企圖侵佔中國全國的日本當局來說，調停無異於與虎謀皮。[14]而且由於左翼政治思潮在工人階級中的傳播與1929年全球性經濟危機的蔓延，當時中國階級矛盾異常尖銳。因此，包括「第三黨」在內的各類知識分子多半將目光聚集在此，《絜茜》月刊顯示出經驗不足之軟肋，亦不足為奇。

---

[13] 陶德曼（Dr，Oskar Paul Trautmann，1877-1950）德國外交家，曾任德國駐日本大使助理，1935年任德國駐華大使。

[14] 楊奎松：〈蔣介石抗日態度之研究——以抗戰前期中日祕密交涉為例〉，《抗日戰爭研究》，2000年第4期

儘管《絜茜》的英文名字為「Cathay」即為「中國」之意，[15] 意在強調民族救亡，但它卻不能擺脫自身過於強調階級鬥爭的侷限性，因此這便是《絜茜》月刊在抗戰前期發先聲但卻無法持久之原因，《夜鶯》發現了整個「左聯」普遍以「階級鬥爭」為綱的侷限問題，一方面帶著鐐銬跳舞，一方面主動尋求打破「階級鬥爭」的藩籬，力圖實現「民族救亡」的呼號，這一點實際上與幾乎同時代的《越風》雜誌是近似的，只是兩者的階級立場不同罷了——歸根結底，兩者都不能真正完全地超越自己所處的階級。

《吶喊（烽火）》週刊創刊時，「盧溝橋事變」、「一二八事變」已經相繼爆發，局部抗戰逐漸轉向全面抗戰，此時各大黨派、政治力量基本上都結成統一戰線，誰再片面地強調階級鬥爭，顯然就有「破壞抗戰」之嫌。因此「超階級」上升成了當時中國社會的主旋律，這時大部分中國知識分子也捐棄了自己先前的階級立場，而茅盾、巴金等一批當時最優秀的作家本身又較有前瞻性眼光——超越黨派、階級之爭的他們，用自己所信仰的人道主義作為旗幟，

[15] Cathay原義為「契丹」，曾為舊時英國對北中國的蔑稱，在英語詞典中，該詞有「騙子」的含義，後來該詞逐漸為古英語中對於中國的通稱，「然而值得注意的是，外來的觀察者——馬可・波羅即是一例——對這種基本的中國共同體並不理解。對於14世紀的歐洲人來說，Cathay——它是由契丹種族的名稱派生而來的一種稱呼，意為『北中國』——是一個與Manzi（蠻子，南中國）不同的國家。只是到了16世紀的『大發現時代』，歐洲人才開始明白Cathay與Manzi實際上是我們現在所稱的中國這個更大的共同體的組成部分。」（[德]傅海波（Herbert Franke）、[美]崔瑞德（Denis Twitchett）等：《劍橋中國遼西夏金元史》，史衛民等譯，中國社會科學出版社，1998年）。

這是比民族救亡更有超越性的指導思想，是更能獲得廣泛統一戰線的精神武器，因此《吶喊（烽火）》週刊的意義，在於對民族救亡的超越，在於對人道主義的弘揚，因此，它也在當時最具影響力，可以從無到有，由弱變強。

其次則是外因，即當時中國全民族的抗戰洪流促使了這些刊物出現了這樣的進化。這是真正的決定性因素。順應時代發展的刊物，完成了啟迪民眾、發展自我的歷史使命，不順應時代發展的刊物，勢必要被歷史所淘汰。

我們還必須看到一個史實，1930年至1935年，是國共鬥爭最為激烈的五年，在軍事上的多次「圍剿」便集中在這幾年裡，當時中國已經有許多正處於萌芽期的期刊，他們大多短命。其中很大原因是國共兩黨爭奪話語權，導致國民政府不斷查禁宣傳階級鬥爭的「進步刊物」——這一行為被一些中國大陸的學者稱之為「文化圍剿」。與此同時，中共領導的宣傳機構又不斷出版、印刷新的期刊意圖與國民政府的新聞禁令相抗衡，造成「越封越多，越多越封「的迴圈局面。這在一定程度上造成了當時刊物的繁榮表像。

在「你爭我奪」的語境下，國民黨中央宣傳委員會不得不連續頒布並更新〈中央取締社會科學反動書刊一覽〉文件，在1931年，國民政府根據〈出版法〉公布查禁的書刊有228種，其中「共黨宣傳刊物」、「鼓吹階級鬥爭」的有140種，在1932年又補充查禁「共黨刊物」40種，在此基礎上，1933年繼續「補充查禁」含《生活》週刊在內的刊物34種，1934年又新增60種，1935年又查禁、查扣《路燈》半月刊、《民族戰線》等新增刊物44種，在不斷查禁的過程中，中共領導的宣傳機構又不斷更換刊名，創辦冒名的新雜誌如《新時代國語教科書》《經濟月刊》《少女懷春》《佛學研究》《摩登週報》等等，一時形成「你方唱罷我登場」的辦刊熱潮。[16]如上熱鬧的爭奪，無非「階級性」的鬥爭而已，前文已經寫明，1935年之前，因為全球性經濟危機與中國共產黨對於階級鬥爭的宣傳，促使中國工人運動與農民革命風起雲湧，大時代背景下導致全社會開始對於「階級」這一問題進行足夠的重視。《絜茜》月刊崇尚階級性，忽視民族性正因此而有外因的影響，但它本身由具備時代的敏銳性，對日本的侵略行為有著頗為清醒的認識。於是，在階級與民族的雙重矛盾之下，辦刊者實難做出正確的判斷，這顯然又與時代背景有著密不可分的聯繫了。

1935年「華北事變」之後，國內時局一度危急，民眾對於政府抗日的訴求與日俱增，國民政府對紅軍的武裝「圍剿」又獲得了勝利，使得其在可以在一定程度上「安內」的前提下進行「攘外」，但實際上國民政府已經錯過了還擊日軍的最佳時期，而且由於當時近五年的接連罷工運動與1929年的全球性經濟危機，導致許多為軍工服務的民族重工業受到了重創，大量工廠面臨破產倒閉，根本無法在短期內生產足夠的軍火與物資用來武裝與日軍抗衡的前線軍隊。[17]

---

[16] 張靜廬：《中國現代出版史料・乙編》，中華書局，1955年，第205-254頁。
[17] 鄭大希：〈三十年代中國民族工業破產與半破產原因淺析〉，《中國社會經

政府的戰鬥實力越差，民眾的抗日激情越高，旨在為政府鼓勁加油，這既是當時中國各界呼籲救亡的真實寫照，也是廣大國民意圖進行民族救亡、不甘心做亡國奴的無奈之舉。在這重語境下，《夜鶯》與《越風》試圖主動從自身的階級中掙脫出來，成為一份宣傳民族救亡的抗日救亡期刊，這是大環境所逼迫形成的。但是到了1937年，國共兩黨已經走向了聯合，階級鬥爭之論早已是明日黃花，民族救亡的救亡思潮已然成為社會生活的主題。

擯棄政見、黨派與意識形態之間的衝突，以人類的人道主義對抗法西斯的殘暴兇惡，既是全人類整個族群進行自救這一求生欲的表現，亦是世界各民族相互提攜扶持、共同超越階級這一社會屬性、進而獲得自由這一自然屬性的人類本能之展示。因此這決非中國獨有。譬如二戰爆發後，同盟國各成員就彼此放棄了各自的政見，進行反法西斯的通力合作，英國首相邱吉爾（Winston Leonard Spencer Churchill）與美國總統羅斯福（Franklin D. Roosevelt）都曾與蘇聯共產黨中央委員會總書記史達林有著堪稱完美的軍事配合，共同完成了歐亞大陸戰場上的東線、西線的聯合作戰。羅斯福稱史達林為「喬叔叔」（Uncle Jo.「喬」即史達林姓氏「約瑟夫」的縮寫），而邱吉爾則稱史達林為「老好人喬」。這種跨越階級、意識形態的合作，本身是人類的共同訴求，這一訴求投射到中國便是抗日統一戰線的建立——在軍事力量、意識形態與經濟文化上，基本

濟史研究》，1994年第2期。

上完成了對敵陣線的統一。

但這重社會思潮的背景卻是以人道主義為依託的。因此，《吶喊（烽火）》週刊的出現，實際上就有在思想境界上超越之前三種刊物的意義。人道主義之於民族救亡來說，顯然有更先進之處。《吶喊（烽火）》週刊不止刊登一篇文章呼籲日本廣大民眾團結起來，推翻法西斯軍國主義政權，並認為日本廣大民眾甚至包括被強迫來到中國的日本士兵與中國民眾一樣，是侵略戰爭的受害者，這樣先進的人道主義理念，在先前的三種期刊中無論如何看不到，而這恰恰是《吶喊（烽火）》可以在沒有黨派支持，沒有贊助人扶持，並在戰火紛飛中輾轉兩地連續出刊二十二期的深層次原因——我們可以看到，《絜茜》《夜鶯》的總期加起來尚且沒有《吶喊（烽火）》的期數多（當然《夜鶯》是遭到了官方查禁），《越風》雖然比《吶喊》多出幾期，但覆蓋面與影響力顯然無法與《吶喊（烽火）》相提並論，而且，上述三份刊物辦刊時的時局，遠遠不如《吶喊（烽火）》辦刊時艱難危險，這已是不爭的事實。

第三節　媒介議程／公共議程：戰爭語境中話語權力之書寫範式

正如前文所述，人道主義的勝利顯示出了抗戰前期抗日文藝的發展趨勢，當然這並不意味著救亡受到了旁落。在民族救亡被超越的同時，我們絕不能忽視民族救亡同時更被認同這一基本事實。準確地說，《吶喊（烽火）》週刊所奉行的人道主義並非空洞的人道主義，而是建構在民族救亡之上的人道主義，是先前社會思潮層積累積、發展深入的結果。《絜茜》《夜鶯》與《越風》的發展，實質上反映了當時中國知識分子在社會思潮的參與上不斷成熟、不斷進步的過程，前者所積累的經驗與教訓，以及獨特的時局變革，造就了《吶喊（烽火）》週刊之人道主義思潮的勝利。

本節所著重討論一個前文曾經提及的問題——在從民族救亡向人道主義衍變的大趨勢下，文學期刊的辦刊者如何憑藉大眾輿論來影響、干預受眾日常生活？落實到具體範疇上，便是兩個具體的問題：在戰爭語境中，話語權力是如何形成的？它又是如何被書寫的？

為了更好、更充分地說明並回答上述問題，筆者將引入「議程設置理論」（agenda-setting theory）[18]這一研究範式。該研究范式著重關注於「媒介議程」對「公共議程」的影響。所謂媒介議程，簡而言之就是在某一特定時段，媒體按照重要程度所展示的一些話題或事件，而這多半又由一些特殊的利益團體所推動；而公共議程

[18] 所謂「議程設置理論」是由美國傳播學家M.E.麥庫姆斯（Maxwell E. Mccombs）和唐納德·肖（Donald L，Shaw）於1972年提出的一個大眾傳播的效能理論，他們認為，包括報刊、電視在內的大眾傳播往往不能決定人們對某一事件或意見的具體看法，但可以通過提供給資訊和安排相關的議題來有效地左右人們關注哪些事實和意見及他們談論的先後順序。大眾傳播可能無法影響人們怎麼想，卻可以影響人們去想什麼。本章所研究的「大眾傳播如何介入受眾日常生活」即可引入「議程設置理論」進行探討歸納。

是指一種利益、要求或社會問題會引發公眾的廣泛關注的議論，從而形成輿論（public opinion）的過程。在傳播學界，「議程設置理論」被認為「是本領域最具活力的研究模型之一」，[19]它的普適性還在於「在這些廣泛的效果中，讓很多人感到吃驚的是在媒介的議程效果發生的地理與文化背景之間存在較大差異。」[20]議程設置尤其對於政治語境內話語權力的影響力有著較有效的研究價值。而且，「議程設置理論」研究範式可以有效地回答四個問題，實質上也構成了本著的結語。這四個問題依次是：《絜茜》等四份早期抗戰文學期刊因什麼條件會產生相應什麼樣的輿論效果？這些刊物在塑造不同時期媒介議程時的力量是什麼？刊物所刊載的資訊在傳播的過程中，先後曾受到哪些具體因素的影響？這些刊物先後設置的媒介議程對於不同時期公共議程又造成了何樣的影響？[21]

當然，這種結語亦非最後的定論，畢竟任何歷史的問題都無法通過一次研究獲得終結性的答案，就整個研究論題而言，筆者意圖根據一手新發現的史料還原一個當時的文學場，回答「戰爭語境下的話語權力及其書寫範式」的生成、方式問題——這是整個研究論

[19] Gerald Kosicki：*Problems and Opportunities in Agenda-setting research*，Journal of Communication，第43卷第2期，1993年。

[20] M.E.麥庫姆斯：《議程設置：大眾媒介與輿論》，郭鎮之、徐培喜譯，北京大學出版社，2008年，第42頁。

[21] 此處所述四個問題，實際上是從M.E.麥庫姆斯提出關於「議程設置理論」的四個核心問題演化而來：第一，產生輿論效果的條件是什麼？第二，塑造媒介議程的力量是什麼？第三，媒介資訊傳播的過程中會受到哪些具體因素的影響？第四，媒介議程影響公共議程的各種結果又是什麼？（同上，第4頁）。

題的核心，而該問題恰又由上述四個分支問題所共同搭建。

首先，因為時局的變化與辦刊者自身的完善，從《絜茜》到《吶喊（烽火）》這四份早期抗戰文學期刊，整體發展趨是：影響越來越大，也越來越暢銷，遂產生了漸大的社會與經濟效益。

正如前文所言，這種利好的整體趨勢，並非只是辦刊者「靈光」，也不只是誰撿到了便宜。我們必須承認方之中、黃萍蓀未必比「多角戀愛小說家」張資平更善於經營，茅盾是一流的作家但或許並不是一流的書商，而且這四種刊物基本上全是由當時名噪一時的圖書（雜誌）公司代售。如果不幸刊物影響小、全虧損，也不能全怪圖書公司沒有出力，哪家圖書公司也希望自己代售的刊物可以賺錢。所以刊物的影響確實由辦刊者這一「內因」與發行者這一「外因」的合作所決定。

如果單純地從這四家刊物與受眾的關係即媒介議程對公共議程的影響程度來看，作為一份期刊必須要爭取更多的受眾。因此只能團結大多數，孤立少部分，否則就會流失大量讀者，造成銷量下滑，若淪落至此，那刊登廣告、拓寬影響管道更是奢談。但事實上張資平在辦《絜茜》月刊時，一方面高喊「平民文藝」表示出對政府的不滿，一方面又張揚出「抗日情緒」，而且還對自己的忠實讀者冷嘲熱諷，三個拳頭打人，一方都不討好，這樣的刊物是斷然不會有頑強生命力的；《夜鶯》月刊則是在「內訌」中艱難前行，一方面上了國民政府的「黑名單」，一方面又陷入「左聯」的內部鬥爭——而且該刊還在一個新聞管制相對苛刻的特定時間與地點裡宣傳抗日，如此看來，該刊儘管在短期內會暢銷，但內外因素都不利於該刊的持續性發展。

《越風》月刊有官方背景，且強調民族救亡、借古諷今主張抗日，這是其爭取受眾的一個重要方面，但可惜它所刊登的文章太高雅，導致曲高和寡、受眾變少、可以干預的讀者日常生活範疇太有限，只能算是「精英刊物」，因此該刊作為媒介議程對公共議程的影響，是不太強的。

時勢造英雄，英雄亦適時，這便是《吶喊（烽火）》緣何可以比其他三份刊物顯示出更強大生命力的緣由。《吶喊（烽火）》週刊在民族危亡之際，在上海這個「萬國之城」高揚人道主義大旗，顯然可以獲得更多受眾的回應，或許甚至還包括居住在北四川路日租界、靜安寺德租界的軸心國反戰僑民。因此，《吶喊（烽火）》週刊之所以可以從「一家經營」變為「多家經營」，從上海一地輻射至全國，乃與該刊所弘揚人道主義的包容性所造成影響力息息相關。

因此，稱《吶喊（烽火）》週刊在巴金「出版家」這個身分中曾扮演過極其重要的角色，洵非過譽。史實證明，作為人道主義作家的巴金，在經歷了抗戰之後，逐漸吸收了相關的經驗，確實從一位單純的作家成長為一名卓越的出版人。《吶喊（烽火）》的成長也見證了巴金自己經營的「文化生活出版社」由弱到強的全過程。在抗戰之前，這所由巴金擔任總編輯的出版社並沒有太好的經濟效益。但依託對《吶喊（烽火）》週刊的經營經驗，「文化生活出版社」逐漸一改局面、從只編輯出版圖書的小公司發展為圖書、雜誌等多種出版品均可編輯出版甚至代售發行的大型出版機構。在該社逐漸壯大之後，1938年5月，巴金決定將原本由文化生活出版社、上海雜誌公司、開明書店與立報館四家書店代售的《吶喊（烽火）》週刊歸於「文化生活出版社」總經售，該社當時還出版或總經售《新藝術叢刊》「烽火小叢書」與《文叢》等出版物。《吶喊（烽火）》停刊後，巴金還將該社從廣州移師桂林——甚至他還曾委託黎烈文尋找開辦臺北分社的房子。

1949年12月，在上海的巴金又拉著幾位朋友開辦了專門從事於世界文學名著譯介的平明出版社，巴金任董事長兼總編輯。此時的巴金已經成為了一位卓越的出版人，「平明」吸引了眾多優秀的翻譯家。[22]這在後來竟成為批判巴金「明火執仗同黨的出版事業爭奪陣地」的口實[23]——但此實際也反映了《吶喊（烽火）》週刊的暢

[22] 譬如當時卞之琳不惜和領導鬧翻，也要把稿子抽回交給巴金的平明出版社出版；焦菊隱則表示「十分願意盡微薄之力幫『平明』，以後有稿子當儘先選好的送『平明』」。焦菊隱有一封信為巴金出謀劃策：「『新華』的發行網大，『平明』將會受點影響，但，他們的譯本不太好，也就無關了……這得等批評家和讀者來決定了。」見於郭汾陽、丁東：《書局舊蹤》，江西教育出版社，1999年。

[23] 「文革」時，「經營出版社」成為了巴金的一大罪狀，但這也證明了通過抗戰的洗禮，巴金已經成長為一位卓越的出版人，「他先當文化生活出版社的總編輯、總經理，解放以後，又野心勃勃，聯合了他的兩個弟弟，搞了一爿李家的平明出版社。巴金的出版社，大肆販賣精神鴉片煙，大肆兜售西歐18、19世紀資產階級古典文藝作品，以及俄國的赫爾岑、車爾尼雪夫斯基之類的資產階級文藝評論家的著作，和黨爭奪出版陣地」（巴金專案小組：〈巴金是反動的文化資本家〉，《文學風雷》，1967年第2期）。

銷對巴金成長為一個出版家的重要意義。

其次，這四家刊物在塑造不同時期媒介議程時，所憑藉的力量，也是來自於內外兩個方面，一個是自身對於時局的判斷力，一個是受到大環境的影響。

我們看到的這四家刊物在設置媒介議程的現象是，從《絜茜》月刊到《吶喊（烽火）》週刊，「抗戰題材」的內容，一方面在逐步增加，一方面又在逐步鮮明，這兩個「逐步」顯示了時代的變化，更顯示了「後五四」一代知識分子的文化自覺性。這便是他們對時局的判斷力——即從「階級鬥爭」到「民族救亡」再到「人道主義」的時局觀——這為後來「自由主義」在中國的盛行提供了精神養料與思想基礎。結合外部環境的變化，在這樣的語境下，一批知識分子在二戰後迅速崛起並受西方自由主義思潮的影響，形成了20世紀三四十年代蔚為大觀的「自由主義中國知識分子群」。[24]

從大環境上說，這種媒介議程的設置實質上顯示了當時整個

---

[24] 1944年，美國總統羅斯福所頒布的國情咨文中提到了「四個自由」，遂構成了「當代自由主義」的精神淵藪，時稱「美國第二個〈權利法案〉」，其後的1946年，美國駐華大使司徒雷登在中國「雙十國慶日」發表了自己的政治演說（羅夢冊等：〈讓我們來促成一個新的革命運動〉，《新自由》，1946年第1卷第4期），使得代表美國政治意識形態（即「普世價值」）的當代自由主義在戰後中國形成較大的政治影響，作為二戰之後席捲中國甚至世界的「自由主義思潮」，對當時的中國知識界與文學期刊的衝擊不可小覷。抗戰結束前後中國國內雖沒有太多的期刊、雜誌創刊，但就在這少數期刊中，多半卻以自由主義知識分子為主的刊物如上海的《觀察》《時與文》，南京的《世紀評論》以及北京的《新自由》等為主，在自由主義思潮的干預下，思想界開始討論「中國在戰後應該建立怎樣一種社會文化秩序」這一問題。

社會環境的變化。一方面，無論是作為執政黨的國民黨，還是作為在野黨的共產黨，都捐棄前嫌合作抗日、一致對外，不再片面強調階級鬥爭，國民政府也減少了對於持不同政見者的迫害，這為當時許多進步知識分子提供了一個相對寬鬆且先前所不具備的言論土壤。從本質上看，作為社會力量、意識形態代言人的文學期刊，他們自身的「話語權力」其實不斷獲得增加，進而形成越來越大的影響力。與《絜茜》月刊的人微言輕、不知所措相比，《吶喊（烽火）》週刊可以堂而皇之地站在民族救亡的高地上，高揚人道主義旗幟，從上海到廣州為全人類的反法西斯戰爭鼓與呼，這種聲音在國共合作之前斷然不會出現，也沒有哪一份刊物在那時有這樣做的能力與影響力。

再次，與其他任何通過媒介傳播的資訊類似，這四家刊物所刊載的資訊在「傳播／接受」的過程中，先後曾受到不同具體因素的影響。這既會影響資訊的生產方式，也會決定資訊的傳播效能，更會干擾資訊的意義與價值。簡而言之，這些因素既會影響話語權力的生成，也會影響其書寫範式。筆者認為這些因素可分為三種。

一種是自身因素，這與辦刊者的思想密不可分。即辦刊者的價值觀、政治嗅覺、文化判斷力等多重因素，這是決定性的。偉大人物不能創造歷史，但一定可以影響歷史的發展進程，文學史也不例外，很多刊物成敗須臾之間，雖受大時侷限定，但皆與辦刊者有關。本著的第二章便曾提及，張資平雖文筆不差且有政治洞察力，但卻為人孱弱、唯利是圖，兼之促狹刻薄，最後竟委身於汪偽，墮落為文化漢奸。此外，黃萍蓀、方之中等人都算不得純粹的作家，只能算是有一定黨派背景的文學組織者或文學活動家，因此《越風》和《夜鶯》兩家期刊也都還可以基本上保持不錯的導向，甚至還在一定程度上超越了當時自身的階級侷限性。與茅盾、巴金兩位新文學史的巨擘相比，上述這些辦刊者無論如何也無法在辦刊的文學精神上超越甚至企及《吶喊（烽火）》週刊。

另一種是政治因素，這是受到當時社會環境制約的。「七七事變」之前的20世紀三十年代，本身是一個大變革時期，此時政治之錯綜程度幾乎到了政府、人民所能承受之極致，內外交困、派系爭鬥、華洋雜治等諸多因素構成晚清以來中國歷史上罕見之亂局，甚至在同一個號稱統一的國家裡，竟有著四套同時存在的貨幣發行流通系統——中國共產黨領導的「晉察冀邊區銀行」、偽滿政權的「滿洲國中央銀行」、汪偽政權的「中央儲備銀行」與國民政府的「中央銀行」等等——這還不包括各省獨立發行的「流通券」。在如此亂局下，各類政權、黨派之間的鬥爭甚至更為複雜激烈，報禁、書禁風潮層出不窮。這使得當時的辦刊者在辦刊的過程中不得不謹小慎微，以免一不小心觸犯當局，便被橫遭法辦。

「話語權力」的大小，實際上與辦刊者的身分有著密切關係，也與時局有著密切聯繫，這一問題，我們將《夜鶯》月刊和《越風》月刊的命運進行比較便可得知，儘管兩家刊物都是宣傳抗日的文學期刊，但《夜鶯》卻在四期之後遭遇停刊，而《越風》卻可安享贊助人的扶持，一直辦了二十多期，這便是差異所在。平心而論，《夜鶯》月刊並未刊登過「赤色宣傳」或強調階級鬥爭的文字，甚至在提及「日本」或「日軍」時，還用「××」代替，因此在宣傳抗日這個層面上尚不如《越風》月刊劍拔弩張、直接點名，而且論銷量，《夜鶯》月刊也大於「自辦發行」的《越風》月刊，那為何《夜鶯》月刊還被停刊呢？原因很簡單，當時的「國民黨中央宣傳委員會」並不全然知曉「左聯」內部的權力傾軋與思想發展狀況，他們從主觀判斷：既然《夜鶯》月刊有著「左聯」的背景，而且其前身《海燕》雜誌便是被官方查禁而停刊，那麼《夜鶯》月刊被查封也是順理成章的事情了。事實上，「左聯」的一些刊物到了後期基本上也都為抗日的「國防文學」而吶喊，並不再為「階級鬥爭」作宣傳。對於此事，魯迅亦曾抱怨感歎，「《海燕》系我們幾個人自辦，但現已以『共』字罪被禁，續刊與否未可知，此次所禁者計二十餘種，稍有生氣之刊物，一網打盡矣。」[25]

《吶喊（烽火）》週刊雖在政治上有左翼傾向並與中國共產黨有千絲萬縷的聯繫，但當時是國共合作階段，又屬於在淪陷區辦刊，縱然推出了「魯迅紀念專號」，仍未被官方打壓，這便是因為政治因素「話語權力」變遷的結果。相對寬鬆的政治環境，無疑會提升媒體的話語權力，改變他們的書寫範式，不再遮遮掩掩、避重就輕，而是真正地按照自己的理念來設置媒介議程進而給公共議程造成更為廣泛而又有力的影響。

[25] 魯迅：《魯迅全集，第4卷》，人民文學出版社，2005年，第41頁。

最後需要談到的是，《絜茜》等四家刊物先後設置的媒介議程對於不同時期公共議程造成的影響問題。筆者認為，這種影響實際上可以分為兩個部分來闡釋，一部分是現象性（phenomenal）的，另一部分則是趨勢性（tendency）的，前者是後者作為結論的前提，而後者則是前者作為鋪墊的昇華。

所謂現象性的影響，即四家刊物在不同時期分別對不同時代受眾日常生活的干預、影響。這種影響是表像的。一份作為公共媒介的期刊，考察其對當時受眾日常生活的干預程度，一般有如下五種衡量指數：辦刊地、定價、銷量、廣告與所刊內容。[26]我們通過這五種指數的分析，可以反觀該刊在當時的影響力，這一問題在前文中已有了詳述，在此不再重複。藉此，筆者主要談談這四種刊物所展示的趨勢性影響。

正如前文所述，從強調階級鬥爭到弘揚人道主義，是從《絜茜》月刊到《吶喊（烽火）》週刊在辦刊思想上的一個總趨勢，也是一批知識分子從不成熟到成熟的崛起，戰爭在這裡起到了一個催化劑的作用，而這也是以民族救亡為中心思想涅槃。事實上，1931年至1937年，也是現代中國社會思潮的重要的嬗變期。

[26] 期刊對受眾日常生活的干預程度的衡量指數在不同的觀點中說法是不一的，但這五種指數基本上包括了目前學界所有的觀點。參見黃升民的《中國傳媒市場大變局》（中信出版社，2003年）、徐柏容的《期刊編輯學概論》（遼海出版社，2001年）、陳仁鳳的《現代雜誌編輯學》（中國人民大學出版社，1995年）與銘傳大學新聞系主編的《新聞原理與編輯》（秀威資訊科技，2010年）等著作。

這一時期體現了中國知識分子的一種文化自覺意識，即試著用人道主義來詮釋民族救亡，這是對孫中山民族主義思想的再超越，也是自晚清以來從「驅逐韃虜」到「華夷之辨」的進一步昇華。所產生的直接影響已經不只是「驅逐外侮」進而獲得抗戰的勝利，而是建立現代性的「民族-國家」及其文化系統。但該目標的實現，則恰恰需要超越民族救亡並尋求相應的思想武器。

汪暉曾以發生於1938年的「民族形式大討論」為研究對象就這一問題做了探索，他認為，在一個自身「民族」尚未完全被認識的半殖民半封建國家，單從一般性的「民族救亡」或「民族性」入手，是很難解決根本性、長遠性的問題，而且還會滋生出新的矛盾。只有超越先前的一個民族或是多個民族的觀念，意圖尋求一種文化共識，才是長久之道：

> 第三世界民族國家的形成是現代性的歷史成果之一。在對抗帝國主義的殖民活動中，新的、超越地方性的民族及其文化同一性逐漸形成，為獨立的、主權的現代國家創造了條件……就中國而言，建立現代國家的過程，並不僅僅是一個民族自決的過程，而且也是創造文化同一性的過程，即創造超越並包容地方性和漢族之外的其他民族的文化同一性……「民族形式」既不是「地方形式」，也不是「舊形式」，既不是某個多數或少數民族的形式，也不是某個階級或階層的形式……在帝國主義的殖民體系中，中國作為一個「民族」

既不是某個地區，也不是某個種族，而是一個現代國家的共同體。[27]

《吶喊（烽火）》週刊的進步性，便在於它對階級性、民族性的超越。除了前文所述茅盾等人的話語之外，弘揚人道主義、化解民族仇恨的觀點在該刊中可謂比比皆是，巴金在《給日本友人》中就曾提到，「民族間本無所謂仇恨，一切糾紛皆由少數野心家挑撥煽惑而起」、[28]「我相信你們大部分人的忠厚與誠實」、「希望你們起來和我們共同組織那破毀人類繁榮的暴力」。[29]除此之外，田間亦有著在精神上相似的詩作：「起來／朝鮮的民眾／臺灣的民眾／生長於亞細亞土地慘苦的民眾／一起吧／向帝國主義戰爭「[30]甚至日本詩人久能正一也在《吶喊（烽火）》週刊裡有著超越民族的呼聲：「酷愛和平的阿凡尼西亞的弟兄們／已經慘斃在它們的毒牙之下／自由之光——伊比利亞的居民／現在將被他們蹂躪完了／呵！這惡魔——法西斯。」[31]

這是《吶喊（烽火）》週刊的辦刊精神使之然也，該刊之所以可以暢銷、壯大且有著先前三種刊物難以具備的影響力，乃是因為

[27] 汪暉：《現代中國思想的興起・下卷》，生活・讀書・新知三聯書店，2003年，第1498頁。
[28] 巴金：〈給日本友人（一）〉，《烽火》，第10期，1937年11月7日。
[29] 巴金：〈給日本友人（二）〉，《烽火》，第12期，1937年11月21日。
[30] 田間：〈中國在射擊著〉，《烽火》，第14期，1938年5月11日。
[31] [日]久能正一：〈中國的兄弟努力罷〉，青萍譯，《烽火》，第15期，1937年5月21日。

所刊登的文章洋溢著人道主義的光澤，而這又是適應了當時中國社會思潮總體發展趨勢。

我們還必須承認的是，《吶喊（烽火）》週刊提攜劉白羽、楊朔、碧野等一大批文壇新人，進而形成了較為完善的文學梯隊。而在《絜茜》《夜鶯》與《越風》中，我們很少看到這樣的「薪火相傳」——藉此，我們並不難管窺人道主義穿越代際的影響力。在人道主義的大旗下，《吶喊（烽火）》週刊設置任何形式的「媒介議程」，都會受到受眾們的歡迎，這在無形中增加了辦刊者的話語權力——不但是國共兩黨的有識之士，更包括僑居在中國的國際友好人士，而這恰是前面三種期刊並不具備的優勢。與《吶喊（烽火）》週刊相比，《夜鶯》月刊中不少文章對於當局不抗日的諷刺、《越風》月刊中意圖以「返祖民族主義」來喚醒民族救亡的策略，或多或少地反映了自身階級的侷限性，因此其提出「民族救亡」的口號亦不那麼響亮，唯有《吶喊（烽火）》週刊，以超越民族救亡的高度，在人道主義層面進行更為響亮的呼喊。

若說反法西斯的、國際主義背景下的人道主義在抗戰中期所扮演的主要角色與發揮的巨大作用已然超越了階級與民族的溝壑，成為了第二次世界大戰遠東戰場上最耀眼的光澤，此說並非溢美。1938年10月，進入到「相持階段」的抗戰中期，日本軍國主義政府開始不斷在中國徵兵，進而補充中國戰場上的兵力，這樣造成了一大批無辜日本青年成為了中國軍隊的戰俘。為了改造這些戰俘，1940年7月，國民革命軍陸軍第八路軍總政治部以朱德、彭德懷的名義發布了〈中國國民革命軍第八路軍司令部命令〉。其中特意提到「日本士兵乃是日本勞苦大眾的子弟，在日本軍閥和財閥的欺騙和強制下，才被迫和我們作戰」、「嚴禁傷害或侮辱日本俘虜，對傷病日俘應給予特別照顧，凡欲回歸本國或原來部隊者應給予一切可能的便利。」[32]在此基礎上，1940年3月，曾經參加創建日本共產黨的野阪參三（Nosaka Sanzō）隨周恩來到了延安，開始協助中國人民的抗日戰爭。5月1日發表了〈在華日本人反戰同盟會延安支部成立宣言〉，宣告在延安的第一個日本人反戰組織成立。同年7月，經由國民政府行政院同意，在國統區的重慶成立了「在華日本人反戰同盟會」，三個月後，在延安建立了改造日本戰俘的日本工農學校。[33]在國統區、邊區相繼成立的這些由日本戰俘、日僑組成的社團、學校，意在對無辜被脅迫參戰的日本青年進行反戰教育與人道主義思想改造。其中一批被改造好的日本戰俘如前田光繁（Maeda Mitsushige）、山田一郎（Ichiro Yamada）與小林寬澄（Hirosumi Kobayashi）等人，至今仍自願奔走於中日兩國之間，成為為兩國間促成和平、相互信任而努力的友好使者。在整個抗戰過程中，中國人所顯示出的人道主義胸襟，成為了世界二戰史上最蕩氣迴腸的篇章。

總而言之，文學歸根結底是人學，人道主義是文學的永恆法

[32] 中央檔案館：《中共中央檔選集，第10輯》，中共中央黨校出版社，1985年，第367頁。

[33] 杜維澤、張小兵：〈和諧之音：抗戰時期的延安日本工農學校〉，《中國延安幹部學院學報》，2009年第2期。

則，這也是早期抗戰文學期刊發展到黃金期的精神展現，符合人道主義思想的文學，才能夠在任何時間——包括充滿著屠殺、災難的戰爭年代都釋放出巨大的魅力。這一切正如阿諾德・湯因比（Arnold Toynbee）所說，「戰爭讓文明越發文明，因為人類歸根結底是向善的。」[34]

[34] [英]Arnold Toynbee：*The world and the West*, Oxford：Oxford University Press, 1953, p.33.

尾聲：1938年以後

在《吶喊》雜誌停刊十日之後的1938年10月21日，由古莊幹郎（Furushou Motoo）[1]大將率領的侵華日軍陸軍第21軍屬下第18師團、第104師團與海軍第五艦隊在大亞灣（今廣東省惠州市東南）登陸，不久廣州淪陷；四日之後，侵華日軍第11軍第6師團在師團長稻葉四郎（Inaba Satoru）[2]中將的指揮下，佔領了漢口岱家山（今湖北省武漢市江岸區），武漢又相繼淪陷。

武漢的淪陷意味著持續了四個半月武漢會戰正慢慢走向尾聲，這是二戰遠東戰場上最曠日持久、傷亡人數最多、波及領土面最廣的戰役，中國國軍動用了海軍、空軍與陸軍對來犯之敵進行全方位的還擊。據戰後統計，整個會戰中國軍隊陣亡將士達25萬餘人。這場會戰不但意義重大，更慘烈無比，而且國民政府早有預料。1938年8月21日，中國戰區最高指揮官蔣介石接見英國倫敦《每日先驅

[1] 古莊幹郎（1882.9.14-1940.7.21）日本熊本縣人，侵華日軍主要戰犯之一。曾任臺灣軍司令官兼第5軍司令官，武漢會戰時他作為第21軍司令官率部侵略廣東省。

[2] 稻葉四郎（1885.12.15-1948.3.13）日本大阪市人，侵華日軍主要戰犯之一。在武漢會戰、南昌會戰、第一次長沙會戰中擔任日軍第六師團長。

報》駐華記者金生時曾稱「揚子江陣線之一，不久即將展開劇戰，此戰將為大決戰。」[3]武漢會戰的結束，意味著抗日戰爭進入了戰略相持階段，抗戰前期也開始逐漸過渡到「抗戰中期」。

隨著大量知識分子的外遷與兩次事變的摧殘，曾經中國出版的中心——即《絜茜》《夜鶯》《越風》與《吶喊（烽火）》的發行地上海，已經漸漸為日軍所完全掌控。一度繁盛數十年的上海出版業，頓時一落千丈。

在上海淪陷後的第七個年頭，出版人蔡漱六在〈七年來的上海雜誌事業（上）〉一文中如是哀歎上海出版業的崩潰：

> 最近我們常聽人談起，上海的出版界幾乎可說是停頓。文藝單行本不出，學術研究專著更是絕無。掌握這出版界門面的還是只有若干種雜誌……近年學術研究空氣完全等於零的時期。[4]

儘管出版業受到重創，但中國的知識分子陣營並沒有因為大片國土的喪失而分崩瓦解，相反，其中一部分不願意附逆或在「孤島」以及淪陷區冒著生命危險的知識分子如巴金、茅盾、郭沫若、老舍、羅隆基、洪深、王力、陳寅恪、吳晗、梁實秋、張伯苓、梁

---

3 李勇、張仲田主編：《蔣介石年譜》，中共黨史出版社，1995年，第148頁。
4 漱六：〈七年來的上海雜誌事業（上）〉，《文友》，第26號（第3卷第2期），1944年6月1日。

思成等等相繼開始從南京、上海、廣州、北平、武漢等地「西遷」——其中一部分是自發的，另一部分則跟隨自己所供職的大學而遷徙。

實際上，早在「八一三」事變剛剛爆發的1937年8月28日，國民政府教育部為保全科研力量、防止高校與科研院所遭受戰火荼毒，就設立了讓知識分子與高校陸續「西遷」的計畫，曾分別授函南開大學校長張伯苓、清華大學校長梅貽琦和北京大學校長蔣夢麟，指定三人分任「長沙臨時大學」籌備委員會委員，三校在長沙合併組成長沙臨時大學。任命胡適為文學院院長，顧毓琇為工學院院長，直至1938年4月，長沙臨時大學才因戰事緊迫搬遷到了雲南昆明，並改名為西南聯合大學。

最終，昆明成為抗戰中期之後中國知識分子們真正的集中地——他們有的經廣州、香港乘船到越南的海防市，再從陸地上進昆明，如陳寅恪等人；有的因在桂林避難，然後從桂林進入昆明，如馮友蘭、朱自清等人；有的直接從長沙轉移，參加了堪稱「文化長征」的「湘黔滇旅行團」，其中包括曾昭掄、聞一多、袁複禮等人，他們的目的地都是昆明。

自此之後，一個被稱之為「大後方」的西南地區成為戰時的文化中心——其中以昆明為核心，包括桂林、重慶、樂山、貴陽、蒙自、柳州、敘永、宜賓等西南城鎮，當然也包括被英國殖民管轄的香港，一批宣傳抗戰、弘揚人道主義的刊物如《筆談》（香港）、《文訊》（貴陽）、《文藝新哨》（桂林）、《青年音樂》（重慶）、《當代文藝》（桂林）與《當代評論》（昆明）等等，在那些城市裡又開始復刊或重新辦刊——他們的撰稿人包括但不限於茅盾、巴金、豐子愷、歐陽予倩、田漢、老舍、熊佛西、沈從文、雷海宗、馮友蘭等等。此時，以中央研究院、中央博物館、中國營造學社、金陵大學、同濟大學、廣西大學、武漢大學與西南聯大為核心的大後方知識分子們又開始積極組織文學創作甚至演劇活動。

經歷了抗戰前期的中國文藝界知識分子更加懂得了如何表達自己的民族救亡觀，亦逐步釐清了「階級」、「民族」與「國家」的內在關係。隨著抗戰進入到相持階段，他們對於建立「民族國家」的渴望越來越強，彷彿預感到了戰後重建的用人之迫，因此，一批知識分子在大後方開始準備投身政治——一部分人去了延安，一部分人為國民政府所用，其中也包括曾經為《絜茜》《夜鶯》《越風》與《吶喊（烽火）》等刊撰稿的作者，當然還有一部分知識分子遠離政治，堅守純粹學者的立場，值得注意的是，持民族主義、精英主義的知識分子基本上還是留在了他們所屬階級的內部，而一批人道主義尤其是左翼知識分子，開始逐漸受馬克思主義的影響甚至直接投奔延安。

這種選擇預示了戰後知識分子的繼續分化，和抗戰爆發時前後一樣，在戰後，選擇不同政治立場的知識分子又分為兩大陣營——只是，他們不再只是不同階級的代言，而變成了各為其主的針鋒相對。

我們必須承認的是，經過抗戰前期的醞釀，中國的知識分子雖然在戰爭中獲得了極為短暫的團結並凝聚了不同黨派之間的共識，這種團結與共識顯然是可貴的——它重申並弘揚了人道主義，為知識分子們進一步明確了「民族」、「階級」與「國家」等一系列概念的內涵與意義與重新建立新的文學精神奠定了重要的思想基礎——尤其是《吶喊（烽火）》週刊的主編巴金及其所張揚的人道主義這一關鍵性理念，對未來中國文學之深遠影響已大大超越了抗戰前期抗敵文學期刊辦刊者與讀者們的想像，這應是當初所有人都始料不及的。

代後記：
繁霜盡是心頭血，革命自有後來人

2020年1月17日淩晨，我接到父親打來的電話，告知我的祖母王益才女士終於與分別整整五十年的愛人——我的祖父韓溫甫先生在另一個世界相會，離開了這個給她帶來痛苦、幸福、悲傷與希望的塵世。在享壽九十六歲、一生波瀾壯闊的祖母面前，我們每一個人都如此渺小，之於我而言，祖母的身份當然不只是一個家裡德高望重的長輩，而是我精神的引路人，當中很大一個原因，在於我對於抗日戰爭乃至中國近代史的興趣，源自於我的祖母。

她於1925年出生於東北奉天（今瀋陽市），父親王金榮（字作贏，原名王滿倉）先生是一位極有正義感的知識分子，通曉日語與鐵路技術，是當時東北「鐵路王」張作相的深縣（今河北省衡水市）同鄉，因此深受張作相器重，被推薦至當時日本人經營的安奉鐵路奉天站任職，該鐵路雖然由日本人控制，但卻有大量中國人參與要務，當中許多中國人是具有愛國情結的知識分子，在東北易幟之後，他們都暗中為國民政府提供許多情報。因當時東北尚處於國民政府的管轄之下，這些地下抗日的英雄好漢又有張作相保護，日本當局亦無可奈何。

但是好景不常，「九一八」事變之後，日本徹底控制了東北，像外曾祖父這樣早已為日本當局所忌恨的人物，當然在拔除名單之列。我祖母曾回憶，在「九一八」之後，他們全家與許多人一起湧出瀋陽城，乘坐列車抵達大連，並乘坐海船到達天津。目的地是她之前從未去過的家鄉——河北深縣。

我在〈一個家族的抗戰史〉一文當中如是寫道：

> 東北淪陷不久，《塘沽協定》《秦土協定》相繼簽訂，華北又淪陷。東北舊部抗日者甚眾，包括我祖母後來的同事閻明光女士的父親閻寶航、齊邦媛先生的父親齊世英、潛伏敵營的知識分子梁肅戎與王德威老師的父親王鏡仁，以及愛國將領呂正操、黃顯聲等等，他們都是東北抗日的中堅力量。

這個流亡的場景永久地印刻在祖母的記憶中。多年之後，在齊邦媛先生的巨著《巨流河》中重現了這一歷史危機時刻。《巨流河》是祖母臨終前拼著最後一點眼力讀完的書。她未向我談及讀這本書的感想，只是在2010年的某個夏天，我發現她獨自一人坐在床頭，望著遠處落山的晚霞，手裡拿著《巨流河》，面色凝重，悵然若失，我沒有打擾，因為我知道，雖然八十多年過去了，但那個慘痛、流亡、無家可歸的悲苦記憶，一直都在。

祖母對日本侵略者有著刻骨的仇恨，並不只是國土淪陷帶給她的流亡記憶，更是因為她的父親在1937年被華北日軍委派的兩名殺手殺害，這曾是我們家族史當中的一個謎案，我一直希望知道，外曾祖父究竟是如何死於日寇之手的。作為一個已經解甲歸田、手無寸鐵的讀書人，哪怕有過收復失地的夢想，但也未曾帶過一兵一卒，日本人為何苦苦追殺不放？對於上述疑問，祖母曾三緘其口，並囑託我一定在她病逝後燒掉她與其父母的早年合影，當然一個可以說明的理由是因為她希望永遠地與自己的父母生活在一起，另一個不便說明的理由是因為外曾祖父的死另有隱情。後來我追問不放，祖母便告訴我，是因為外曾祖父在當地被民選為「抗日村長」，拒絕向日軍繳糧，因此遭到當地日軍與偽政權仇恨，被兩名僱傭的殺手暗殺——傳聞當中還有一位是日本人。

直至祖母病逝之後，我申請查閱祖母生前檔案，才發現這段使我震撼的歷史遠非我想像或祖母口述的那麼簡單。外曾祖父流亡至華北後，一直從事地下抗日工作，也希望可以組織一些鄉間力量抗敵。但無奈個人勢單力薄，眼看鐵蹄南下，縱然悲憤，難免也只有觀望，有時在家中發發牢騷。最多在擔任民選村長時，用自編的歌曲鼓動村民們做好抵禦外侮的準備，誓死不當亡國奴。

華北完全淪陷之後，在家鄉擔任民選村長的外曾祖父忽然對當時的局勢有了自己的判斷，認為與日寇拚死一搏的抗戰決戰時機已到。一是此時再不抗戰，神州陸沉是指日之事，二是目前一些東北舊識還擁有一些軍事實力，如今日寇雖長驅直下，但亦是誘敵深入，在中原一舉殲敵甚至收復失地或有希望，於是他自行給曾有過從、駐紮在冀察地區的陸軍六十九軍軍長石友三（而且外曾祖父有一位遠房表弟是長春人，曾在石友三部擔任副官）寫信，曉以民族大義，希望當時觀望時局的石友三出山抗日——這是我先前並不知道的一段家史。

這個舉動再度證明了，外曾祖父只是一個簡單的讀書人，空有一腔報國熱血，並不諳熟當時的政治角逐與軍事鬥爭，在手腕上更非石友三這樣軍政通吃的老牌政客的對手。祖籍吉林長春的石友三，雖曾在張學良將軍麾下短暫效力，但卻毫無東北人的血性，在民國軍界以「三姓家奴」而聞名。當時他表面上「不親日、不親共、非中央軍」並非刻意保持氣節，而是出於擁兵自重、待價而沽的考量，無非妄圖拉高價碼，哄抬自己身價。外曾祖父個性耿直、待人單純，並未深究石友三的卑劣用心，而認為其猶豫不決，無非對於抗日必勝沒有信心。在如此複雜關係博弈下，這封信竟然輾轉落入日軍之手——仔細想來也不排除石友三借出賣故交來表達自己立場，這或是使外曾祖父遭受殺身之禍的緣故。

因為要為父報仇，祖母踏上了抗日救亡之路，她通過我祖父這位同鄉兄長的介紹下，毅然從軍，成為了第十八集團軍的一位女戰士。在冀南八年抗戰硝煙中，她親眼目睹了日寇的殘暴兇頑，同時也如外曾祖父一樣，相信抗戰過程雖然充滿苦難，但中華民族最終必勝。在多次戰鬥中，祖母接連獲得表彰，無愧於一名傑出的抗日女戰士。

眾所周知，石友三後來變節投敵，並殞命於部下高樹勳之手，被活埋於黃河岸邊，是國民政府與共產黨共同聲討的叛將。在1960

年代，中國內地政治運動風起雲湧，與石友三這樣的人物相識，必是彌天大罪。因此祖母對於外曾祖父的死因，一直諱莫如深，多年之後，即使有重要人士曾在祖母檔案中批示「即使（王作瀛）真的聯絡石友三（抗戰），也罪不至死。」祖母亦從不言及外曾祖父的這些人際交往。

祖母是我的啟蒙老師，與其他同齡人相比，我更瞭解抗戰這個離我出生已有半個世紀之遙的往事，抗戰中的烽火硝煙構成了我人生當中極其重要的知識底色。祖母曾告訴我，在那個時代下，抗戰從來不是哪個黨派或是哪個人的事情，而是全民族的任務。即使祖母未曾告訴我關於外曾祖父的完整歷史，但她為我講述的那些故事，足以讓我對這場全民族的戰爭有著極其特別的體會。正如祖母檔案中所披露的那樣，抗戰中湧現了許多像外曾祖父這樣的「志願者」，他們只是單純地想做一些地下抗戰的工作，但可惜出師未捷身先死。在抗戰史上，像外曾祖父這樣的無名英雄必然還有許多。

十五年前，我決心挖掘抗戰文化史，這部《血火之舞：抗戰文學期刊與中國社會思潮（1931-1938）》就是對相關問題的一些思考，當然我近年來還在做一些關於抗戰文化產業、文化活動的考證、研究工作，這些都是目前與今後重要的學術事業。

這本書命名為「血火之舞」，意味著瑰麗壯闊的抗戰文化史實際上是一部血與火的壯烈交響樂，借王德威教授之語，乃是「史詩時代的抒情聲音」，「血」在當中是主旋律。這正是無數願意驅逐倭寇、收復河山的中國人矢志不移的史詩。我們作為新世代的年輕學人，對於這樣一部可謂「繁霜盡是心頭血」的歷史，當然要以「革命自有後來人」的精神來繼承。

這部書從撰寫、修訂直至今日在臺灣出版，歷經反覆斟酌，此文最早由我申請武漢大學博士學位的論文所脫胎而來，撰寫期間得益於張隆溪教授與樊星教授的耐心指教，而趙毅衡教授、楊聯芬教授與許祖華教授曾為拙作的修訂付出良多，在此由衷致謝。已故漢學家阿里夫・德里克教授、王德威院士、李金銓教授、陳子善教授、吳秀明教授、令狐萍教授、鄺可怡教授等前輩學者不但為拙作的完成提供了重要的指導，亦為此書出版撰寫了抬愛之語，讓敝著增色不少。只是遺憾的是，德里克先生生前未能看到拙作出版，我深以為憾，但先生對我的鼓勵與支持，我將永遠銘刻於心。當然，這部書的問世還得益於秀威資訊科技宋政坤、蔡登山二位先生的提攜，以及鄭伊庭、許乃文兩位編輯老師的費心努力，當然還包括周妤靜、劉肇昇二位裝幀設計老師的辛勞付出，我在這裡向各位同事敬表最誠摯的謝意。

與德里克先生一樣，我敬愛的祖母也未能看到此書正式出版，這之於我而言，都是無法彌補的遺憾。但她生前一直知道我在做抗戰史研究。這本書當然是獻給她的禮物。她一生自強，凡事求諸己，她也要求我在治學的道路上做一個有著獨立判斷力的學者。如今東亞再無硝煙戰火，「抗戰」已非全民族的精神洪流，而是成為了學人案頭研究的一個專業領域——雖然它並非時下年輕人所熱衷的學術課題，但對於我而言，卻能感知到追尋問題的樂趣與繼續深研的動力，我想這應是對外曾祖父以及祖父、祖母的精神賡續使然。

韓晗

二〇二一年三月二十九日 於小茗堂

語言文學類　PG2461　文學視界125

血火之舞：
抗戰文學期刊與中國社會思潮（1931-1938）

作　　者／韓　晗
責任編輯／許乃文
圖文排版／周好靜
封面設計／劉肇昇

發 行 人／宋政坤
法律顧問／毛國樑　律師
出版發行／秀威資訊科技股份有限公司
114台北市內湖區瑞光路76巷65號1樓
電話：+886-2-2796-3638　傳真：+886-2-2796-1377
http://www.showwe.com.tw
劃撥帳號／19563868　戶名：秀威資訊科技股份有限公司
讀者服務信箱：service@showwe.com.tw
展售門市／國家書店（松江門市）
104台北市中山區松江路209號1樓
電話：+886-2-2518-0207　傳真：+886-2-2518-0778
網路訂購／秀威網路書店：https://store.showwe.tw
國家網路書店：https://www.govbooks.com.tw

2021年5月　BOD一版
定價：450元

國家圖書館出版品預行編目

血火之舞：抗戰文學期刊與中國社會思潮(1931-1938) / 韓晗著. -- 一版. -- 臺北市：秀威資訊科技股份有限公司, 2021.05
面；　公分. -- (語言文學類；PG2461)
BOD版
ISBN 978-986-326-900-7(平裝)

1.中國文學史 2.抗戰文藝 3.文學評論

820.908　　　　110004579

讀者回函卡

感謝您購買本書，為提升服務品質，請填妥以下資料，將讀者回函卡直接寄回或傳真本公司，收到您的寶貴意見後，我們會收藏記錄及檢討，謝謝！
如您需要了解本公司最新出版書目、購書優惠或企劃活動，歡迎您上網查詢或下載相關資料：http:// www.showwe.com.tw

您購買的書名：＿＿＿＿＿＿＿＿＿＿＿＿＿＿＿＿＿＿＿＿

出生日期：＿＿＿＿＿年＿＿＿＿＿月＿＿＿＿＿日

學歷：□高中（含）以下　□大專　□研究所（含）以上

職業：□製造業　□金融業　□資訊業　□軍警　□傳播業　□自由業
　　　□服務業　□公務員　□教職　□學生　□家管　□其它＿＿＿

購書地點：□網路書店　□實體書店　□書展　□郵購　□贈閱　□其他

您從何得知本書的消息？

□網路書店　□實體書店　□網路搜尋　□電子報　□書訊　□雜誌
□傳播媒體　□親友推薦　□網站推薦　□部落格　□其他＿＿＿＿＿

您對本書的評價：（請填代號　1.非常滿意　2.滿意　3.尚可　4.再改進）

封面設計＿＿＿　版面編排＿＿＿　內容＿＿＿　文／譯筆＿＿＿　價格＿＿＿

讀完書後您覺得：

□很有收穫　□有收穫　□收穫不多　□沒收穫

對我們的建議：＿＿＿＿＿＿＿＿＿＿＿＿＿＿＿＿＿＿＿＿

＿＿＿＿＿＿＿＿＿＿＿＿＿＿＿＿＿＿＿＿＿＿＿＿＿＿

＿＿＿＿＿＿＿＿＿＿＿＿＿＿＿＿＿＿＿＿＿＿＿＿＿＿

＿＿＿＿＿＿＿＿＿＿＿＿＿＿＿＿＿＿＿＿＿＿＿＿＿＿

請貼
郵票

11466
台北市內湖區瑞光路 76 巷 65 號 1 樓
秀威資訊科技股份有限公司 收
BOD 數位出版事業部

（請沿線對折寄回，謝謝！）

姓　　名：＿＿＿＿＿＿＿＿　年齡：＿＿＿＿　性別：□女　□男

郵遞區號：□□□□□

地　　址：＿＿＿＿＿＿＿＿＿＿＿＿＿＿＿＿＿＿

聯絡電話：(日)＿＿＿＿＿＿＿＿＿＿ (夜)＿＿＿＿＿＿＿＿＿＿

E-mail：＿＿＿＿＿＿＿＿＿＿＿＿＿＿＿＿＿＿